Isabelle Artus
Die Französin, die Geisha werden wollte

Isabelle Artus

Die Französin, die Geisha werden wollte

Roman

Aus dem Französischen von
Andrea Alvermann und Brigitte Große

PIPER

Mehr über unsere Autoren und Bücher:
www.piper.de/literatur

Zitiert wurde aus:

S. 5: Lewis Carroll: Alice im Wunderland. Aus dem Englischen von Antonie Zimmermann. Verlag Johann Friedrich Hartknoch, Leipzig 1869.

S. 113: Yoshikawa Eiji: Musashi. Aus dem Englischen von Werner Peterich. Droemer Knaur, München 1984.

S. 175: Lewis Carroll: Hinter dem Spiegel und was Alice dort fand. Aus dem Englischen von Jörg Karau. © Jörg Karau 2008.

INSTITUT FRANÇAIS Deutschland

Dieses Buch erscheint im Rahmen des Förderprogramms des französischen Außenministeriums, vertreten durch die Kulturabteilung der französischen Botschaft in Berlin.

FSC www.fsc.org MIX Papier aus verantwortungsvollen Quellen FSC® C014496

ISBN 978-3-492-05818-6
März 2018

www.editionsedito.com
Publié par l'intermédiaire de Mon Agent et Compagnie
6 rue Victor Hugo – 73000 Chambéry – France
www.monagentetcompagnie.com
Titel der französischen Originalausgabe: »La petite boutique japonaise« bei Gallimard, Paris, 2016

Satz: psb, Berlin
Gesetzt aus der Goudy Old Style
Druck und Bindung: GGP Media GmbH, Pößneck
Printed in the EU

ERSTER TEIL

Pam

»Willst du mir wohl sagen, wenn ich bitten darf, welchen Weg ich hier nehmen muss?«
»Das hängt zum guten Teil davon ab, wohin du gehen willst«, sagte die Katze.
»Es kommt mir nicht darauf an, wohin«, sagte Alice.
»Dann kommt es auch nicht darauf an, welchen Weg du nimmst«, sagte die Katze.
»Wenn ich nur irgendwo *hinkomme«, fügte Alice als Erklärung hinzu.*
»O, das wirst du ganz gewiss«, sagte die Katze, »wenn du nur lange genug gehst.«

Lewis Carroll, *Alice im Wunderland*

Erstes Kapitel

über den Einfluss von Matthieu Ricard auf das Wachstum der Bonsai

Thad war höchst schlecht gelaunt aufgestanden, hatte Kurs gen Osten genommen und Pamela in tiefster Verzweiflung zurückgelassen. Um ihre Demütigung zu ermessen – aber war es denn eine? –, unternahm Pamela eine Kreuzfahrt auf den Bâteaux-Mouches. Heißt es nicht, dass Reisen bildet?

An diesem Montagmorgen alterte Pam um Jahre.

Aus Protest ging sie auf der falschen Seine-Seite. Die Gefährdung war kaum wahrnehmbar, aber durchaus real: Mit kleinen Schritten trippelte sie, entgegen ihrer Gewohnheit, die Kais am rechten Ufer entlang. Als sie den Rollladen des winzigen Geschäfts am Quai Malaquais öffnete, schien ihr, dass die Bonsai merkwürdig dreinschauten, sie hätte schwören können, dass sie sich von ihren zweiundzwanzig Zentimetern tausendjährigem Zen herab über sie lustig machten. Vor allem der ehrwürdige Gaozong Tang, den ihr Madame Pichon, die Hausmeisterin vom Quai Voltaire 26, über den Urlaub anvertraut hatte. Wie hässlich er bei ihrer ersten Begegnung gewesen war, ganz zerknautscht unter seinen winzigen Blättern und in der grotesk verkrümmten Haltung eines Bettlers, der den Gnadenstoß erfleht! Mit großer Geduld hatte Pamela seine Lebensfreude wiedererweckt.

Um ihm die Hoffnung zurückzugeben, hatte sie ihm lange Passagen aus *Glück* von Matthieu Ricard vorgelesen. Sie war sich ganz sicher gewesen, dass das buddhistische Mitgefühl das Herz des entwurzelten Chinesen berühren würde. Und hatte recht behalten, denn nach und nach hatte Gaozong* wieder Haltung angenommen und zur stattlichen Erscheinung eines Kaisers der dreizehnten Tang-Dynastie zurückgefunden, die hinsichtlich der kulturellen Ausstrahlung des Reichs der Mitte nicht die schlechteste war. Das Ergebnis war so spektakulär, dass Madame Pichon in ihrer Begeisterung ihren Bonsai immer öfter in Pamelas Obhut gab.

In Wahrheit fühlte sich Gaozong einfach nicht wohl in der zugigen Hausmeisterloge am Quai Voltaire, wo er, vom Papageienkäfig bedrängt, auf der Heizung stand und ständig von den Vögeln angekreischt wurde. Also krümmte er sich und warf ein paar Blätter ab, gerade genug, um seine Besitzerin zu beunruhigen, die ihn umgehend in den kleinen Japanladen am Quai Malaquais zurückbrachte.

Pam fiel nicht darauf herein, sie hatte den Trick des Ehrwürdigen schnell durchschaut. Aber sie sagte nichts, und diese Zurückhaltung besiegelte eine Art Pakt zwischen ihnen. Irgendwann gewöhnte sie sich dann an, ihre Gefühle mit Gaozong zu teilen. Prinz Charles sprach schließlich auch mit seinen Rosen.

Die übrigen Bonsai standen in Reih und Glied in den Regalen. Links die Pensionsgäste, rechts, gut sichtbar im Schaufenster, die zum Verkauf bestimmten. Mindestens einmal täglich kam eine elegante Dame, ein älterer Herr oder ein Tourist durch die Tür, um zu fragen, wie

* Siehe auch: Glossar ab S. 276.

teuer der hübsche Bonsai ganz oben in dem linken Regal sei. Pamela antwortete jedes Mal, er sei nicht zu verkaufen, sondern nur auf der Durchreise hier, sie sollten sich einen aus dem Schaufenster auf der anderen Seite aussuchen. Dann betrachteten sie jedes einzelne Bäumchen ausführlich, kniffen enttäuscht die Lippen zusammen und verließen das Geschäft am Ende mit leeren Händen. Pamela hatte schon versucht, den Lauf der Dinge zu ändern, indem sie die Bäume umgekehrt aufstellte, die Pensionsgäste ins Fenster und die verkäuflichen nach hinten. Aber das machte alles nur noch schlimmer: Die Kunden waren nicht mehr nur enttäuscht, sondern wütend und schimpften auch noch, wenn sie mit leeren Händen gingen.

»Erfolg ist eher eine Frage von Begabung und Talenten als eine des finanziellen Ertrags«, pflegte der Eigentümer des kleinen Japanladens zu sagen. Diese Haltung kam Pamela sehr entgegen, denn trotz ihres glücklichen Händchens in der Pflege der Bonsai, wobei sie den ersten Grundsatz der Schnittkunst, nie die Oberfläche der Blätter zu verringern, peinlich genau befolgte, war sie für den Verkauf absolut unbegabt. Die mehrere Hundert Jahre alten Bäumchen fanden nie einen Abnehmer und waren anscheinend dazu verdammt, bis in alle Ewigkeit in dem kleinen Japanladen zu bleiben.

An diesem Tag war alles anders, fast hätte man meinen können, die Bäume wüssten etwas. Aus ihren tausend kleinen grünen Augen blickten Pamela ebenso viele Vorwürfe an, und diese überwältigende vegetabile Missbilligung konnte sie nicht ertragen.

Die Ikebana-Bestellungen mussten noch warten. Pamela trippelte mit kleinen Schritten ins Hinterzimmer und setzte

Wasser auf. Sie brauchte jetzt eine Tasse Tee, um angemessen über ihr großes Unglück nachzudenken.

*

Die Teezubereitung ist ein wunderhübsches Ritual, das Konzentration und Genauigkeit verlangt. Einen Suppenlöffel Kirschblütentee in die Kanne geben, das Wasser auf siebzig Grad und nicht ein Grad mehr erhitzen, fünfundvierzig Sekunden und nicht eine Sekunde länger ziehen lassen, abseihen und möglichst heiß trinken.

Pam verbrühte sich jedes Mal. Aber das war wahrscheinlich der Preis, den man für ein Leben als Geisha zahlen musste. Und Pam wollte unbedingt Geisha werden, seit sie alt genug war, etwas werden zu wollen.

In diesem Moment konzentrierte sie sich auf die Geräusche des Wasserkessels, wartete auf das Schrillen vor dem Brodeln, zu dem es nicht kommen durfte, weil der zarte Kirschblütentee kochendes Wasser nicht überstehen würde. Dann würde er schmecken wie im Hals stecken geblieben. Also ungefähr so, wie sie sich heute Morgen fühlte.

Während sie, in ihren meerblauen Kimono gehüllt, kerzengerade auf der äußersten Stuhlkante saß, spürte Pam, wie der schwarze Regen ihres persönlichen Hiroshima in ihr aufstieg. Sie trank ihren Tee in kleinen leisen Schlucken – ihr natürliches Taktgefühl hatte sie seit jeher vom geräuschvollen Schlürfen der Japaner abgehalten.

Der Kirschblütentee war schal geworden. Anstelle der gewohnten zarten Bitterkeit hinterließ er einen Geschmack von Asche und Verbranntem auf ihrer Zunge. Thads unerwartetes, brutales Verschwinden hatte die Wirkung eines Tsunami. Der Kummer, der es sich in ihrer Kehle bequem gemacht hatte, wurde mit glühend heißen kleinen Schlucken in ihre Brust verdrängt. Eine Weile lang glaubte Pam, sie könnte das Schluchzen, das sich in ihrer Herzgegend ansammelte, in literweise Kirschblütentee ertränken. Doch der Schmerz nahm eine andere Richtung, um sich seinen Weg hinaus zu bahnen. Zwei Tränen, erlesene Tauperlen, die der zarte Vorhang ihrer Wimpern nicht länger zurückhalten konnte, kullerten über ihre Wangen und zogen zwei makellos gerade Furchen durch ihr hell gepudertes Gesicht, bevor sie sich schließlich in Höhe ihres Kinns, das bei Pam hübsch zugespitzt war, vereinten. Mit einem Wimpernschlag wurde ihr Gesicht zu einem überfluteten Reisfeld und ihr Kurtisanen-Make-up zu einer ekelhaft schmierigen Brühe, die in dicken Tropfen auf ihre Kimonojacke fiel. Das Geisha-Bild, das sie sich jahrelang geduldig erarbeitet hatte, weichte auf und wurde von einem Sturzbach aus Tränen fortgeschwemmt.

Pamelas Japanbegeisterung reichte weit zurück. Kaum der Kindheit entronnen, hatte sie eine Leidenschaft für Yoko Tsuno entwickelt, die bezaubernde Weltraummechanikerin mit dem schwarzen Aikido-, Judo- und Kendo-Gürtel, deren in *Spirou* veröffentlichte Abenteuer sie faszinierten. Ungeduldig erwartete Pamela jedes Wochenende die Heimkehr ihres Vaters, um das ersehnte Heft, das gefaltet in seinem Aktenkoffer lag, in die Finger zu bekommen. Und allmählich färbte die unerschrockene Japanerin mit dem Haarschnitt von Mireille Mathieu (Nummer eins in Japan), die so harmlos aussah, es aber faustdick hinter den Ohren hatte, auf sie ab. Irgendwann gab ihre Mutter nach und meldete sie für einen Jiu-Jitsu-Kurs im Haus der Jugend und Kultur von Melun an. Jedes Mal, wenn sie ihren weißen Kimono anlegte, fühlte sich Pamela in ihrem Element. Leider blieb der Gürtel auch weiß, denn trotz aller Bemühungen machte Pam keinerlei Fortschritte. Irgendwann bekam sie dann doch noch ihren gelben Gürtel, nach fünf Jahren schwerster Depressionen aufseiten ihres Lehrers, den sein Verbandsdiplom nicht darauf vorbereitet hatte, mit einer so vollkommen erfolglosen Beharrlichkeit konfrontiert zu werden.

Als Pam später auf der letzten Umschlagseite von *Das andere Geschlecht* las: »Man wird nicht als Frau geboren, man wird es«, dachte sie, das Gleiche müsse doch auch für Geishas gelten. Ihr war durchaus bewusst, dass das nicht so einfach werden würde, zumal sie aus Melun-Sénart stammte. Trotzdem hatte sie sich über die Jahre eine Identität als Geisha zusammengebastelt. Es war ein kühnes Unterfangen gewesen, gegen den Strich von allem und allen um sie herum. Stoisch ertrug sie die Verachtung ihrer Mitschüler und das überhebliche Desinteresse ihrer Lehrer auf dem technischen Gymnasium, das Unverständnis ihrer Mutter und die wohlwollende Neugier ihres Vaters, der ihr allerdings irgendwann etwas zu aufmerksam unter den Kimono schaute.

Pam blieb ihrem Vorhaben treu, obwohl Yoko Tsuno mehr einer Manga-Puppe made in Belgium glich als einer traditionellen Kurtisane, obwohl ihre innere Geisha unbeständig war und aus lauter Versatzstücken bestand und obwohl ihr Verlobter Yvon sie deswegen verlassen hatte. Man wird eben nicht als Geisha geboren, sondern man wird es. Aber niemand kann einem sagen, wie lange das dauert.

In diesem Moment jedoch, an diesem Montagmorgen, hatte sie das Gefühl, dass ihr Kopf vor Schmerz explodiert und all ihre Gedanken in die Luft geflogen waren. Nun musste sie diese verstreuten Sinnsplitter erst wieder aufsammeln und zusammenfügen. Aufmerksam betrachtete sie die Gegenstände, die sie umgaben und die so perfekt zu ihrer Idealwelt passten: die vielhundertjährigen Bonsai, die Ikebana-Körbe, Hokusai-Landschaften an der Wand – die ganze beruhigende Zeitlosigkeit des kleinen Japanladens.

Was blieb von diesem vertrauten Universum, das ihr nun haltlos und fremd erschien? Gab es überhaupt noch eine Verbindung zum Tag davor, als alles einfach war? Was sollte aus ihrem Leben werden?

Ihr Wertesystem, das die Grundlage für das bescheidene Gleichgewicht ihrer Existenz als Geisha vom linken Seine-Ufer bildete, war durch Thads Verschwinden zutiefst erschüttert worden. Daran ließ sich erkennen, wie vage und zerbrechlich ihr inneres Konstrukt war. Mit tränenblinden Augen las sie immer wieder die Worte, die er ihr hinterlassen hatte:

Verzeih, muss weg.

Wie vom Donner getroffen saß Pam kerzengerade auf der äußersten Stuhlkante im Hinterzimmer des kleinen Japanladens.

Wozu Geisha sein, wenn der Samurai sich aus dem Staub macht?

Zweites Kapitel

über die unwahrscheinliche Begegnung einer Geisha vom linken Seine-Ufer mit einem bretonischen Samurai

Thad war der perfekte Samurai. Seine dünnen langen Haare trug er mal mit einem langen Perlmuttstäbchen zu einem kläglichen Dutt hochgesteckt, mal zu einem schmalen Zopf geflochten, der ohne Aussicht auf Erfolg Richtung Lenden strebte. Er war mittelgroß mit geraden Schultern und schmaler Taille, und unter dem dünnen Stoff seiner eng anliegenden schwarzen Hemden zeichneten sich seine sehnigen Muskeln ab.

Am Ansatz seiner Handgelenke konnte das geübte Auge die verschnörkelten Ausläufer eines furchterregenden Tattoos erkennen. Sein unerschrockenes Gesicht mit den hohen, vorstehenden Wangenknochen, typisch für Bretonen der Côtes-d'Armor, strahlte eine gelassene Grausamkeit aus. Ein Eindruck, den der tödliche Blick aus seinen schimmernden schwarzen Augen noch verstärkte. Eine schmale Narbe nahm an der rechten Schläfe ihren Ausgang, führte dicht am Ohr vorbei, folgte der Kante des Kiefers, verschwand unter dem Kinn und tauchte am Hals wieder auf, dem sie bis zum Schlüsselbein folgte und dann wer weiß wo endete. Eine seltsame Narbe war das, Spur eines unwahrscheinlichen Unfalls oder einer alten Verletzung. Am unteren Rücken, wo sich der Hintern zu wölben begann, hob sich ein bohnenförmiger blaugrauer Fleck – Zeichen der Nachkommen Attilas – von seiner blassen Haut ab. Thad war der lebende Beweis dafür, dass ein paar Hunnenkrieger nach dem Gemetzel auf den Katalaunischen Feldern ihr Glück in der Bretagne versucht und sich dort an einer größtmöglichen Anzahl Bécassinen vergangen hatten. Er war das Inbild eines mongolischen Kriegsherrn.

Als Pam vor zwei Jahren die Glocke des kleinen Japanladens am Quai Malaquais bimmeln hörte und die überaus komplizierte Ikebana-Komposition, an der sie konzentriert und sorgfältig gearbeitet hatte, unterbrach, um den Kunden willkommen zu heißen, war ihr sofort klar, dass das, was da geschah, nicht wieder rückgängig zu machen war.

Obwohl er regungslos an der Schwelle verharrte, erfüllte die Anwesenheit dieses Mannes das ganze Geschäft. Eine Anwesenheit, die wie eine Anomalie wirkte.

»Bonjour, Monsieur, wie kann ich Ihnen helfen?«, fragte Pam höflich.

»Keine Ahnung«, antwortete der Mann, sichtlich überrascht vom Auftritt dieses seltsamen japanischen Püppchens, das kerzengerade vor ihm stand. Er vermerkte die Modulation ihrer Stimme, den Tonfall und die Art, wie sie ihn begrüßt hatte: taktvoll und genau richtig, den Umständen absolut angemessen. Man musste die Kunst der Begrüßung verdammt gut beherrschen, um jemanden auf diese Art willkommen zu heißen. Automatisch registrierte er den alten Kimono, den fachmännisch um die Taille geknoteten traditionellen japanischen Gürtel – ein echter Obi – und ihr kindliches Gesicht, das auch durch die für diese Uhrzeit absurd dicke Schminke hindurch zu erkennen war. Schwer zu tragen und auf sich zu nehmen, sagte er zu sich selbst. Eine Frau, die sich so schminkt, zeigt, dass sie

Absichten hat, dass sie sich behauptet, mächtig ist und fähig, in den Kampf zu ziehen. So merkwürdig ihre Haltung auch war, passte sie doch perfekt zum Geist dieses Ortes.

»Haben Sie einen bestimmten Wunsch? Suchen Sie etwas für sich selbst? Oder ein Geschenk?«, fragte Pamela liebenswürdig.

»Ein Geschenk«, sagte er und trat ein, womit er sie zwang, einen Schritt zurückzuweichen. »Sie haben sehr schöne Bonsai«, fuhr er fort und näherte sich langsam den kleinen Bäumchen.

Bei Gaozong angekommen, blieb er abrupt stehen. Pam bereitete sich auf die übliche Frage zum Ehrwürdigen vor und nahm innerlich schon die Reaktion auf ihre Antwort vorweg, dass er nicht zu verkaufen sei.

»Ein außergewöhnlicher Baum. Der hat bestimmt schon viel erlebt. Gestatten Sie, dass ich ihn ein wenig betrachte?«

»Bitte«, erwiderte Pam, überrascht von dieser zumindest ungewöhnlichen Frage.

»Ich werde Sie nicht stören.«

»Nehmen Sie sich die Zeit, die Sie brauchen, ich arbeite weiter im Hinterzimmer, gleich dort.« Sie deutete die Richtung mit einer Kinnbewegung an, bevor sie mit einer leichten Drehung des Oberkörpers entschwand. Thad dachte, dass er nie etwas Anmutigeres gesehen hatte als diese kaum angedeutete Geste, die eine am linken Seine-Ufer eher seltene Gastlichkeit ausdrückte. Aus dem Hinterzimmer, in dem sie verschwunden war, drang ihre gedämpfte Stimme an sein Ohr: »Lassen Sie mich wissen, wenn Sie so weit sind.«

*

Allein im Laden, spürte der Mann in Schwarz, wie Verwirrung ihn überkam und gleich heimisch wurde. Diese Frau zeigte Wirkung. Viel zu viel für eine Frau. Etwas an ihr machte ihn nervös. »Ich bin ein einsamer Krieger«, murmelte er, an den Bonsai gewandt. »Ich darf keine Zeit mit einer Frau vergeuden, ich muss meinen Kampf führen, ohne mich ablenken zu lassen.«

»Von welchem Kampf sprichst du, und wer sind deine Gegner, Grünschnabel?«, säuselte der Bonsai. Thad wich zurück. War es möglich, dass der Baum seine Gedanken lesen konnte? Und im gleichen Tonfall zu ihm sprach wie Meister Po zu Kwai Chang Caine, dem Helden aus *Kung Fu*? Bestimmt fehlte es ihm an Schlaf, wahrscheinlich auch an Gesprächspartnern. Wann hatte er sich eigentlich das letzte Mal mit jemandem unterhalten? Ob er durch die über die Jahre angesammelte Einsamkeit zu einem sanften Irren geworden war, der mit Bäumen sprach?

Er war eher zufällig hereingekommen, er mochte Paris nicht besonders, schon gar nicht das linke Seine-Ufer. Wieder einmal war er nur auf der Durchreise. Bevor er nach Saint-Brieuc zurückfuhr, hatte er daran gedacht, seiner Mutter – einer strengen, verdienstvollen Bretonin – etwas zu schenken, deshalb hatte er die Tür des kleinen Japanladens aufgedrückt. Wie hätte er ahnen können, dass eine junge Frau mit blassem, sanftem Gesicht und großen, dunklen, von zwei schwarzen Khol-Linien übertrieben unterstrichenen Augen – eine unerbittliche Schönheit –, ihn hier festnageln würde? Ihn, den eiligen Mann, den Krieger ohne Herrn, den Ronin.

So gut es ging, konzentrierte sich Pamela wieder auf die Komposition des Ikebana für die Ehefrau von Dr. Atsura, dem Ladenbesitzer, ihrem Danna, der ihr so viel von Japan erzählt hatte, diesem außergewöhnlichen Land, das sie mit ganzer Seele liebte, ohne je dort gewesen zu sein.

»Das ist völlig unnötig«, hatte Dr. Atsura ihr versichert. »Die meisten Menschen, die mein Land besuchen, verstehen es nicht. Einfach weil sie es nicht können. Sie merken sich zwei, drei Klischees wie die blühenden Kirschbäume, den Berg Fuji und die Geishas, die sie für gewöhnliche Prostituierte in altmodischer Tracht halten, aber das Wesentliche entgeht ihnen.«

Deshalb hatte Pam sich gehütet, ihm zu sagen, dass ihr persönliches Japan, jedenfalls die Vorstellung, die sie davon hatte, genau dieser touristischen Beschreibung entsprach. Abgesehen von den Geishas, die sie seit Langem bewunderte und deren Leben sie dank Arthur Goldens Buch so gut kannte.

Dr. Atsura hatte milde gelächelt und sie angestellt im kleinen Japanladen im Erdgeschoss des Hauses, das er seit dreißig Jahren mit seiner Frau bewohnte, einer bewundernswerten Dame um die fünfzig, deren silbrig schimmerndes Haar am Hinterkopf kunstvoll hochgesteckt war. Sie hatte Pamela zartfühlend und wohlwollend aufgenommen und sie in die delikate Kunst des Ikebana und die Feinheiten der japanischen Kalligrafie eingeführt. Dr. Atsuras Frau hieß Masako, wie die Mutter von Yoko Tsuno. Pam hatte darin ein Zeichen gesehen. Ein sehr gutes Zeichen.

Die Komposition, an der sie arbeitete, war kompliziert. Sie sollte außergewöhnlich, einzigartig, bedeutsam sein. Die ganze Kunst des Ikebana besteht darin, eine geschnittene Blume lebendig wirken zu lassen, was äußerst schwierig zu erreichen und zu begreifen ist. Am Anfang muss man tricksen, man behilft sich mit Moos, allem möglichen Beiwerk und anderen Blüten, um der Komposition ein erlesenes, geheimnisvolles und vollendetes Aussehen zu verleihen. Zum größten Vergnügen der Pariser Kunden, die so ein wenig Shinto-Erleuchtung mit nach Hause nehmen konnten, denn die Anordnung der Blüten repräsentiert die drei Ebenen des Himmels, des Menschen und der Erde. Theoretisch kann derjenige, der diese Kunst beherrscht, auch mittels einer einzigen Blume in einer Vase ein ästhetisches Empfinden erzeugen. »Wenn Einfachheit das Ergebnis einer Summe beträchtlicher Anstrengungen ist, ist das wahre Kunst. Doch manchmal reicht ein ganzes Leben dafür nicht aus«, pflegte Masako zu sagen. Davon war Pamela weit entfernt, aber sie gab wie gewöhnlich ihr Bestes und widmete sich ruhig und konzentriert ihrer Aufgabe. Außer gerade jetzt. Beim Einsatz ihrer kleinen Schere, deren winzige Klingen glatt und mühelos die widerspenstigsten Stiele durchtrennten, hatte sie es seit ihrer Rückkehr ins Hinterzimmer zwei Mal geschafft, sich in den Finger zu schneiden. Die Wunden waren nur oberflächlich – ganz im Gegensatz zu der Verwirrung, die von ihr Besitz ergriff. Was machte der Besucher? Ob er noch da war?

Wahrscheinlich, denn die Glocke der Eingangstür hatte nicht wieder gebimmelt.

Wie viel Zeit seit seiner Ankunft vergangen war? Sie hatte nicht die geringste Ahnung.

Pam trug seit Langem keine Uhr mehr, sie verließ sich auf das Tageslicht und den Verkehrsfluss am Seine-Ufer. Bemerkenswerterweise irrte ihre innere Uhr fast nie und ging höchstens ein paar Minuten vor oder nach. Das war eine Gabe oder zumindest ein Talent, das ihr in Melun-Sénart einigen Ruhm eingebracht hatte.

»Los, Pam, sag mal, wie spät es ist.«

»Acht Uhr«, sagte sie dann, und es stimmte.

»Wie macht sie das nur?«, staunten die Nachbarn. Sol und Mich, ihre Eltern, waren sehr stolz auf den Erfolg ihrer kleinen sprechenden Standuhr.

»Und jetzt?«

»Acht Uhr zwanzig ... acht Uhr zweiundzwanzig ...«, antwortete Pam sanft und stets ein wenig verlegen, dass sie so viel Bewunderung für etwas ihr selbst Unerklärliches erntete. Manche Menschen können dank ihrer Gelenke Regen vorhersagen, Pam kannte die Uhrzeit. Das war alles und nichts.

Aber gerade in diesem Moment schien ihre innere Uhr verstellt zu sein. Es gab keinerlei Indiz für die Zeit, und die Arbeitsplatte im Hinterzimmer erwies sich als großartiger Nichtbeobachtungsposten. Pam versuchte, so leise wie möglich zu atmen, und spitzte die Ohren, damit ihr nicht das geringste Geräusch im Laden entging. Es war so still, dass der Besucher sich entweder in Luft aufgelöst haben musste oder vor Ort erstarrt und am Boden festgewachsen war. Ausgeschlossen, unter solchen Bedingungen eine angemessene Harmonie zwischen den blassrosa, fast weißen Pfingstrosen und dem zarten Grün des Zwergbambus herzustellen. Eine Aufgabe, die noch erschwert wurde durch das Blut, das aus den winzigen Schnittwunden von der Blumenschere perlte.

Pam legte die Blumen vorsichtig in den Korb, bedeckte sie mit Seidenpapier, damit sie nicht welkten, und ging zurück in den Laden.

Der Mann hatte sich nicht gerührt. Reglos stand er vor dem majestätischen Gaozong.

Pam war sofort klar, dass er sich mit dem Bonsai in einem Zwiegespräch befand und daraus ein geheimes Einverständnis zwischen den beiden erwuchs. Sie spürte das unmerkliche Zittern, das an den winzigen Blättern entlanglief – ein untrügliches Zeichen dafür, dass Gaozong der stummen Rede des Besuchers lauschte. Sie stand da, ohne sich zu bewegen, bis der Mann sich sehr langsam zu ihr umdrehte.

»Dieser Baum ist beeindruckend«, sagte er ernst. »Es ist ganz klar, dass er unverkäuflich ist, das kann gar nicht anders sein. Er ist dazu da, auf Sie aufzupassen.«

Pam schaffte es nicht, etwas dazu zu sagen, weil er gleich darauf mit demselben feierlichen Ernst verkündete: »Es wird ein Geschenk.«

»Wie bitte?«

»Was ich suche. Ich weiß noch nicht genau was, aber es wird ein Geschenk … für eine Frau.«

»Oh …«, murmelte Pamela bedauernd, fast schon ein bisschen traurig, »für eine Frau.«

Lange nachdem der Besucher gegangen war, ertappte sie sich dabei, wie sie die Tür anstarrte, durch die er verschwunden war.

Drittes Kapitel

in dem die Auswirkungen von Bahnreisen auf die Erotik beschrieben werden

In dem Zug, der ihn nach Saint-Brieuc brachte, musste Thad ständig an die seltsame Geisha vom linken Seine-Ufer zurückdenken. Denn eine Geisha war sie zweifellos. Gewisse Anzeichen können nicht täuschen. Die Feinheit der Stickereien wies ihre Kleidung als echten japanischen Kimono aus. Ein sehr schönes Stück – er musste ein wahres Vermögen wert sein. Wie kam eine kleine Bonsai-Verkäuferin dazu, so ein Kleidungsstück zu tragen oder gar zu besitzen?

Rätsel über Rätsel … Und ihr Obi aus bronze- und orangefarbener Seide war auf eine spezielle Weise geknotet: nach der Mode der Geisha-Schülerinnen in Kyoto. Diese Art Knoten ließ sich nicht lösen. Das wusste er nur zu gut. Er konnte sich noch lebhaft daran erinnern, wie er es einmal mit ungeduldigen, ungeschickten Fingern versucht hatte … Wie hieß das Mädchen noch? Sein Kumpel Nobu hatte sie ihm vorgestellt, vor vielen Jahren, als sie in der Vorstadt von Osaka für Juntaro arbeiteten, einen ehemaligen General. Jetzt fiel es ihm wieder ein: Ihr Name klang wie ein Parfum …

Thad hatte sehr gute Erinnerungen an seinen Auftrag in Japan. Es war sicher eine der besten Erfahrungen seiner gesamten jungen Karriere. Nicht unbedingt wegen der Arbeit – er sollte die Ansiedlung und Entwicklung einer südkoreanischen Firma überwachen, die mit der des Generals in Konkurrenz stand –, sondern weil er damals dieses fremde, faszinierende Land für sich entdeckte …

Die gigantischen Städte mit ihren wimmelnden Menschenmassen, die gleichwohl auf den Bürgersteigen so diszipliniert vorrückten wie eine Flut ohne Hoffnung auf eine Wiederkehr der Ebbe, hatten unerwartete Ängste in ihm wachgerufen. Glücklicherweise blieb ja noch das Land mit seiner atemberaubenden Schönheit. Die Berge, die kristallklaren Flüsse, die Pflaumen-, Kirsch- und Ahornbäume sahen immer wie Zeichnungen aus, die es darauf anlegten, die auf ihnen ruhenden Blicke zu blenden … In den zehn Monaten seines Auftrags in Japan hatte er sich angewöhnt, so oft wie möglich über Land zu wandern und in Herbergen zu übernachten, die für ihre unerschwinglichen Preise oft auffallend karg eingerichtet waren. Er hatte eine Weile gebraucht, um zu begreifen, dass diese Kargheit den höchsten Luxus darstellte. Und Luxus ist teuer – in Japan wie überall.

Damals hatte er sich mit Nobu angefreundet, einem Riesen von der Insel Hokkaido, der nicht nur wegen seiner Größe, sondern mehr noch wegen seiner schroffen Art nicht ins Team passte – genauso wenig wie zu den restlichen japanischen Männern.

Dieser Waffenbruder hatte ihm das Buch geschenkt, das sein Leben verändern und sein Selbstbild erschüttern sollte. Es war die Geschichte von Miyamoto Musashi, dem (laut Nobu) größten Samurai aller Zeiten. Der hatte sich die Mühe gemacht, eine Art spirituellen und kriegerischen Ratgeber über den *Weg des Schwertes* zu verfassen, der dem

Samurai den richtigen Weg erklärt, aber auch um einiges erschwert. Obwohl Thad nicht gleich alle Feinheiten erfassen konnte, hatte er doch das Gefühl, endlich die Anleitung für sein Leben in Händen zu halten, nach der er schon seit Jahren suchte.

Bis dahin hatte er einfach gemacht, wofür er bezahlt wurde, ohne zu fragen, ob das gut oder schlecht war. Moral war eine lästige Vorstellung, die einen höchstens daran hinderte, seine Arbeit ordentlich zu machen. Also hatte er sie schnell entsorgt. Er sah sich als Söldner wie Steve McQueen, sein Liebling aus den *Glorreichen Sieben*. Aber auch Söldner brauchen einen Sinn in dem, was sie tun, und einen Ehrenkodex, an den sie sich halten können. Deswegen suchen sie sich ihre eigenen Gesetzestafeln, denn die Erfahrung zeigt, dass ein Leben ohne Glauben und Gesetz nicht lange gut geht. Diesbezüglich hatte Thad seine eigenen Erfahrungen gemacht.

Er war dem Tod schon ein paarmal von der Schippe gesprungen. Der war schon ziemlich nah an ihm dran gewesen, hatte ihn herausgefordert und schließlich doch einen anderen genommen. Daraus hatte Thad den Schluss gezogen, ihm könne nichts passieren, also hatte er sich wie ein bretonischer Highlander benommen und seine Unsterblichkeit in Missionen getestet, die oft genug übel waren, ihn aber in der Welt herumkommen ließen.

Eines Abends behauptete Nobu, die sieben Söldner seien eigentlich sieben Samurai. Das kam Thad damals sehr komisch vor. Yul Brynner, okay, aber Steve McQueen? Ausgeschlossen! Nachdem er jedoch dank des Videoklubs unter der Wohnung, in der sie ihrer Überwachungstätigkeit nachgingen, den Tatsachen ins Auge geblickt hatte, klärte sich in seinem Geist alles auf: Cowboy und Samurai *sind* ein und dasselbe, wie Caine und Grünschnabel: Persönlichkeiten, die von einem ausgeprägten Gefühl für Pflicht und Ehre geleitet werden. Diese Erkenntnis erwies sich als recht nützlich, da sie es Thad erlaubte, ohne Gewissensbisse seinem Beruf nachzugehen, wenn die Anforderungen seiner Arbeitgeber radikaler wurden.

Die Fernüberwachung der Konkurrenz mündete in eine Einschüchterung der »verdammten koreanischen Hunde«. Es ging nicht mehr um Konkurrenz, sondern um Angriff, nicht mehr um Marktanteile, sondern um die verlorene Ehre, die zurückerlangt werden musste. Der Exgeneral der japanischen Armee, der zum Geschäftsmann geworden war, hatte wegen dieser Gaijin, wie man Ausländer in Japan abfällig nennt, unter mysteriösen Umständen das Gesicht verloren. Und durch die erlittene Schmach war die Ehre Japans dem Gespött ausgeliefert! Lieber sterben als zurückweichen! Wobei das Sterben nach Möglichkeit eher den Feind betreffen sollte als einen selbst.

Musashis Vorbild und Nobus Gehirnwäsche hatten Thad schließlich davon überzeugt, dass es etwas Ehrenhaftes war, diese niederen Dienste zu verrichten. So war er nicht mehr der Gaijin-Komplize eines Yakuza im Sold eines ehemaligen Foltergenerals, der bei einem renommierten, Nikkei-notierten Unternehmen angestellt war. Nein, er war ein Krieger aus Brocéliande, Sohn Attilas, ein tapferer, getreuer Samurai.

Nachdem sie den Koreaner einmal bis spät in der Nacht eher saftig ausgequetscht hatten, überbrachte ihm Nobu den Dank des Generals. Einen speziellen Dank erster Klasse.

»Wir verlassen morgen Osaka, bis sich keiner mehr an uns erinnert. Ich nehme dich mit nach Kyoto, wo meine

Mutter wohnt. Du bist jetzt würdig, Japans Blumen kennenzulernen.«

Nobu brachte Thad nach Miyagawa-cho, in das alte Geisha-Viertel aus der Edo-Zeit. Thad dachte zuerst, das sei eine ähnliche Touristenattraktion wie die Hurenviertel in Moskau oder Amsterdam, nur dass die japanischen Prostituierten eben altmodisch in viele Schichten gekleidet seien. Was, wie er zugeben musste, eine viel originellere Art war, Kunden anzulocken, als mit dieser ausgestellten Nacktheit, die nicht immer begehrenswert war.

Aber Nobu hatte ihn von diesem Irrtum befreit und ihm die Sache lang und breit erklärt: Geishas hätten nichts mit Prostituierten zu tun, sie seien außergewöhnliche Frauen mit Talent für Gesang, Tanz, Musik und Konversation. Das hatte Thad erst einmal bezweifelt. Von Saint-Brieuc bis Singapur hatte er genügend Frauen kennengelernt, die Sängerin, Tänzerin oder Schauspielerin werden wollten. Ihre hochfliegenden Pläne waren gescheitert, ihre Träume vom Ruhm zerplatzt. Für verlorene Illusionen zahlt man auf der ganzen Welt den gleichen Preis.

Doch Geishas – darüber ließ Nobu nicht mit sich reden – waren anders. Jeder ihrer Akte, von der unbedeutendsten Bewegung bis zur aufreizendsten Haltung, gelte dem Mann; der Sinn ihres Lebens bestehe darin, sein schweres Herz leichter zu machen. Die Sorgfalt, mit der sie sich schminkten, die Wahl ihrer Kleidung, die Eleganz ihrer Gesten, wenn sie Tee zubereiteten oder Sake einschenkten, die Perfektion ihrer einstudierten Posen – alles, absolut alles diene nur einem einzigen Zweck: den Mann zu bezaubern und in seinem Status als höheres und selbstverständlich herrschendes Wesen zu bestärken. Und was die Frauen zu leiden hätten, um dahin zu gelangen! Ausführlich schilderte

Nobu, wie viele Stunden sie allein mit den Vorbereitungen verbrachten, das Ritual der Farben, wenn sie die verschiedenen Make-up-Schichten übereinander auftrugen, die komplizierte Konstruktion und das unglaubliche Gewicht des Prunkkimonos, der aus bis zu sieben Meter langen und mehr als zehn Kilo schweren Stoffbahnen bestand.

»Stell dir vor, das tragen sie manchmal mehr als zehn Stunden lang, ohne dass sie rumjammern oder irgendwie müde aussehen. Aber man muss sich schon ein bisschen auskennen, um die Einzigartigkeit der Geishas zu würdigen!«

»Und du kennst dich natürlich richtig gut aus!«, spottete Thad.

»Bei mir ist das was anderes, meine Mutter ist Geisha. Eine berühmte und geachtete noch dazu.«

Ohne sich lange bitten zu lassen, erzählte Nobu, wie seine Mutter in der berühmten Okiya Oren im Miyagawacho-Viertel aufgewachsen war und diente. Mit ihrer Freundin Kuniko hatte sie nach der schwierigen Lehrzeit den weißen Geisha-Kragen erhalten. Die beiden Freundinnen waren unzertrennlich und liebten einander wie Schwestern. Doch Kuniko zog das große Los. Da sie hübscher, anmutiger und wahrscheinlich auch um einiges durchtriebener als Nobus Mutter war, wurde sie von der Oka-san, der Eigentümerin der Okiya, adoptiert und so zur Atotori, der Erbin und »großen Schwester« aller anderen Mädchen. Nun befand sich Nobus Mutter in der heiklen Lage, derjenigen dienen zu müssen, die bis dahin ihre Gefährtin und ihr gleichgestellt gewesen war. Doch mit ihrem sanften, liebevollen Wesen – so hatten sie alle beschrieben, und Nobu hatte jeden Grund, diesen Zeugnissen aufs Wort zu glauben – fügte sie sich gut in die neue Situation ein. Sie liebte ihre »große

Schwester« ohne jeden Anflug von Neid. Frau Kuniko dankte ihr diese Treue, indem sie sie nicht aus dem Hause warf, als sie von einem riesenhaften Fischer von der Insel Hokkaido, der sich für ein paar Wochen geschäftlich in Kyoto aufhielt und mit dem sie eine heimliche Liebe verband, schwanger geworden war. Und als Kuniko ein paar Jahre später selbst zur Besitzerin der Okiya wurde, erlaubte sie Nobu und seiner Mutter zu bleiben – trotz der strengen Regeln (keine Männer, keine Kinder), die seit Jahrhunderten das Leben in solchen Etablissements bestimmen.

Der Junge wuchs inmitten einer Armee von Mädchen jeden Alters auf und fühlte sich dabei sehr wohl. Doch um sein fünfzehntes Lebensjahr herum begannen sich die Dinge zum Schlechteren zu wenden. Die Natur war großzügig mit ihm gewesen. Er hatte die mächtige Statur seines Vaters geerbt, dessen Wuschelkopf und einen erstaunlichen Bart, der ihn älter machte. Tatsache war, dass man ihm sein Alter überhaupt nicht ansah. Aber auch gar nicht. Mit fünfzehn lebte er in einem Zustand ständiger Erektion, was für ihn ebenso verstörend wie schmerzhaft war. Das sprach sich natürlich unter den Mädchen des Hauses herum, und nachts schlüpften sie gern zu ihm auf den Futon, um sein außergewöhnliches Instrument zu benutzen. Doch je mehr Nobu genoss – und Gott weiß, dass er sich mehrmals am Tag diesem Vergnügen hingab –, umso mehr Lust bekam er.

Statt seine Spannungen abzubauen, ließ die Verfügbarkeit der Mädchen sein Begehren nur noch größer werden. Am Ende wurde die Sache im Viertel bekannt und gefährdete den Ruf des Hauses, das diese schlechte Werbung nicht brauchen konnte. Schweren Herzens und mit Tränen in den Augen musste Frau Kuniko sich dazu entschließen, ihre teuerste und treueste Freundin zu bitten, die Okiya zu verlassen und ihren Hengst von Sohn so weit wie möglich wegzubringen. Nobus Mutter war darüber unendlich traurig. Ihr Wesen veränderte sich, sie zog sich in sich selbst zurück, und um der Schande zu entgehen, schickte sie schließlich ihren einzigen Sohn zu seinem Vater nach Sapporo.

Fasziniert von der Geschichte seines Freundes, ließ Thad sich also in ein Teehaus erster Klasse führen. Er musste im Vorzimmer seine Schuhe ausziehen, bevor er einen bescheiden wirkenden Raum betrat. Ein paar Männer und vier Frauen, die aussahen, als wären sie geradewegs einem Geschichtsbuch entsprungen, saßen im Schneidersitz auf u-förmig auf dem Boden ausgebreiteten Tatami-Matten.

Thad gelang es nicht, das Alter der Frauen zu schätzen oder ihre Schönheit zu beurteilen, weil ihre Gesichter so dick gepudert waren wie beim weißen Clown, der den Kindern immer ein wenig Angst einflößt. Selbst ihre dunklen Augenbrauen waren darunter unsichtbar geworden. Die mit dem Pinsel aufgemalten Lippen verliehen ihren Mündern eine seltsame Form. Und der befremdliche Eindruck wurde von dem starken Kontrast zwischen dem dunklen Karminrot der Lippen und dem Weiß des Gesichts noch verstärkt. »Wie alle Huren der Welt«, dachte Thad. Aber diese roten Lippen forderten Distanz und Respekt.

Eine junge Frau – tatsächlich war es unmöglich, ihr Alter zu erraten, aber er stellte sich lieber vor, dass sie jung war – setzte sich neben ihn und sah ihm gerade und direkt in die Augen, was ihn in seinen Grundfesten erschütterte. Sie murmelte einige unverständliche Sätze und wandte sich glucksend zu einer ihrer Gefährtinnen um, die etwas weiter weg saß. Statt sich wie sonst darüber aufzuregen, fand Thad dieses Lachen anmutig, ja, bezaubernd. Nobu übersetzte aus dem Kyokotoba, dem Kyotoer Dialekt, in dem die Geishas sprachen: »Sie findet deine Nase viel zu lang, aber deine Mandelaugen gefallen ihr. Sie sagt, du hast den stolzen Blick des Samurai. Hab ich dir nicht gesagt, die kennen sich aus?«

Dann ermunterte ihn Nobu, mehr Sake zu trinken als sie.

»Das ist hier so Sitte, wenn du zeigen willst, dass du ein Mann bist.«

Ohne mit der Wimper zu zucken, nahm Thad die Herausforderung an. Aber die schelmische Japanerin vertrug so viel wie die Bretoninnen, die mit Chouchen großgezogen wurden, dem Honigwein von Saint-Malo. An den Rest des Abends hatte Thad nur verschwommene Erinnerungen: sie und er in einem kleinen Nebenzimmer, seine ungeduldigen Finger an den unlösbaren Knoten nestelnd, die den Obi geschlossen hielten ... Aber was dieses Mädchen mit seinem Körper anstellen konnte, war ein Wunder.

Thad hatte Sex stets als Nebensache betrachtet, ohne dass es ihm gelungen wäre, dessen Rolle und Bedeutung in seinem Leben zu definieren. In Japan wie in vielen anderen Ländern, in denen er sich herumgetrieben hatte, wurde Sex ohne Gemütszustände praktiziert wie Essen und Trinken: aus Notwendigkeit oder aus Langeweile. Bisher hatte er sich eher zurückgehalten, was seinem geringen Appetit entsprach. Doch die Gefühle, die diese Frau in ihm ausgelöst hatte, die neue Lust und der ungewohnte, schwindelerregende Orgasmus hatten seinen Kopf und sein Geschlecht fast zum Platzen gebracht, und nun begann er sich ernsthaft zu fragen, ob er nicht in all den Jahren etwas Wesentliches, Unerhörtes versäumt hatte.

Nobu hatte recht, Geishas waren besondere Frauen und außergewöhnlich begabte Trösterinnen. Nach diesem Abend besuchte er sie regelmäßig. Und jedes Mal half sie ihm, etwas nachzuholen. Und wie sie das immer machte!

Die leichten Stöße des Zuges rhythmisierten seine erotischen Träumereien.

Er konnte die sanften Hände fast spüren, die sein Gesicht streichelten und an seinem Nasenrücken innehielten. Er erinnerte sich noch genau, wie freudig ihr Becken – ah, Mitsouko hieß sie! –, ja, genau, Mitsoukos Becken an seinem …

»Saint-Brieuc, Endstation! Alle aussteigen! Bitte sehen Sie nach, ob Sie nichts im Zug vergessen haben!« Als die kalte Lautsprecherstimme ertönte, befand sich Thad in einem kritischen Zustand: Der Stoff seiner Hose war zum Zerreißen gespannt.

Doch als er die Augen aufschlug, hatte Pams sanftes Gesicht das von Mitsouko abgelöst und lächelte ihn an. Alles an ihr war vollkommen. Sie war wie ein fernes Versprechen, ein wenig verschwommen, wie geradewegs einem Traum entsprungen. Wie ihre schöne milchweiße Haut wohl schmecken mochte? Schon der Gedanke war verwirrend und erweckte in ihm fast so etwas wie Traurigkeit. Ein ganz normaler Zustand bei ihm, den allerdings nur etwas Außergewöhnliches hervorrufen konnte.

Nachdem er eine Weile allein in dem stehenden Waggon sitzen geblieben war, stand sein Entschluss fest: Er wollte so schnell wie möglich nach Paris zurückkehren und den kleinen Japanladen am Quai Malaquais aufsuchen. Er musste Pam wiedersehen, um zu überprüfen, was sein Instinkt ihm einflüsterte: dass das die Begegnung seines Lebens war.

Viertes Kapitel

in dem man erfährt, wie Steve McQueen das Schicksal von Jean-Christophe Le Kervantec verändert hat

Laut Geburtsurkunde hieß Thad eigentlich Jean-Christophe Le Kervantec. Um das zu verstehen, hätte man im Sommer 1985 dabei sein müssen. Seine Mutter verschlang gerade mit größter Begeisterung *Hannah*, den neuesten Roman von Paul-Loup Sulitzer, dessen bloße Erwähnung Thad noch heute unangenehm war, und vergaß darüber während des ganzen Monats Juli, mit ihrem Sohn zu sprechen.

Obwohl es ihn schmerzte, so übergangen zu werden, machte es ihn doch aufrichtig glücklich, die Augen seiner Mutter glänzen zu sehen. Sicher wäre er auch gern selbst der Anlass dafür gewesen, aber er freute sich schon, wenn sie überhaupt lächelte. Das war selten.

Soizic Le Kervantec konnte ein Meisterwerk erkennen, wenn sie es in den Händen hielt. Sie hatte es geschafft, die alte Michalon, Bibliothekarin im Ruhestand, und die Grundschullehrerin Soline Ledodec auszustechen und sich zur Vorsitzenden des Leseklubs von Saint-Brieuc ernennen zu lassen. Als ihr unerwarteter Sieg über zwei so gewichtige Gegnerinnen (und was die Michalon anging, war das durchaus wörtlich zu verstehen) verkündet wurde, schloss Soizic daraus, dass nichts sich ihrem Willen widersetzen konnte. Und nach sechs Jahren, in denen sie Dutzende Werke für ihren Leseklub ausgewählt und kritisiert hatte, konnte man sagen, dass sie sich in der Literatur richtig gut auskannte.

Erschüttert vom Schicksal Hannahs, der sie sich unendlich nahe fühlte, fasste Soizic einen unwiderruflichen Entschluss, ohne zu bedenken, dass dies Folgen haben könnte: Ihr einziger Sohn, dessen Vater sie nur flüchtig gekannt hatte, sollte ebenfalls ein Schicksal haben. Natürlich nur unter der Bedingung, dass sein Vorname geändert würde.

Jean-Christophe muss zehn oder elf Jahre alt gewesen sein, als seine Mutter ihn in einer Zeremonie, der eine gewisse Lächerlichkeit nicht gänzlich abgesprochen werden konnte, zu Ehren von Hannahs Geliebtem Thaddeuz in Thad umbenannte. Eine Weile lang hegte Thad einen gewissen Groll gegen seine Mutter, weil er sich der Erkenntnis nicht verschließen konnte, dass er das Licht der Welt am falschen Ort erblickt hatte – er war schließlich kein Pole. Nun sah er sich moralisch dazu verpflichtet, nach dem Vorbild des mütterlichen Helden das Leben eines Abenteurers zu führen. Mit zwanzig zog er eine Karriere in der Piraterie in Betracht, doch Saint-Brieuc ist nicht Saint-Malo, und wieder einmal musste er dem Offensichtlichen ins Auge blicken: Er war noch nicht einmal auf der richtigen Seite der Bretagne geboren.

Soizic war kein schlechter Mensch, sie versuchte nur, das Chaos ihres Lebens nach besten Kräften in Ordnung zu bringen. Sie hatte kurz vor dem Abitur gestanden, als sie in der Crêperie An Ti-Krampouezh, wo sie manchmal aushalf, um sich ein zukünftiges Literaturstudium zu finanzieren, einen Kerl von einem Handelsschiff kennenlernte –

dünn wie ein Streichholz und mit großen, sanften, leicht schrägen Augen –, der sie schwängerte.

Das Gesetz zur Legalisierung des Schwangerschaftsabbruchs war in der Bretagne noch nicht recht angekommen, daher wollte niemand das Risiko eingehen, der jungen Frau zu helfen. Und der reisende Vater erkannte nach seiner Rückkehr nicht einmal die Mutter auf der Straße wieder, geschweige denn den Jungen im Kinderwagen.

Wenn die Nachbarn mit angemessener Verachtung und dem nötigen Mitleid in der Stimme über ledige Mütter herzogen, tat Soizic so, als hörte sie nicht zu. Abends weinte sie dann vor Wut in ihr Kissen, um das Kind nicht zu wecken, das schon seit Langem nicht mehr schlief. Das konnte sie natürlich nicht wissen, dazu hätte sie die Tür aufmachen und nachschauen müssen. Doch so weit ging sie nie, sie horchte nur hinter der angelehnten Tür auf den Atem ihres Kindes, trat aber nicht ein. Also bemühte sich das Kind nach Kräften, tief und regelmäßig zu atmen, wie es sein sollte, damit sie sich keine Sorgen machte. Und wenn die Mutter leise in ihr Kissen weinte, atmete es lauter, um sie zu beruhigen.

Ein paar Jahre später stieg Soizic dort, wo sie ihn unterbrochen hatte, wieder in den Unterricht ein und konnte als »freie Schülerin« – eine Bezeichnung, deren Ironie ihr keineswegs entging – das ersehnte Literarische Abitur nachmachen. Dafür lernte sie nachts, wenn ihr Sohn schlief, und arbeitete tagsüber im An Ti-Krampouezh. Sie hätte nie gedacht, dass sie je wieder dazu fähig sein würde, den Laden zu betreten, geschweige denn, dort Kunden zu bedienen. All die schlechten Erinnerungen … Aber sie warf den Hut drauf, und da passte der ganze Rest auch darunter. Ja, so war sie, Soizic Le Kervantec: starrköpfig, stolz, aber vor allem pragmatisch. Also nahm sie nur wenige Woche nach der Entbindung tapfer die Arbeit wieder auf, nachdem sie vorrangig einen Krippenplatz bekommen hatte. Ihr Glück wendete sich. Im Grunde war das nur eine Frage des Standpunkts.

Als Jean-Christophe, der damals noch nicht Thad hieß, etwas größer war, ergatterte sie trotz harter Konkurrenz eine Stelle in der Gemeindebibliothek. Ihre Kontaktfreudigkeit, die sie in den Jahren in der Crêperie entwickelt hatte, wirkte Wunder. Ihr neuer Status als Beamtin brachte ihr endlich die Achtbarkeit ein, die ihr so gefehlt hatte. Dank einem über fünfzehn Jahre laufenden Darlehen des Crédit Mutuel de Bretagne konnte sie sich eine bescheidene Wohnung am Stadtrand von Saint-Brieuc kaufen.

Soizic liebte dieses geregelte Leben, ordentlich bis zur Besessenheit, ohne den kleinsten Raum für Unvorhergesehenes. Sie war ein Granitblock, ähnlich den Menhiren der Bretagne, sie beklagte sich nie. Und nie erwähnte sie den einzigen Funken eines erloschenen Lebens. Selbst der Junge war kein Problem.

Er war schweigsam und verschlossen, stellte keine Fragen und hörte ziemlich schnell damit auf, irgendetwas zu wollen. Er blieb problemlos stundenlang allein, Hauptsache, der Fernseher lief. Sie sahen sich nie zusammen etwas an, weil für Soizic nur das Lesen zählte. Irgendwann hatte Thad es aufgegeben, sie auf sich aufmerksam zu machen, anscheinend konnte sie nichts anderes lieben als ihre Bücher. Abgesehen von den *Dornenvögeln* war ihr Fernsehen zuwider, besonders Western und asiatische Karateserien, die er liebte. Sie mochte Reisen nicht und Reisende noch viel weniger. Ihrer Ansicht nach benötigte man nicht mehr als ein Buch, um irgendwo anders hinzukommen, und die Rückkehr war auch bequemer.

Im Laufe der Jahre hatte ihr Sohn sich allmählich von ihr entfernt, nur wie ein Bettler ab und zu nach der Wärme geschnappt, die manchmal in ihrer Stimme und sehr selten in ihren Augen war. Sonst blieb ihr Blick meist abwesend und erloschen. Diese Frau, seine Mutter, wurde ihm fremd. Natürlich glaubte er, sie zu lieben, aus Resignation und in Anbetracht der gemeinsam verbrachten Zeit, die sie in eine merkwürdige, substanzlose Beziehung eingefroren hatte. Seine Bindung an Soizic hätte man mit der zwischen der Geschäftsführerin der Crêperie und ihrem treuesten Kunden vergleichen können. Aber natürlich wagte er diesen Vergleich nie, und jeder blieb, wo er war.

So auf sich selbst gestellt, wurde Thad groß. Glücklicherweise nicht sehr groß, und er hatte das Fernsehen. Einmal versuchte Soizic, ihm das Fernsehen zu verbieten und ihn zum Lesen zu zwingen, da wurde er so wütend, dass sie ihr Vorhaben aufgab. Es blieb bei diesem einen Mal.

Thads Kindheit und Jugend verliefen friedlich, bestrahlt vom Glanz seiner Helden. Eine Zeit lang interessierte er sich für James West, der in einem todschicken, von der Eisenbahngesellschaft netterweise zur Verfügung gestellten Spezialwaggon durch den *Verrückten Wilden Westen* reiste. Doch als der Sender nach neunundzwanzig Folgen in Schwarz-Weiß die Serie auf Farbe umstellte, sprang Thad ab. Er zappte sich durch die Sender und zog sich Spaghettiwestern rein, bis ihm schlecht war. Schließlich kam es zu der entscheidenden Begegnung mit Josh Randall, dem einsamen, mutigen Cowboy und Kopfgeldjäger mit einem ausgeprägten Sinn für Moral, was man daran erkennen konnte, dass er die Bösen lieber lebendig fing als tot.

Um den richtigen Ton und die perfekte Haltung zu treffen, übte Thad stundenlang vor dem Wohnzimmerspiegel.

Binnen weniger Wochen konnte er die Augen perfekt zusammenkneifen wie Steve McQueen, beherrschte das langsame Ansetzen der Armbewegung vor dem Entsichern, die verwirrende Reglosigkeit von Grünschnabel, seinem Helden aus *Kung-Fu*, und seine Art, sich über den Teppich voranzuschieben, hatte durchaus Ähnlichkeiten mit dem Gang von John Wayne. Er spürte, dass er alle Cowboys zugleich war. Dank seiner Fernsehfamilie hatte Thad seinen Weg gefunden: Er würde Kopfgeldjäger werden, Cowboy oder Söldner (er wollte da nicht so wählerisch sein). Er würde gegen Geld seine Dienste anbieten und ein einsames Leben führen, wofür er seine Gewohnheiten nicht verändern müsste. Und für einen gerechten Grund – da war er sich sicher – könnte er sogar töten.

Ganz durcheinander davon, dass er nun genau wusste, was er aus seinem Leben machen wollte – irre, wie einen das Fernsehen umhauen kann! –, lief er erregt auf und ab und wartete sehnsüchtig auf die Rückkehr seiner Mutter, um ihr die große Neuigkeit zu verkünden.

Wie üblich kam sie nicht.

Aber egal, in dieser Zeit erwarb er sich jedenfalls seinen ruhigen, unerschütterlichen Glauben an die Fiktion, der es ihm erlaubte, die kommenden Jahre gelassen zu überstehen.

Fünftes Kapitel

in dem das unerbittliche Dallas-Universum das Recht des Stärkeren feiert

Um ein Haar hätte Pam Sue Ellen geheißen. Hochschwanger hatte ihre Mutter Solange nämlich folgenden Plan bezüglich ihrer Zukunft entwickelt (ohne den geringsten Zweifel an der Prognose): Ihre Tochter würde Sue Ellen heißen, mutig und entschlossen und selbstverständlich mit dem Erben eines Großgrundbesitzers verheiratet sein, was sie vor aller Armut schützen würde. Besser Erdöl erben, als in Schönheit sterben (viel, viel besser), dachte Sol und streichelte ihren Ballon.

Natürlich war sie nicht so bescheuert, dass sie sich Illusionen über riesige Erdölvorkommen auf französischem Grund und Boden machte, entscheidend war nur die Richtung, in die es gehen sollte. Sich selbst konnte sie sich gut als Miss Ellie vorstellen, sie würde genauso elegant altern wie Barbara Bel Geddes mit ihren kaum sichtbaren »Oil of Olaz«-Fältchen und den kurzen nach hinten gekämmten Haaren in Silberblond, was gar nicht altbacken aussah. Übrigens war es kein Fehler, wenn der Vorspann sie mit dem todschicken Titel *Miss* bedachte, so rätselhaft er auch war bei ihren gut sechzig Jahren.

In der Folge aber, die an jenem Abend ausgestrahlt wurde, hatte es Sue Ellen übertrieben. Die hysterische Szene, in der sie es schaffte, J. R. (der die Gelegenheit nutzte, um mit einem sadistischen Grinsen im Mundwinkel abzuhauen) drei Bourbongläser an den Kopf zu werfen, bevor sie völlig betrunken auf dem Sofa (Amerikaner sagen niemals Couch) zusammenbrach, verschlug Sol den Atem. Als sie wieder Luft bekam, folgten die Wehen einander in regelmäßigen Abständen von drei Minuten. Es war höchste Zeit, einen Krankenwagen zu rufen. Ungeachtet dessen war Sue Ellen in Sols Wertschätzung tief gesunken, und zum ersten Mal nisteten sich zwischen zwei besonders heftigen Wehen Zweifel in ihr ein.

»Mich!«, schrie sie und wandte sich mit schmerzverzerrtem Gesicht an ihren Mann, der allerdings direkt neben ihr im Krankenwagen saß. (Die Sirene machte einen Höllenlärm, und Sol konnte vor Schmerzen kaum sprechen.) »Ich weiß nicht, ob es eine gute Idee ist, die Kleine Sue Ellen zu nennen.«

Mich, der keine Meinung dazu hatte, nickte nur und drückte seiner Frau ganz fest die Hand.

»Vielleicht Pamela?«, schlug er dann vor.

Im Moment der Entbindung versicherte ihr die Hebamme, die das Ende der Folge gesehen hatte, Sue Ellen sei eine versoffene Schlampe, unwürdig, eine Ewing zu sein, und tat sogar so, als wollte sie auf den Boden spucken.

»Und Pamela?«, keuchte Sol.

»Pamela ist okay«, erklärte die Schwester.

Damit war das Schicksal ihrer Tochter besiegelt. Sie würde Pamela sein, die schöne, sanfte Erbin der Familie Barnes, was auch nicht zu verachten war. Netter und schüchterner als die angeheiratete Schwägerin, aber so war es sehr viel besser.

*

Trotz einer Kindheit im Zeichen von *Schatten der Leidenschaft* zeigte Pam schon früh eine Fernostmanie, was ihren Eltern lieber war, weil eleganter und weniger laut als die damals herrschende Grunge-Mode mit offener Holzfällerjacke über XXL-Hosen von der Heilsarmee, fettigen langen Haaren und immer nur Nirvana in den Ohren. *I swear I don't have a gun*, raunte der Sänger, bevor er Selbstmord beging.

Pamela, der diese schmutzige, hoffnungslose Welt völlig fremd war, betrat auf Zehenspitzen das Yoko-Tsuno-Universum. Pechschwarze Lidstriche verlängerten ihre großen, runden Augen bis an die Schläfen, und ihre kohlrabenschwarz gefärbten Haare umrahmten makellos glatt und schwer ihr kleines Gesicht wie ein perfekter Helm. Das war übrigens die einzige Kleinigkeit, die Solange betrübte: Ob Kelly, Eden oder Nicole – alle Heldinnen ihrer Lieblingsserien hatten blonde Locken. Na ja, ein bisschen Sorgen machten sie sich schon, Sol und Mich, wohin das alles noch führen sollte, aber letztlich hielten sie es für pubertären Spinnkram, der irgendwann vorbei sein würde. Bis zu dem Tag, an dem sich Pam, weil ihr langweilig war, in der Schulbibliothek *Die Geisha* ausborgte. Eine Enthüllung! Alles in diesem Roman ergab einen Sinn. Diese einzigartige Mischung aus Oberflächlichkeit und strengem Protokoll, Eleganz und Perfektion! Die Geishas setzten dieser rasenden Welt, die immer wieder mit Höchstgeschwindigkeit an die Wand fuhr, die Bewahrung der Sitten und des Wissens entgegen, die Langsamkeit und Perfektion des Werks. Das war sehr weit weg vom Buchhaltungs- und Informatikunterricht, die Pam nach der Schule Zukunft und Sicherheit bieten sollten.

Es gibt im Leben eines Menschen diese seltenen Momente, in denen sich sein Weg gabelt: Alle Richtungen sind möglich, aber nur eine wird man einschlagen. Nachdem sie lange darüber nachgedacht hatte, beschloss Pamela, dass sie eine Geisha werden würde. Ob es eine Berufsausbildung gab, die sie darauf vorbereiten könnte, wusste sie allerdings nicht.

Sechstes Kapitel

in dem man erkennt, dass zu viel Maki-Sushi der Gesundheit einer Beziehung abträglich sein kann

Pamela weihte die Eltern in ihre Entscheidung ein, die Ausbildung zur Direktionsassistentin aufzugeben. Sie brauche Zeit, um über ihre Zukunft nachzudenken. Sol und Mich konnten ihrer einzigen Tochter, die noch dazu einen brillanten Abschluss gemacht hatte (sie hatte im Technischen Abitur ein Sehr gut geschafft), nichts abschlagen. Also beschlossen sie, ihr zu vertrauen.

Leider gab es keine Geisha-Schule in Melun und auch nirgendwo sonst – sie hatte sich erkundigt. Aber sie wollte sich nicht so schnell geschlagen geben und kam auf die Idee, es im »Yakitori«, dem japanischen Restaurant in der Innenstadt, mit *learning by doing* zu versuchen.

Für die Bewerbung wählte sie ihren Lieblingskimono: dunkelblau mit hübschen anthrazitgrauen Arabesken, der sich ganz natürlich um ihren Körper zu schmiegen schien. Da sie keinen passenden Obi besaß, umwickelte sie stattdessen ihre schmale Taille mit einer der Länge nach doppelt gefalteten Stoffbahn, die wie ein Gürtel wirkte. Ihr Gesicht schminkte sie sehr sorgfältig mit milchweißem Mineralpuder, penibel darauf achtend, dass um den Mund, die Augen und hinter den Ohren keine Haut zu sehen war. Die Übergänge nahmen wahnsinnig viel Zeit in Anspruch, aber sie strengte sich an, als hinge ihr Leben davon ab. Anschließend zeichnete sie mit schwarzem Kajal zwei perfekte Halbkreise für die Augenbrauen und trug mit einem Pinsel genau in die Mitte ihrer Lippen Farbe auf, einen hinreißenden roten Punkt. Sie wollte schließlich einen guten Eindruck machen.

Das Restaurant stellte sie sich wie eine moderne Okiya vor, eine Art Geisha-Haus, in dem sie auch den Boden wienern und den Müll hinaustragen würde, wenn sie im Gegenzug die edle Kunst der Kalligrafie und der Teezubereitung gelehrt würde. Trotz ihres Make-ups, das jede Prostituierte hätte erblassen lassen, wurde sie vom Fleck weg engagiert.

Es muss wohl nicht extra erwähnt werden, dass Pam ihre Erwartungen bald zurückschrauben musste und ihre Lehre sich darauf beschränkte, die Buchstaben und Ziffern zu den Menüfotos der im Restaurant angebotenen Speisen auswendig zu lernen. Und bloß nicht die beiden extra Rindfleisch-Käse-Spieße für Kyoto 16 vergessen, ganz zu schweigen von den Sake-Gläsern, auf deren Grund sich Frauen entblößten. Die Enttäuschung war den Hoffnungen entsprechend: unermesslich.

Pams Verlobter Yvon wusste aus sicherer Quelle, dass alle japanischen Restaurants von Chinesen geführt wurden, die auf die westliche Unfähigkeit bauten, zwischen Chinesen, Japanern, Koreanern und Thailändern zu unterscheiden. Um noch zu dieser Verwirrung beizutragen, mussten sämtliche Mitarbeiter eine blaue Kimonojacke und ein weißes Stirnband mit einer roten Sonne in der Mitte tragen und sahen damit aus wie die Statisten in *Pazifikgeschwader 214*, der Lieblingsfernsehserie von Pams Vater. Yvons Enthüllungen zum Trotz hielt sie durch. Beharrlichkeit ist eine wesentliche Eigenschaft der Geisha, also war Pam beharrlich.

Die Chefin hatte allen Grund zur Freude: Ganz Melun-Sénart kam in ihr Restaurant, um die Tochter von Sol und Mich zu sehen, die, ausstaffiert wie zur Parade, Maki-Sushi servierte, ohne den Blick zu heben. Anfangs hatte Pam Probleme mit dem Gehen, weil sie ihre Füße samt weißen Socken in hölzerne Clogs gezwängt hatte, die sie am Vorwärtskommen hinderten. Während sie gerade einmal drei Schritte getan hatte, waren ihre orientalischen Kollegen mindestens zweimal hin- und hergelaufen. Und der ganze Saal hielt den Atem an, wenn die zarte Gestalt mit dem Schwanenhals die schweren Tabletts mit Miso-Suppe, Klebreis und Spießen balancierte. Allmählich lernte Pam, ihre kleinen Schritte und außergewöhnliche Langsamkeit durch anmutige Gestik zu kompensieren, sodass sogar die Typen von der Post, die jeden Freitag gemeinsam ins »Yakitori« Mittag essen gingen, von ihrer Anmut gerührt die Stimme senkten, wenn sie sich ihrem Tisch näherte.

Bis dahin hatte Yvon, Pams offizieller Verlobter, ohne Murren alle Stufen ihrer Japanisierung ertragen. Natürlich hatte er ein bisschen gegrummelt, als sie darauf bestanden hatte, dass er zu Hause diese Holzflipflops trug. Echtes Mistzeug, diese Treter, weil man sich damit die Knochen brach, ohne dass man erklären konnte warum. Weder dem Arzt noch den Kumpels. Doch Pam hatte ihren Kimono geöffnet, und Yvon hatte nachgegeben. Ihre seidig langen schwarzen Haare, ihr heller Teint und die fast unwirkliche Durchsichtigkeit ihrer Haut ließen ihn schwindeln. Und wie sie ihn abends verwöhnte, ihm den Nacken und die Füße massierte, wenn er heimkam ... Erst mit dem Essen fing es an, richtig bergab zu gehen. Seit sie im »Yakitori«

arbeitete, widmete Pam sich mit einer an Besessenheit grenzenden Sorgfalt und nach allen Regeln der Kunst der Zubereitung von Maki, Sashimi und Chirashi-Sushi. Irgendwann konnte Yvon diesen Ninja-Turtle-Fraß nicht mehr sehen, ganz und gar nicht mehr. Kurz bevor sie an dem Punkt ohne Wiederkehr angekommen waren, ahnte Pam die Katastrophe und gab ihre verflixten Sushi auf.

Am nächsten Tag machte sie ihm Algentatar mit süßsaurer Soße und einem Hauch Wasabi. Das war noch schlimmer. Yvon aß abends immer häufiger außer Haus und kam immer später heim, um sich dann mit einem Sake auf dem Sofa den Rest zu geben. Die Einsamkeit und das Warten schmerzten Pam so sehr, dass sie, um die Zeit totzuschlagen, im Fernstudium Kantonesisch zu lernen begann. Das war das Reiskorn, das das Fass zum Überlaufen brachte. Kantonesisch war Chinesisch, und Yvon ließ sich nicht gern für dumm verkaufen.

Im ersten Moment reagierte Pam gar nicht auf die Trennung. Dann holte der Schmerz sie ein. Intensiv und brennend. Nach siebzehn Tagen ununterbrochenen Leidens war sie so ausgemergelt, dass man fast durch sie hindurchsehen konnte, das Gesicht eingefallen, der Magen hohl und die langen Haare vor Verzweiflung abgeschnitten. Schließlich wurde ihr bewusst, dass das Leiden einen vollkommenen Kreis bildete, den sie nun umrundet hatte. Und da sie keinerlei Besitzerinstinkt besaß, beschloss sie, dass ihr Schmerz lange genug gedauert hatte und es nun Zeit für sie war, die Tangente zu nehmen und diese ausweglose Geometrie zu verlassen. Zutiefst verletzt durch ihren ersten Liebeskummer, entwickelte sie ein spontanes Talent zum Selbstschutz.

Es war nicht so sehr die Trennung von Yvon, die ihr zu schaffen machte, sondern eher die Reaktion ihres Körpers, als der Schmerz über sie herfiel: Es war, als ob er sich in ein autonomes, von ihrem Willen unabhängiges System verwandelt hätte. Das beunruhigte sie vor allem. In Zukunft, das schwor sie sich, würde sie darauf achten, ihm nicht mehr so viele Freiheiten zu gewähren. Sie stand auf, schlüpfte in ihre Kimonojacke, knotete ihren Obi sorgfältig und setzte Wasser für ihren Tee auf.

Siebtes Kapitel

in dem das angebliche Taktgefühl des japanischen Volkes einen ordentlichen Schlag bekommt

Sie saßen mindestens zu acht am Tisch in dem kleinen Separee in der oberen Etage. Pam waren sie gleich aufgefallen. Selbst im »Yakitori« bleiben acht Japaner nicht unbemerkt. Sie hatten die teuersten Menüs bestellt, die in Weidenschiffchen serviert wurden, und gleich von Anfang an nach zahllosen Extras verlangt, japanisches Bier floss in Strömen, und der Sake wäre bestimmt auch bald dran. Das roch nach dem Umsatz der Woche. Und sobald es um Geld ging, gelang es der Chefin sogar, sich in eine leutselige Wirtin zu verwandeln, Lächeln und Bücklinge in rauen Mengen inbegriffen.

Um dem Ganzen einen Hauch Folklore zu verleihen, hatte sie Pam mit dem Servieren der Getränke beauftragt. Die Reservierung war auf den Namen Dr. Atsura erfolgt, und sie hatten telefonisch vereinbart, dass er am Ende des Essens die gesamte Rechnung bezahlen würde, allerdings unter größter Diskretion, um seine Gäste nicht in Verlegenheit zu bringen. Die Chefin fand dieses Prinzip ebenso ehrenwert wie gewinnbringend. Das war etwas anderes als die vielen Tischrunden, die zwei Stunden brauchten, um die Rechnung auseinanderzudividieren, wobei die Hälfte mit Restauranttickets bezahlte, ein Drittel mit Guthaben aus der Vorwoche und der Rest mit Schecks über winzige Beträge – da konnte man beim Kassieren schon mal Migräne kriegen.

Atsura klang echt japanisch, sie musste also ihren pakistanischen Koch ermahnen, sein Bestes zu geben. Der Abend fing ganz gut an. Jedes Mal, wenn Pam herunterkam, bestellte sie noch zwei Flaschen Sake. Die Kleine machte offenbar Eindruck mit ihrem Kostüm, dachte die Chefin und beglückwünschte sich innerlich zu ihrer Entscheidung.

Pam war an dem Tag so nervös, dass sie fürchtete, ihr Make-up zu verschmieren oder andere Ungeschicklichkeiten zu begehen. Es war das erste Mal, dass sie Japaner aus der Nähe sah. Aus den Gesprächsfetzen, die sie aufschnappen konnte, hatte sie den Schluss gezogen, dass die Männer die Eröffnung der ersten Japauto-Werkstatt in Melun-Sénart feierten. Der älteste Mann am Kopfende des Tisches, der sie erst heimlich, dann immer unverhohlener ansah, spendierte den anderen das Abendessen. Immer wenn sie wiederkam, verlor sie ein paar Illusionen mehr. Die Männer wurden immer betrunkener, liefen rot an, als träfe sie jeden Moment der Schlag, und benahmen sich grotesk. Kein Vergleich mit den wilden, aber würdigen Samurai, von denen Pam heimlich träumte. Der Schnaps hatte ihnen jeglichen Anstand ausgetrieben. Sie brüllten und schlugen mit der Faust auf den Tisch, schauten wie verliebte Gockel oder versuchten, den Ärmel von Pams Kimono festzuhalten, wenn sie an den Tisch kam, um abzuräumen.

Eigentlich hatte sie überhaupt keine Lust mehr, aber das Geisha-Lehrbuch, das sie in der Mediathek von Melun-Sénart aufgetrieben hatte, war da strikt: Ob es ihr gefällt oder nicht (in welchem Falle sie besser unverzüglich ihre berufliche Orientierung überdenken sollte), eine Geisha muss während der gesamten Dauer eines Banketts für das Wohl ihrer Gäste sorgen. Wenn sie noch in der Ausbildung ist, besteht ihre Aufgabe darin, die Gläser zu füllen und die Aschenbecher zu leeren. Sie hatte also keine Wahl, sie musste wieder zurück zu den Männern und auf untadelige Weise so tun, als ob sie nicht bemerkte, dass die Sache aus dem Ruder lief. Ein sehr rot angelaufener, sehr betrunkener und sehr blöder kleiner Dicker versuchte, die Kordel, die ihren Obi verschlossen hielt, zu lösen.

»Kotaro«, griff mit sanfter, aber äußerst fester Stimme der ältere Mann am Kopfende des Tisches ein, »ich denke, Sie treten der jungen Frau zu nahe.«

Der kleine rote Mann wollte sich aufregen, das sei nur ein Scherz, ein Spiel, radebrechte er, und auf die Bedienung müsse man ohnehin keine Rücksicht nehmen, die habe bestimmt schon ganz andere Sachen erlebt. Er schloss mit einem klangvollen Rülpser, dann fiel sein Kopf auf die Rückenlehne der Bank, und er begann mit weit offenem Mund laut zu schnarchen.

Pamela kam an diesem Abend sehr spät vom Dienst, weil sie noch das Separee im ersten Stock putzen und aufräumen musste. Als sie das Restaurant verließ, war sie traurig und schrecklich enttäuscht. Das legendäre Taktgefühl des japanischen Volkes hatte einen ordentlichen Schlag abbekommen.

*

Am nächsten Morgen erwachte Pam mit schwerem Kopf und Schmerzen in Schultern und Rücken. Aber das war nichts gegen ihre Füße! Als sie aufstand, um den Wasserkessel aufzusetzen, hatte sie das Gefühl, über Glasscherben zu gehen, und verstand das Leid der kleinen Meerjungfrau, als sie ihre neuen Beine am Strand ausprobierte, augenblicklich besser. Musste das sein, dass einem immer die Füße so wehtaten, wenn man versuchte, den Lauf seines Lebens zu verändern?

Der glühend heiße Tee vertrieb die Morgennebel, die ihre Gedanken verhüllten, und die Einzelheiten des Abends tauchten mehr oder weniger klar daraus hervor.

Wie konnte ein so kultiviertes Volk mit so viel Respekt vor dem anderen sich so benehmen? Die Kunden vom Vorabend hatten sich aufgeführt wie Idioten, anscheinend war auch Japan nicht von der Dekadenz verschont geblieben. Bei ihrer dritten Tasse revidierte Pam ihr Urteil: Sie konnte nicht ein ganzes Volk verurteilen, weil acht seiner Vertreter, dazu noch Automechaniker, sich die Kante gegeben hatten. Na ja, nicht alle acht … da war auch noch der Mann am Kopfende des Tisches gewesen. Der hatte zu ihren Gunsten eingegriffen und sich offen gegen seinen Landsmann gestellt. Er hatte einen sanften Blick, gute Manieren und ähnelte ihrem Bild des mysteriösen Präsidenten, in den Sayuri, die Heldin aus dem Buch *Die Geisha,* jahrelang heimlich verliebt war. Eigentlich war er eine Mischung aus ihrer Fantasiegestalt und dem Gesicht von Tony Leung, dem Schauspieler, der den Geliebten im *Geliebten* spielte. Nur etwas älter und weniger chinesisch. Er riss den ganzen Rest heraus.

Nachdem sie ihren Frühstückstee getrunken hatte, räumte sie die Küche ihrer Eltern auf. Sie war ihnen sehr dankbar, dass sie sie nach ihrer Trennung von Yvon wieder zu Hause aufgenommen hatten. Sie hatten darauf verzichtet, ihr allzu viele Fragen zu stellen. Vor allem Sol, was besonders lobenswert war, da sie seit einer Weile mit dem

Gedanken gespielt hatte, Yvon könnte der Vater ihrer Enkel werden.

Es war Zeit für Pams Bad. Wie die Japanerinnen duschte sie abends vor dem Schlafengehen und nahm morgens nach dem Tee ihr Bad. Sie liebte beides: die Dusche für die Sauberkeit, das Bad zur Entspannung. Ein Räucherstäbchen angezündet und ein paar Blütenblätter im Badewasser, und sie spürte in sich die Seele einer Geisha, schön wie das Mädchen in der Obao-Werbung.

Als sie um Punkt achtzehn Uhr zur Vorbereitung des Abendessens den Saal des »Yakitori« betrat, spürte sie, dass die Atmosphäre sich irgendwie verändert hatte, unmerklich und doch gewaltig. Die anderen Angestellten, die sie sonst weder ansprachen noch beachteten – außer Nikki, einer in Sarcelles geborenen Koreanerin –, sahen sie anders an. Pam begrüßte ihre Teamkollegen wie üblich, tat so, als hätte sie nichts bemerkt, konnte aber nicht verhindern, dass sie zusammenzuckte, als die Chefin aus der Vorratskammer stürmte. Pam erstarrte und machte sich auf das Schlimmste gefasst. Im Geist ging sie all ihre Handlungen vom Vorabend durch: Sie hatte alles abgeräumt, die Aschenbecher geleert, die halb vollen Flaschen mitgenommen (um sie den nächsten Kunden wieder vorzusetzen, denn wer den Pfennig nicht ehrt, ist des Talers nicht wert), die leeren in den Glascontainer geworfen, die Stühle hochgestellt, den Müll hinausgebracht … Sie war sich sicher, dass sie nichts vergessen hatte. Abgesehen vom Trinkgeld, weil sie zu müde gewesen war, es zu verlangen.

»Komm in meine Arme, mein Kind!«, rief die Chefin. »Du hast den besten Umsatz der Woche gemacht!«

Die alte Krähe frohlockte. Pam wich zurück, aber die

Chinesin drückte sie noch fester an sich. Pam wollte sich losmachen, aber es sah nicht gut für sie aus.

»Er ist heute Morgen persönlich vorbeigekommen, um das für dich abzugeben«, sagte sie und zeigte auf eine Blumenkomposition von eigenartiger Schönheit.

Es handelte sich um einen Miniaturgarten auf einem Rechteck aus Moos, winzig klein, bezaubernd und mit großem Feingefühl angelegt. Jemand hatte die gute Idee gehabt, Veilchen zu pflanzen, deren zurückhaltenden, aber beständigen Duft Pam sehr mochte.

»Und das ist noch nicht alles«, fügte die Chefin hinzu und steckte ihr einen Umschlag zu. »Er hat dieses großzügige Trinkgeld dagelassen und mich gebeten, es dir eigenhändig zu übergeben. Da hat der Dr. Atsura drauf bestanden. Außerdem hat er versprochen, regelmäßig zum Essen zu kommen, weil er geschäftlich in Melun zu tun hat.«

Ja, ich weiß, mit der Japauto-Werkstatt, dachte Pam mechanisch, bevor ihr bewusst wurde, was sie gerade gehört hatte. Atsura – wirklich ein schöner Name für einen Geliebten.

*

Der Mann hielt sein Versprechen und kam wieder. Er wartete geduldig, bis Pam ihren Dienst beendet hatte. Er verfügte über gute Manieren, sprach sanft und roch gut. Am dritten Abend brachte er sie nicht nach Hause zu ihren Eltern, sondern bat sie um die Ehre, ihn ins »Mercure« von Melun zu begleiten.

Sie sagte nicht Nein.

»Bei uns braucht man Zurückhaltung und Gleichmut, um gut Liebe zu machen, ganz im Gegensatz zur westlichen

Kultur«, erklärte Dr. Atsura. »Das mag dir widernatürlich vorkommen, aber glaub mir, wenn man diese Kunst gut beherrscht, kann sie Körper und Geist des Paars zu vollkommener Harmonie führen.«

Pam gab sich Mühe und übte viel. War sie im Alltag auch von eher zurückhaltender Natur, hatte sie doch keinerlei Hemmungen und widmete sich mit Vergnügen dieser neuen Lehre. Dr. Atsura zeigte sich geduldig und zögerte auch nicht, Pam mit vollem Körpereinsatz dabei zu unterstützen, ihre Kenntnisse zu vertiefen und zu vervollkommnen. Mit viel pädagogischem Gespür wechselte er zwischen Theorie und Praxis hin und her. Die Erotik in Japan sei eine komplizierte Konstruktion, die auf der unsichtbaren Spannung zwischen Suggestion und Frustration beruhe, erklärte er ihr. Und wie man gefahrlos und ohne Anstrengung, ganz natürlich und fließend, vom Register des Begehrtwerdens in das des Verbotenen gleitet.

*

»Du bist ein Kunstwerk, das man betrachtet, Pamela, jede Einzelheit zählt«, wiederholte er bei jedem seiner Besuche in Melun-Sénart. »Deine Nägel, deine Frisur, die Art, wie du dich kleidest, und natürlich auch die, wie du dich entkleidest, das alles lässt sich lernen. In meinem Land gibt es spezielle Schulen dafür. Man kann alles lernen, außer einer grundlegenden Sache, die du glücklicherweise besitzt, auch wenn du dir dessen nicht bewusst bist.«

»Und was ist das?«, fragte Pam neugierig.

»Sensibilität. Eine Geisha ist empfänglich für Freude, aber auch für Schmerz, sie ist fähig, Schönheit zu erkennen und Traurigkeit zu empfinden. Im Gegensatz zu dem, was

Dumme und Idioten glauben, sind sie Frauen von unglaublicher Sensibilität, Vertraute, die ihresgleichen suchen.«

Der Spezialunterricht dauerte bis spätabends, wenn der Sake den Tee ablöste.

»Sex gehört zum Leben. Bei uns gibt es keine Fleischessünde. Man braucht also keine Schuldgefühle zu haben, nur Freude.«

Pam war einverstanden und fand es eine wirklich gute Idee, dass Sex der moralischen Bewertung entzogen war, so konnte sie sich ganz auf die Praxis konzentrieren.

Jedes Mal, wenn sie den Abend mit ihrem japanischen Geliebten verbrachte, kehrte sie mit verträumtem Blick nach Hause zurück, entschlossener denn je, zur großartigsten Geisha von ganz Melun-Sénart zu werden.

Geduldig lernte Pam, alles zu kontrollieren, was in ihr vorging, vom Grunde ihres Herzens bis zu den Haarspitzen. Alles musste auf eine bestimmte Weise getan werden, und es gab so viele Details zu beachten. Sogar wie man Bier servierte, war streng geregelt: Die rechte Hand musste oben an der Flasche aufliegen und das Etikett verdecken, die linke die Flasche von unten halten. Solche Feinheiten beglückten Pam. Sie wusste, dass sie sich zu Beginn ihrer Lehre in den Dienst der anderen stellen und ihnen das Leben erleichtern musste. Angefangen bei ihren Eltern. Der Ahnenkult, hatte Dr. Atsura ihr gepredigt, sei ein ganz entscheidender Punkt, den sie nie vernachlässigen dürfe.

Solange und Michel erfuhren nie, dass sie bereits zu Lebzeiten Ahnenstatus erlangt hatten. Ihre Tochter kümmerte sich um alles, und das sehr gut. Wenn sie heimkamen, waren die Einkäufe erledigt und das Haus aufgeräumt. Wenn Pam nicht im Restaurant arbeitete, vergrub sie sich stundenlang in die Lektüre von Werken über das mittelalterliche Japan, begeisterte sich für das Leben der Geishas im Gion-Viertel und die Geschichten der Samurai, insbesondere die der siebenundvierzig Ronin:

Nach der Verurteilung ihres Meisters zum öffentlichen Selbstmord beschloss eine Gruppe von siebenundvierzig Samurai in vollem Bewusstsein der schweren Strafen, die ihnen drohten, diesen zu rächen. Zwei Jahre versteckten sie sich, um ihren Gegenschlag vorzubereiten. Es gelang ihnen, den Verantwortlichen für den Tod ihres Herrn gefangen zu nehmen und zu töten (weil der sich weigerte, Seppuku zu begehen). Dann gaben sie sich selbst den Tod und wurden in einer Reihe gegenüber dem Grab ihres Herrn bestattet.

Pamela war davon überzeugt, dass sich in diesen japanischen Geschichten die Definitionen von Ehre, Loyalität, Treue, Mut, Vorzüglichkeit und Beharrlichkeit verbargen. In ihnen stand alles, was dem Leben einen Sinn verlieh. Man musste sie nur lesen und immer wieder lesen, dann würde alles gut werden.

Sol und Mich machten sich keine Gedanken wegen dieser Leidenschaft ihrer Tochter für die japanische Kultur, sondern ließen sie einfach machen. Schließlich hatte sie dadurch sogar eine schöne Stellung in Paris gefunden: als Verkäuferin in einem Laden in guter Lage am Quai Malaquais. Ihr zukünftiger Arbeitgeber und seine Gattin, beides Japaner, waren sogar zu ihnen gekommen, um sich vorzustellen und sie zu beruhigen. Sie hätten keinen Zweifel, dass Pamela die Sensibilität und Begabungen besitze, um in ihrem kleinen Japanladen Wunder zu wirken.

Achtes Kapitel

in dem man den Unterschied zwischen Zufall und Wahrscheinlichkeit, Glück und Statistik begreift

Seit er zum ersten Mal den kleinen Japanladen betreten hatte, hatte Thad das Gefühl, alles über Pam zu wissen. Seinen Berechnungen nach lagen seine Chancen, dass sich ein Mädchen wie sie für ihn interessieren könnte, nahe bei null. Doch so klein sie auch war, die Möglichkeit blieb bestehen. Das ist der Unterschied zwischen Zufall und Wahrscheinlichkeit, Glück und Statistik. Er musste etwas versuchen. Nur was?

Da seine Gedanken an diesem Punkt seiner Überlegungen jedes Mal ins Stocken gerieten, sah er nur einen einzigen Ausweg: zum Quai Malaquais zurückzukehren, um sich Klarheit zu verschaffen. Also besuchte er die hübsche Bonsai-Verkäuferin mindestens sechs Mal, um ein wenig mit ihr zu plaudern und sie vor allem anzuschauen, wobei er sich vorstellte, wie ihre Haare sich lösten und als dunkle Masse herabfielen. Er lauerte auf ihr Lächeln, wie man eine Erscheinung, eine Erleuchtung erwartet. Wenn die Empfindungen, die er in ihrer Gegenwart verspürte – trockene Stimme, weiche Knie –, so stark wurden, dass er sich gleich zum Volltrottel machen würde, drehte er sich auf dem Absatz um und verließ langsam und würdevoll das Geschäft.

Pamela wiederum war ziemlich nervös, was ihr gar nicht

ähnlich sah. Sie hoffte, dass er käme, ohne richtig darauf zu warten, weil seine Besuche so unvorhersehbar waren. Das war einerseits köstlich, andererseits schwer erträglich. Genau genommen war es für sie ziemlich neu. Wenn sie einem Mann gefiel – was recht häufig geschah –, dann fragte sie nie lange nach seinen Absichten. Die meisten wollten mit ihr schlafen, wie man ein Museum in der Provinz besucht oder exotische Speisen kostet. Zum Ausprobieren ... zum Spaß oder wegen der Folklore ... Wenn sie gute Laune hatte, ließ sie sich bereitwillig auf ein paar »sexuelle Fantasien zur aufgehenden Sonne« ein, deren Hauptdarstellerin sie war.

Zu Beginn dieser flüchtigen Liebschaften fürchtete sie jedes Mal, nicht genug zu wissen und nicht auf der Höhe der Fantasie zu sein, ein Niveau, das besonders schwer zu erreichen ist. Um ihr Selbstvertrauen zu stärken, hielt sie sich genauestens an die Empfehlungen Dr. Atsuras und seiner Frau Masako, die sich mit ihr angefreundet hatte, dann lief alles vortrefflich. Natürlich begegnete sie manchmal Idioten, die erniedrigende oder schmerzhafte Dinge von ihr erwarteten. Dann musste sie das Spiel abbrechen, bevor es entgleiste. Aber mit der Zeit lernte sie, Männer besser einzuschätzen und solchen aus dem Weg zu gehen.

Doch in der gegenwärtigen Situation hatte sie nicht die leiseste Ahnung, was Thad von ihr erwartete. Und was noch merkwürdiger war: Sie wusste nicht, was sie von ihm erwartete.

»Falls Sie es nicht für unschicklich halten und nichts Wichtigeres zu tun haben, würde ich mich glücklich schätzen, wenn ich Sie zum Essen einladen dürfte«, hatte er sie am Ende seines ... fünften ... nein, sechsten Besuchs gefragt. »Mittwoch?«

»Mittwoch ist perfekt.«

Am darauffolgenden Mittwoch holte Thad sie um Punkt zwölf Uhr ab. Als die Türglocke bimmelte, war Pam schon lange fertig. Ohne ein Wort zu wechseln, verließen sie gemeinsam den kleinen Japanladen und gingen langsam nebeneinander her. Thad bewunderte heimlich ihren Gang und wie anmutig sie den Kopf hielt. Der Kontrast zwischen ihrem dunklen Haar und der hellen Haut war faszinierend. Da bemerkte er ein Muttermal auf ihrer Halslinie, direkt über dem Ansatz des Schlüsselbeins. Diese Entdeckung erschütterte ihn, und er musste dem Wunsch widerstehen, sie an sich zu drücken.

»Ich habe einen Tisch in einem japanischen Teesalon in der Rue Saint-Florentin reserviert. Ich dachte, das wird Ihnen gefallen«, sagte er schließlich.

»Das ist sehr aufmerksam von Ihnen«, murmelte Pam.

Ohne Eile oder Verlegenheit setzten sie sich brav einander gegenüber. Thad machte ihr Komplimente über die erlesene Originalität ihrer Kleidung.

Pam errötete vor Freude. Sie hatte sich gewünscht, dass er sie hübsch fände, und sich sorgfältig angekleidet, um ihm zu gefallen. Nach langem Überlegen hatte sie schließlich darauf verzichtet, ihren Lieblingskimono anzuziehen – den dunkelgrünen mit dem moosfarbenen Saum –, und sich für ein bezauberndes chinesisch angehauchtes Kleid entschieden. Zarte Stickereien, die feine graue Blumen darstellten, zogen sich über ihren Körper, um ein überaus unschuldiges Weiß zu beleben. Ihr Make-up war für den Anlass zurückhaltender, sie wollte nicht missverstanden werden. Viele schätzten sie falsch ein, was ihr ansonsten egal war, nur heute nicht. Nicht bei ihm.

Thad erwies sich als ausgezeichneter Begleiter. Er erzählte

ihr ein wenig von seinen Reisen und viel von Japan, dessen Sprache er beherrschte. Pam saugte seine Worte in sich auf, entzückt von diesem Zufall. Sie wollte alles wissen: über die Landschaften, die Menschen, das Essen. Ob es noch Samurai gebe. Und Geishas.

Thad ließ sich nicht lange bitten, er redete und redete. Natürlich gebe es immer noch Samurai, aber nach ihrer Entlassung aus dem Militärdienst führten sie das Leben von Zivilisten. Kriegsherren wie der schreckliche Toranaga aus *Shogun* seien zu Industriekapitänen geworden, die noch viel mächtiger seien als ihre Vorfahren. Auch Geishas gebe es noch in Kyoto. Ja, er habe Gelegenheit gehabt, ein paar von ihnen kennenzulernen, und sein bester japanischer Freund sei sogar der Sohn einer Geisha.

Es war das erste Mal, dass jemand ihn bat zu erzählen, das erste Mal, dass ihm jemand so aufmerksam, ja, leidenschaftlich zuhörte. Die seltsame Art, wie sie ihn ansprach und ihm direkt in die Augen sah, berührte sein Innerstes. Er bestellte eine Flasche Sake, der lauwarm serviert wurde, wie es sich gehörte. Bei der dritten Schale – denn in diesem kultivierten Lokal war es natürlich undenkbar, dass kalter Sake in einem Becher mit nackten Frauen ausgeschenkt wurde – spürte Pam eine wunderbare Wärme in sich aufsteigen.

Wie spät mochte es sein? Da ihr die Anhaltspunkte fehlten, hatte Pam nicht die leiseste Ahnung. Sie saß im Augenblick fest wie die Nachtigall des chinesischen Kaisers auf ihrem Zweig und wartete darauf, dass ihr Gehirn das Signal zum Aufbruch gab. Denn sie musste nach Hause, daran bestand kein Zweifel. Eine Geisha erkennt instinktiv den Moment, in dem das Verlangen des Mannes den Punkt des absoluten Gleichgewichts erreicht, und muss dann verschwinden. »Wahre Erotik entsteht aus der Enttäuschung und entwickelt sich in der Vorstellung«, hatte Dr. Atsura sie gelehrt. »Das ist die Bedingung, mit der man sich unvergesslich macht.«

»Nur noch ein bisschen«, flehte sie innerlich zu ihrem Mentor.

»Lassen Sie uns spazieren gehen«, schlug Thad vor und kniff die Augen zusammen, damit ihn die Sonne, die Anfang September noch immer sehr hoch stand, nicht blendete. »Ich glaube, ich bin ein bisschen betrunken«, sagte er und nahm sie am Ellbogen, um ihr über die Rue de Rivoli zu helfen.

Es war das erste Mal, dass er sie berührte. Das verwirrte ihn und ließ eine unwiderstehliche Lust in ihm aufsteigen, sie ganz zu behalten. Oder wenigstens nur noch für ein paar Sekunden, dieses Fleckchen Haut mit den winzigen Schweißperlen, diesen Blick, das Klopfen dieses Herzens.

»Was halten Sie von den Tuilerien?«

»Großartige Idee«, hauchte Pam.

Ihr ganzes Wesen konzentrierte sich auf diesen unerwarteten Druck an ihrem Ellbogen. Fest, ohne zu drängen, verführerisch, aber nicht unangenehm. Er hatte sie nicht an der Hand genommen, was ihr lächerlich erschienen wäre, und ihr auch nicht den Arm um die Schulter gelegt, was ihr peinlich gewesen wäre, nein, er hatte ihren Ellbogen genommen, um sie vor den vorbeirasenden Fahrzeugen in Schutz zu nehmen.

Pam hielt den Atem an und ließ sich am Ellbogen führen. Wenn es in der Situation möglich gewesen wäre, hätte sie wahrscheinlich die Augen geschlossen, um sich diesem Gefühl ganz und gar hinzugeben. Das wäre allerdings unvernünftig gewesen, also zwang sie sich, die Augen offen zu halten. Und Thad dehnte die Berührung noch ein wenig länger aus, als es die Gefahren des Straßenverkehrs unbedingt erforderlich machten.

So betraten sie durch einen Seiteneingang die Tuilerien.

Thad hätte es nicht richtig erklären können, aber die Gegenwart dieser jungen Frau an seiner Seite verlieh ihm ein Gefühl von Vollkommenheit. Sie erinnerte ihn an einen Sonnenstrahl im Regen, etwas, das es in Saint-Brieuc häufig gab. Ja, genau, sie erinnerte ihn an den Himmel in der Bretagne, denn sie war wie er: unvorhersehbar, kapriziös, bedrohlich, hinreißend.

Pam konnte nicht mehr richtig atmen. Die Nähe des bretonischen Samurai beeinträchtigte sogar ihre Vitalfunktionen. Trotz der späten Stunde hatte sie eingewilligt, mit ihm spazieren zu gehen, weil sie geglaubt hatte, die Bewegung würde ihren inneren Aufruhr ein wenig besänftigen. Einen Fuß vor den anderen setzen, ohne ihn allzu sehr anzusehen, seine Gegenwart genießen, ohne die Lider senken zu müssen, und sich von diesem einzigartigen Duft einhüllen lassen, den sie gerochen hatte, als er sich über sie gebeugt hatte, um ihren Stuhl an den Tisch zu rücken … eine Mischung aus würzig und erdig … mit einer leichten Pfeffernote.

Nur noch ein wenig zusammenbleiben und nebeneinander hergehen. Ihr Herz schlug immer noch unnormal. Es machte einen solchen Lärm, dass sie befürchtete, Thad und alle anderen im Jardin des Tuileries könnten es gegen die dünne Seide ihres Kleides trommeln hören.

Thad konnte nicht mehr gerade gehen. »Ich bin ein bisschen betrunken«, hatte er gesagt. Er streifte sie unabsichtlich, seine Hand berührte ihren Arm, verweilte einen Moment darauf und zog sich dann schnell zurück. Sie hatte aufgehört zu atmen und ihre Schritte so sehr verlangsamt, dass sie fast auf der Stelle trat.

»Bleib stehen, Pamela!«

Zum ersten Mal hatte er sie beim Vornamen genannt. Und dieses plötzliche, unerwartete Du! Sie blieb stehen und blickte nach einer leichten Drehung zu ihm auf.

Thad hüstelte, sein Blick versank in ihren Augen und klammerte sich dort fest wie ein Ertrinkender. Er verstummte, anscheinend wusste er nicht genau, wie weiter. Dann sagte er mit leicht belegter Stimme: »Ich glaube, ich habe Herzrasen, und ich kann nicht mehr atmen.« Er lachte leise und nervös, machte eine Pause und fuhr dann fort: »Ich will dich küssen … jetzt … hier.«

Er war näher gekommen und hatte die Distanz zwischen ihnen beträchtlich verringert. Dann ergriff er ihre winzigen Handgelenke. War das eine Bitte, eine Drohung oder nur der Ausdruck eines Wunsches, der keinen Widerspruch duldete? Pam achtete nicht darauf. Sie, bis dahin vollkommen regungslos, stellte sich auf die Zehenspitzen und bündelte ihre inneren Stürme in einem einzigen Kuss.

So ein ebenso unerwarteter wie ersehnter Kuss kann einen inneren Umsturz hervorrufen, der in ein absolutes Chaos mündet. Und genau das geschah an diesem Nachmittag unter den schrägen Strahlen einer besonders großzügigen Pariser Sonne, unter den erstaunten Blicken der Spaziergänger, die schon ganz andere Dinge gesehen hatten. Es war ein echter Kinokuss, endlos und intensiv, dessen erotische Macht sie auf der Stelle erstarren ließ. Ein Kuss wie ein erstes Mal, ein völlig wahnwitziger Kuss. Ein Kuss, in dem sie beide versanken.

Irgendwann mussten sie wieder Luft holen und an die Oberfläche kommen. Auch die leidenschaftlichste Apnoe stößt einmal an physische Grenzen. Was soll man sagen nach so einem Kuss, welche Worte benutzen? Eine Geisha soll kein Verlangen empfinden, sie soll es hervorrufen, vielleicht auch befriedigen und unter allen Umständen beherrschen. Die abstrusesten Gedanken überschlugen sich in ihrem Kopf.

Sich beherrschen oder sich hingeben? Sie musste schnellstens eine Entscheidung treffen. Sie war immer beherrscht, selbst in der Hingabe. Das ist das Überlebensprinzip der Geishas: die Triebe beherrschen und in angemessener Umgebung ausleben.

War der Jardin des Tuileries eine angemessene Umgebung?

»Ich begehre dich wie verrückt«, knurrte er in ihr rechtes Ohr, biss hinein und fuhr dabei mit der Hand weit unter den Schlitz ihres Kleides.

Diese Berührung zeitigte auf der Stelle Wirkung: Pams Unterleib wurde von einer vollkommen sinusförmigen Kontraktion durchzuckt, die tief in ihrem Geschlecht ihren Ausgang nahm, senkrecht zum Bauch aufstieg, einen auffallenden Schlenker über die Lenden nahm, am Rückgrat entlanglief wie ein disziplinierter Blitz, der dem vom Blitzableiter vorgegebenen Weg folgt, ihren Nacken elektrisierte und schließlich als leuchtende Verpuffung in ihrem Gehirn endete.

Die Vorwölbung seiner Hose bestätigte die Aufrichtigkeit seiner Worte mit größtmöglicher Präzision. Er packte Pam an der Taille und drückte sie an sich. Die grandiose, allmächtige Erektion hatte sich anscheinend mit solcher Heftigkeit über seinen ganzen Körper ausgebreitet, dass er wie betäubt war. Die junge Frau öffnete die Augen. Er hätte erwartet, dass sie weglief oder ihn ohrfeigte. Aber sie lächelte.

*

An den darauffolgenden Abenden nahm sie sich alle Zeit der Welt, um der Reihe nach sämtliche Bonsai im Regal abzustauben, sich zu versichern, dass ihr Kassenstand sich seit dem Morgen nicht verändert hatte, und die Luxusverpackungen wegzuräumen, die Keiko, die Tochter ihres Danna, im Hinterzimmer des Ladens versteckte, wenn ihr Kaufrausch die für ihre Eltern annehmbaren Grenzen überschritten hatte – bis Thad endlich kam.

»Konichiwa, Prinzessin«, sagte er, nachdem er das Türglöckchen zum Bimmeln gebracht hatte, und verbeugte sich tief vor ihr.

Dass Thad Japanisch sprach, war für Pam ein Quell endloser Freude. Jeden Tag wollte sie neue Worte lernen, und er fügte sich gern. Ihre Aussprache brachte ihn zum Lachen.

»Konichiwa, Thad-san«, antwortete Pam, begleitet von einer anmutigen Bewegung des Oberkörpers.

Obwohl sie sich zwang, ein undurchdringliches Gesicht zu machen, wie es der Brauch verlangte, lächelte sie doch innerlich. Gerührt und glücklich.

»Wo gehen wir heute lang? Heute bist du dran, einen Weg auszusuchen, der dir gefällt.«

Aber am Ende entschieden sie doch immer gemeinsam über neue Fährten, auf denen sie Paris und das andere Seine-Ufer erkundeten. Sie spazierten durch das Marais, verirrten sich im Jardin des Halles oder erforschten die Ufer des Canal Saint-Martin. Wenn sie genug Zeit hatten, setzten sie sich oben unter das offene Verdeck der roten Doppeldeckerbusse und unternahmen eine Rundfahrt durch Paris. Oder sie tuckerten mit einem Bâteau-Mouche die Seine entlang, aber nur, wenn es eine japanische Führung gab. Das mochte Pamela am allerliebsten.

Der Herbst wich allmählich dem Winter. Von Zeit zu Zeit verschwand Thad für ein paar Tage, manchmal auch Wochen. Dann kündigte er mit ein paar Zeilen seine Rückkehr an, trat wieder seinen Minnedienst an und machte ihr eifrig den Hof, ohne dass er es allerdings wagte, zur Tat zu schreiten. Er war charmant, verführerisch, aber letztendlich doch recht verwirrend.

Neuntes Kapitel

über die Notwendigkeit, qualitativ hochwertige Türrahmen zu besitzen, die leidenschaftlicher Gewalt widerstehen

An diesem Abend ging Thad, gerade von wer weiß wo gekommen, schnurstracks zu Pams Wohnung in der Avenue de La Motte-Picquet, gegenüber der Hochbahn. Ohne nachzudenken, ohne sich anzukündigen, stieg er die sechs Stockwerke hoch und klingelte. Sie reagierte nicht gleich. Ratlos stand Thad mitten in der Nacht allein auf dem Treppenabsatz. Nicht eine Sekunde lang war ihm in den Sinn gekommen, dass sie nicht da sein könnte, ausgegangen oder, noch schlimmer: in den Armen eines anderen. Du Idiot!, dachte er und wollte schon gehen, als er hörte, wie hinter ihm die Tür geöffnet wurde. Er drehte sich um und stieg die paar Stufen, die ihn von dem Treppenabsatz trennten, wieder hinauf. Barfuß, mit offenen Haaren und der verkehrt herum übergezogenen Kimonojacke kam Pam ihm entgegen, besorgt und neugierig zugleich. Bei ihr angelangt, suchte Thad verzweifelt nach einer Erklärung dafür, dass er sie so spät zu Hause besuchte, aber er brachte nichts anderes hervor als: »Ich wollte mit dir sprechen.«

Sie sah ihn mit ihren großen dunklen Augen an, was ihn wieder ganz durcheinanderbrachte.

»Um diese Uhrzeit?«, fragte sie schlaftrunken.

Plötzlich sah er sie auf dem Boden liegen, die helle Haut

in leuchtendem Kontrast zu dem dunklen Parkett, während das Licht von der Straße sich in ihren Haaren spiegelte. Das Verlangen, das ihm diese Vorstellung einflößte, war so heftig, dass er sich am Türrahmen der Eingangstür abstützen musste. Pam stand reglos vor ihm und sah ihn lange an. Ihr leicht geöffneter Kimono enthüllte die Linien ihres Körpers. Ihre Brust hob und senkte sich in einem Rhythmus, der ihre Emotionen verriet.

»Willst du hereinkommen?«

»Ja«, antwortete er sanft.

Sie führte ihn an ihr durchwühltes Bett und legte sich auf den Rücken, damit er sich sanft und zärtlich auf ihre nackte Haut bettete. Er umarmte sie, um ein wenig von seinem pfeffrigen Duft auf ihrer Brust zu hinterlassen. Endlich entdeckte sie seinen schmalen, muskulösen Körper, der von Raubkatzenblut durchströmt zu werden schien. Er erforschte sie mit animalischer Geschmeidigkeit, angespannten Muskeln und starken Gelenken. Aber als er flüchtig ihre Brüste berührte, zitterten seine Hände. Er war beeindruckend in seinem Begehren nach ihr.

Thad ließ seine schwarzen Augen im Halbdunkel wild über ihren Körper schweifen, blieb an ihrem Oberschenkel hängen, verfing sich kurz an ihren scharlachrot lackierten Zehennägeln und kehrte dann zu ihrem Bauch zurück, wo er sein Gesicht vergrub und langsam ihren Duft in sich aufnahm. Endlich berührte sich ihre Haut, zitternd vor Erregung. Ihm wurde bewusst, dass es ihm trotz seines jahrelangen Kampfes nicht gelungen war, die Gespenster daran zu hindern, in sein Herz einzudringen. Er richtete sich auf, um kurz innezuhalten und zu vermeiden, dass er sofort und auf der Stelle zerfloss. Er nahm einen ihrer Füße, küsste ihn hingebungsvoll, hielt sich lange an jeder einzelnen ihrer

Zehen auf, wanderte das Bein bis zu ihrer Kniekehle hinauf, verharrte dort ein wenig und folgte dann der Innenseite ihres Schenkels bis zum Bauch. Er atmete ihre Haut, als wäre sie sein Sauerstoff. Aber anscheinend bekam er doch keine Luft mehr, denn ihm wurde schwindlig, und er versank zwischen ihren Schenkeln. Da verlor Pamela endgültig den Kopf.

Von dieser Nacht an trennten sich Thad und Pam nicht mehr, und wenn, dann äußerst unwillig. Gelegentlich musste er weg, »auf Arbeit«, wie er sagte, aber er versuchte von da an, weniger oft und weniger lange fort zu sein.

Sie wusste noch immer nicht, was er machte, wohin er ging und warum, aber sie versuchte auch nicht, es herauszufinden. Diese Fragen waren für sie bedeutungslos, die Antworten unwichtig. Seine Abwesenheiten zählten nicht, das Einzige, was ihr wichtig war, war seine Anwesenheit, und wenn ihr Krieger da war, nahm er den ganzen Raum ein. In seiner Nähe wurden die Sekunden intensiver, die Zeit kostbarer. Abends, wenn er aus dem Nirgendwo kam, verwandelte sich ihre winzige Wohnung in eine Höhle. Man kann nicht behaupten, dass er die Liebe mit ihr in dem exquisiten Sinn des Wortes praktizierte wie Dr. Atsura: indem er sich Zeit nahm und seine Triebe beherrschte und sie bis zu dem Moment zähmte, in dem sie ihr Bestes gaben. Nein, er warf sich auf sie wie ein Verhungernder, gierig und berauscht von ihrer nachgiebigen Weichheit. Er fuhr mit den Fingern die lange Kurve ihrer weiße Hüfte entlang und krallte sich mit der ganzen Hand in die Haut ihres Rückens, als wollte er sie ihr von den Knochen reißen und verschlingen.

Sie küsste all seine Narben. Von der sichtbarsten bis zur unscheinbarsten und wieder zurück. Jede von ihnen konnte den Lauf ihrer Liebesforschungen verändern und die Spur ihrer Küsse verschieben. Diese kartografische Erfassung seines Körpers führte sie zu den abgelegensten Winkeln seiner Anatomie. Thad ließ es geschehen, verblüfft davon, wie sie den alten Schmerz besiegen und die Erinnerung an ihn vertreiben konnte.

»Und all diese Narben …?«, fragte sie einmal.

Er habe sich schon als Kind oft verletzt, sagte er. Es war eben Pech, eine so zarte Haut zu haben, auf der man alles sah. Pamela nickte schweigend und strich mit den Fingerspitzen über den dünnen hellrosa Wulst an seiner linken Seite, der von einer erst kürzlich vernarbten Wunde stammte.

Nur seine Hände waren unversehrt. Lang, schmal, weiß mit bläulich durchschimmernden Venen, die wie der Anfang oder die Verlängerung einer merkwürdigen Tätowierung wirkten, über die Thad sich hartnäckig weigerte zu reden.

Klavierspielerhände, dachte sie. Außergewöhnlich schöne und begabte Hände.

Zehntes Kapitel

in dem Thad eine Strategie entwickelt, um bei Pam einzuziehen, ohne dass es danach aussieht

Sie musste den Tatsachen ins Auge blicken: Nach und nach ließ sich Thad bei ihr häuslich nieder. An dem einen Abend ließ er seinen Pulli liegen, am nächsten seine Jacke, am folgenden eine Hose. Dieser Mann war ein Kleiderständer auf Beinen. Weil er angeblich so extrem kälteempfindlich war, kam er stets mit unglaublich vielen Schichten Kleidung bei ihr an, die er schnellstmöglich von sich warf, um nackt an ihrem Körper zu liegen. Am nächsten Tag ging er, der überschüssigen Schichten ledig, leichten Herzens und Körpers von dannen. Er besaß lauter vollkommen gleiche Kleidungsstücke: ein einziges Hosenmodell aus schwarzem Leinen, schwarze T-Shirts und Pullis mit V-Ausschnitt, ebenfalls schwarz. Socken und Slips folgten der gleichen Logik: ein einziges Modell in mehrfacher Ausfertigung. Jedes andere menschliche Wesen wäre angesichts dieser pedantischen Kleiderordnung in Panik geraten. Jedes andere menschliche Wesen außer Pamela, die dieses System ziemlich genial fand, weil es ihm ersparte, über seine Kleidung nachzudenken. Außerdem stand ihm Schwarz gut. Sie wunderte sich nicht darüber, dass er erst jeden zweiten Tag bei ihr aufkreuzte und dann bald jeden und sie schließlich um einen Zweitschlüssel bat, das sei »doch praktischer bei diesen unterschiedlichen Arbeitszeiten«. All das entwickelte sich völlig normal, in schöner Selbstverständlichkeit, und rief weder Staunen noch Fragen hervor.

So kam es, dass Thad und Pam zusammenlebten, bevor sie über diese Möglichkeit diskutiert oder sie auch nur hypothetisch formuliert hätten. Er hatte einen Fernseher gekauft, da Pam keinen besaß und er sich ohne unsicher fühlte. Abends lagen sie auf dem grauen Leinen-Futon und schauten in Endlosschleife *Die glorreichen Sieben* auf DVD. Pam mochte Yul Brynner sehr, wahrscheinlich wegen seiner schrägen Augen, und begann richtig für ihn zu schwärmen, nachdem Thad ihr eröffnet hatte, dass der Film weitgehend von den *Sieben Samurai* inspiriert war, einer japanischen Geschichte.

Zumindest kann man sagen, dass diese beiden nicht durch zu viel Reden in Verlegenheit gerieten. Sie schätzten dieses schweigende Beisammensein. In den vertrautesten Beziehungen sind Worte nicht immer erforderlich, und schweigendes Verständnis ist oft die beste Kommunikation. Pam und Thad waren darin Meister. Die Geisha spricht nur, wenn ihr Herr sie darum bittet, und der einsame Cowboy ist von Natur aus nicht sonderlich redselig.

Wenn sie abends ausgingen, achtete Thad darauf, früh nach Hause zu kommen, um sie bei ihrer Toilette zu überraschen. Er mochte es, alleiniger Zeuge dieser besonderen Momente zu sein, in denen sich das Wesen ihrer leuchtenden Schönheit zeigte, das durch die traditionelle japanische Schminkkunst noch unterstrichen wurde. Sorgfältig gepudert, wird das Gesicht zu einer Höflichkeit. Pam fand Trost in der Betrachtung ihres Spiegelbilds und erfreute sich offensichtlich an der Verwandlung ihres Gesichts. Zuerst kommt Reispuder wie ein makelloser Schleier auf

Gesicht, Hals und Schultern. Je nach der Tiefe des Ausschnitts blitzt ein wenig Haut hervor. Geishas bedecken sie mit dem Weiß der Abwesenheit, lassen jedoch stets kleine Stellen nackt, um sie zu erotisieren. Das Lippenrot symbolisiert die Lust am Schminken und fasst sie zusammen. Für Pam begann sie mit der Träumerei bei der Auswahl des Rottons nach der langen Lehrzeit über die feinen Unterschiede zwischen den verschiedenen Nuancen: Purpurrot, Johannisbeerrot, Kardinalrot, Fleischrot, Karminrot, Rubinrot, Blutrot … Sie hatte schon oft genug Gelegenheit gehabt, sich von der ungeheuren Wirkung und verdammt erotischen Ausstrahlung des Lippenrots zu überzeugen. Anschließend kamen die Interpretation und die schlichten Schlussfolgerungen. Das war sie gewohnt.

Aber Thad war anders als alle Männer, die sie kennengelernt hatte, er liebte sie gern von hinten. Beide waren wahrhaft fasziniert vom Kimono, einem Kleidungsstück, das nur durch den Gürtel gehalten wird. Thad trug oft die indigoblaue Jacke der Kendoka. Er liebte es ungemein, ihrer beider Heimkehr vorwegzunehmen und sich vorzustellen, wie er dann mit einer einzigen Handbewegung (das Training durch Mitsouko, seine hübsche japanische Geliebte, war nicht umsonst gewesen) die Kordel lösen würde, die den Obi geschlossen hielt, und dankte im Geiste der Geisha aus Kyoto, die ihn die exquisite Kunst gelehrt hatte, die Kordeln zu binden und den Knoten zu lösen. Der zu Boden gleitende Obi würde den Kimono freigeben. Bis die gekonnt gelegten Falten merkten, dass sie nichts mehr hielt, würden ein paar unerträgliche Sekunden vergehen, in denen Thad sich fragen würde, ob er es geschafft hatte oder nicht. Wenn ja, würde der Kimono sich zu seiner ganzen Weite entfalten und vom Gewicht des Stoffes zu Boden gezogen werden. Dann stünde Pamela nackt vor ihm.

Sie trug nie etwas darunter.

Pamela dabei zuzusehen, wie sie sich langsam fertig machte und wie viel Aufmerksamkeit sie jeder Einzelheit widmete, machte ihn wahnsinnig, weil er dabei mit schmerzlicher Genauigkeit die Zeit ermessen konnte, die ihn noch von ihrer Nacktheit trennte. Er ertrug diese Prüfung wie eine der Zen-Übungen, die durch den Zwang zur Körperbeherrschung den Charakter bilden. Er bemühte sich, langsam zu atmen und einen Punkt am Horizont zu fixieren, weit weg von Pams Nacken.

Irgendwann war Pamela zufrieden mit ihrem Spiegelbild und legte den Spiegel beiseite. Sie hatte sich verwandelt, sich ganz neu erfunden und das Natürliche, das ihr nicht stand, vertrieben. Sie war bereit. Gelegentlich konnten die Pariser dann ein einzigartiges Schauspiel bewundern: einen Samurai mit dem Gang von John Wayne, o-beinig, mit leicht vom Körper abgespreizten Armen und offenen Händen, allzeit zum Ziehen bereit, und drei Schritte dahinter trippelte auf Holzclogs ein in einen komplizierten Kimono verschnürtes japanisches Püppchen – in perfektem Einklang mit der feudalen japanischen Tradition der Insel Kyushu, die dem Mann den Vortritt vor der Frau einräumt.

*

Wochen und Monate vergingen. Pam und Thad lebten unbekümmert ihre Liebe, gewiss eine Garantie für das Glück! Dr. Atsura, der die Veränderung seines Schützlings bemerkte, hielt sich zurück. Wegen des Schlüssels hatte sie ihm erzählt, dass Thad bei ihr wohnte. Schließlich war Dr. Atsura ihr Danna, der dafür sorgte, dass es ihr an nichts mangelte, es war normal, dass er Bescheid wusste. Diese schöne Seele in ihrer typisch japanischen Noblesse hatte verstanden und kam sie nicht mehr besuchen. Er begnügte sich damit, ein paarmal die Woche in den kleinen Japanladen hinunterzugehen, um Tee zu trinken, und Pam freute sich darüber, auf diese Weise die zeremoniellen Gesten zu üben, die Masako sie gelehrt hatte. Jeden Mittwochnachmittag ließ Pam außerdem ohne Ausnahme den Rollladen herunter, ging durch die angrenzende Toreinfahrt und den Hof zu Haus A, stieg die Treppe bis in die vierte Etage hinauf und klingelte bei den Atsuras wegen ihrer Kalligrafiestunde mit Masako.

Ungeachtet der beträchtlichen Veränderungen, die Thad in ihrem wohlgeordneten Leben bewirkt hatte, das davor so sorgfältig zusammengelegt war wie ein Origami, hätte sie doch für nichts in der Welt auf dieses wöchentliche Ritual verzichtet.

Der helle Salon der Atsuras bot den perfekten Rahmen für die zur Kalligrafie erforderliche Konzentration. An den Wänden spielte sich das japanische Alltagsleben in handgemalten Szenen von großer Poesie ab. Wenn es Pam an Inspiration mangelte, betrachtete sie den Weg, der über die Wände verlief, den Zierleisten nach oben folgte und sein Spiel mit den Deckenrosetten trieb. Man konnte Reisstecher, Wasserträger, Soldaten erkennen. Am Fenster spielten Kinder in einem Sturzbach an einer Bergflanke unter der Aufsicht ihrer Bambus flechtenden Mütter. Über der Tür flogen Wildgänse durch ein Stück Himmel. Immer wieder entdeckte Pam zu ihrem Entzücken neue Einzelheiten in der Haltung einer Person, eine Spiegelung, die ihr entgangen war, oder Tiere, die sie für Felsen gehalten hatte. Während sie einander gegenüber kniend malten, geschah es oft, dass Masako, während sie über etwas ganz anderes sprach, Pam Ratschläge für ihr Leben gab, ohne dass es so wirkte.

»Du brauchst einen reinen Geist und freie Gedanken, um eine Harmonie zwischen dem Kopf und der Hand herzustellen, die den Pinsel hält. Dein Herz ist rein, Pamela«, fuhr sie dann fort, »verschenk es nicht leichtfertig. Du bekommst es nie mehr so zurück, wie es war.«

»Glauben Sie an die Liebe, Masako-Chan?«, fragte Pam.

»Dr. Atsura und ich sind miteinander durch Omiai verbunden, eine arrangierte Ehe in gegenseitigem Einvernehmen. Das ist sehr praktisch, wenn man sich kennenlernen und eine Familie gründen möchte. Wir können uns zu diesem Arrangement nur beglückwünschen. Das Wichtigste aber ist, sich bewusst zu machen, dass jeder Mann, egal wie alt, immer ein kleiner Junge bleibt. Auch wenn du mit ihm streitest, lass ihn nie das Gesicht verlieren, ob ihr alleine seid oder in der Öffentlichkeit. Treib ihn nie in die Enge oder die Wände hinauf. Man braucht kein jahrtausendealtes erotisches Geheimwissen, um lange in Harmonie mit einem Mann zu leben. Ein bisschen gesunder Menschenverstand und diese drei Grundsätze im Kopf reichen vollkommen aus«, schloss Masako mit einem bezaubernden kehligen Lachen.

»Aber die Liebe …«, beharrte Pam.

»Alles hängt davon ab, was du Liebe nennst und was du dir von ihr erwartest. Die Welt ist voller Kami, unsichtbaren Geistern. Je nach Art sind sie positiv oder negativ, bringen Schutz oder Gefahr und beeinflussen unseren Alltag. Auch die Liebe unterliegt ihrem Gesetz.«

Während sie über diesen letzten Satz nachdachte, fiel Pamela ihre Mutter ein, deren Leben Lichtjahre von dem entfernt war, was Frau Atsura beschrieb. Sols Lieblingsheldinnen waren ständig damit beschäftigt, sich von dem Mann, den sie liebten, erniedrigen zu lassen und sich dann an ihm zu rächen, wobei dieser Mann alle fünf Minuten wechselte, neue Ehemänner in jeder dritten Folge.

Im wahren Leben war Sol liebevoll und zurückhaltend, ihr Vater Mich jedoch hatte nun wirklich nichts von einem lieben kleinen Jungen. Wobei Frau Atsura nichts von »lieb« gesagt hatte. Ob es die Neugier des kleinen Jungen war, die ihn an jenem besagten Abend dazu veranlasst hatte, seiner Tochter unter den Kimono zu schauen? Es war ihr unangenehm, daran zu denken.

Ihr Vater war nicht in seinem normalen Zustand nach Hause gekommen, aber dennoch, er war ihr Vater, und es gibt Dinge, die Väter nicht tun, Grenzen, die sie nicht überschreiten dürfen. »Lass mich in Ruhe, Papa«, hatte sie flehend geflüstert, als er sich auf ihre Bettkante setzte. Sie erinnerte sich an seine Augen, die sie voller Gier anstarrten, während sie immer wieder sagte: »Papa, bitte, Papa!« Bis sein entsetzter Blick verriet, dass er unter dem Make-up und der Verkleidung als Geisha plötzlich doch noch seine Tochter erkannte und was er im Begriff war zu tun. Er zuckte zurück, zog seine Hand weg, als hätte er sich verbrannt, sah Pam in ihrem halb offenen Kimono noch einmal an und spürte Erschrecken, Schuld und Scham über sich hereinbrechen und seine Brust zusammenschnüren.

»Tut mir leid, tut mir leid«, stotterte er und floh.

An diesem Tag erkannte Pam, dass ihre Verwandlung gelungen war. Eine Lektion, die sie teuer bezahlt hatte.

Elftes Kapitel

in dem die Geschichte eine tragische Wendung nimmt, die wir nicht kommen sahen

Thad hatte mal wieder einen Auftrag im Ausland. Wie gewohnt sagte er ihr nicht, was und wo. Und nach seiner Rückkehr redete er auch nicht darüber, Punkt. Pam hütete sich, ihm Fragen zu stellen, das war eines von Masakos Geheimnissen zur Bewahrung des Wa, der Harmonie in einer Beziehung. »Stell nie unangenehme Fragen, bohre nie, woher er kommt oder was er gemacht hat.«

Diesmal aber war es anders, sie spürte, wie sehr er sich bemühte, sein Unbehagen zu verbergen. Er wurde ungeduldig, aufbrausend, biss ständig die Zähne zusammen. Sein Schweigen hatte etwas Bedrückendes, ja, um ehrlich zu sein, fast schon Erstickendes. Pam fühlte sich wie begraben von Thads Gefühlen, erschlagen von allem Ungesagten. Die folgenden Tage verflossen in bleierner Langsamkeit, gingen mehr schlecht als recht zu Ende und wurden schließlich zu Wochen, nach denen Pam sich eingestehen musste: Thad verkümmerte. Langsam, aber sicher.

Immer wenn er von einer seiner Reisen zurückkam, deren Geheimnis einen wachsenden Anteil von Gewalt zu bergen schien, wurde es noch schlimmer. Als würde er unfreiwillig Fragmente dieses Anderswo, von dem sie nichts erfahren durfte, mit sich herumschleppen.

Thad wusste sehr wohl, wie die Niedertracht an ihm klebte, und hatte Angst, dass sie auf Pam abfärben könnte. Deshalb schlief er nicht mehr jeden Abend bei ihr und trank mehr als sonst. An diesem Morgen hatte er sie lange mit schwindelerregender Sanftheit gestreichelt, nur um sie, als sie aus dem Bad kam, mit der Mitteilung zu überfallen, dass er am nächsten Tag wieder fahren würde.

»Du bist doch gerade erst gekommen, bleib doch noch ein bisschen …«

»Es gibt Angebote, die man nicht ausschlagen kann.«

»Und was für ein Angebot ist es diesmal?«, platzte sie heraus.

Thad wandte den Kopf zu Pam, die hinter ihm stand, den Rücken an die Badezimmertür gelehnt. Es tat weh, sie so zu sehen, aber er konnte es nicht lassen.

»Nicht allzu dreckig«, murmelte er.

Seufzend ging Pam ein paar Schritte auf ihn zu und blieb dann stehen.

»Ich glaube nicht, dass du weiter so kommen und gehen kannst, als ob nichts wäre.«

Sie sprach sanft, ohne Vorwurf, aber er spürte einen Nachgeschmack ihrer Verbitterung. Ihr Blick, der für gewöhnlich Ruhe und Bedachtsamkeit spiegelte, war erfüllt von einer Feindseligkeit, die ihn in Panik versetzte.

Thad verstummte für eine Weile und bemühte sich, so erbarmungslos dreinzusehen wie der Kopfgeldjäger Josh Randall beim Abreißen des Zettels mit der Aufschrift *»tot oder lebendig«* von der Salontür. Pamela dagegen schenkte ihm Sue Ellens Blick, den diese auf J. R. richtete. Dagegen war selbst ein Steve McQueen machtlos.

*

»Geh doch mal ein bisschen raus, sonst schlägst du noch Wurzeln zwischen deinen Bonsai.«

Das war typisch Keiko Atsura. Die Tochter ihres Danna brillierte gerade in der Rolle der unerträglichen pubertierenden Jugendlichen. Mit über dreiundzwanzig eine beachtliche Leistung. Durch Zickereien, Tränen- und Kicheranfälle brachte sie noch die Geduldigsten in kürzester Zeit an den Rand eines Nervenzusammenbruchs. Wie eine Pubertierende eben, nur mit der nötigen Reife, rechtzeitig aufzuhören. Aus Rücksicht auf Dr. Atsura und seine Frau hatte Pam sich schon oft zurückgehalten, statt sie zu ohrfeigen. Keikos sämtliche Talente schienen nur ein einziges Ziel zu verfolgen: ihr Gegenüber bis zum Exzess zu reizen, und dann, kurz bevor sie sich eine einfing, fuhr sie die Spannung runter, bis der Gegner stehend k. o. ging, unfähig zu reagieren, unfähig, irgendetwas anderes zu tun als ihr nachzugeben.

Keiko Atsura hatte es geschafft, Pam zu überreden, sie auf eines dieser Kostümfeste zu begleiten, nach denen sie ganz verrückt war. Wild entschlossen, ihr Bild als Manga-Püppchen zu perfektionieren, gab Keiko Unmengen Geld dafür aus, sich zu entjapanisieren. Sie ließ sich die Haare platinblond oder in fluoreszierendem Rosa färben, kaufte sich grüne oder blaue Kontaktlinsen und verbrachte endlose Sitzungen im Kosmetiksalon, um ihre Haut zu bleichen, was Pam wiederum, die ja alles dafür getan hätte, japanischer zu werden, überhaupt nicht verstehen konnte.

Im Pavillon Dauphine, einem zur Partylocation mutierten ehemaligen Jagdhaus am Rand des Bois de Boulogne, drängte sich eine kostümierte Menschenmenge so dicht, dass einem schwindlig werden konnte. Der kostenlos ausgeschenkte Wein zeigte bereits Wirkung, und die Temperatur stieg bald auf vierzig Grad. Draußen im Park standen die Raucher im Regen. Wiederholte Schauer sorgten für ein ständiges Hin und Her der Menschen. Mal strömten sie ins Freie, um zu rauchen, dann wurden sie vom Regen wieder hineingetrieben. Diese pausenlose, zufallsabhängige Wellenbewegung verstärkte Pams Unwohlsein. So viele Menschen war sie nicht gewohnt. Und auf einmal stand dieser Typ vor ihr, noch besoffener als die anderen. Er trug eine dunkelblaue Mütze, Ray-Ban-Brille und ein weit offenes Uniformhemd über einer von stundenlangem Hanteltraining definierten Brust und ging offensichtlich als Bulle aus einer amerikanischen Serie. Er hatte sich an sie herangeschlichen wie ein Wolf, war plötzlich mit einem Glas in jeder Hand aufgetaucht und hatte eine Personenkontrolle gefordert … Wie viele andere Idioten, die schon ihren Weg gekreuzt hatten, kramte er sein Ninja-Turtle-Japanisch hervor und drückte ihr einen swimmingpoolblauen Cocktail in die Hand. Das alles war weiter nicht schlimm, abgesehen davon, dass sich ihre zarte Konstitution nur schlecht mit dem scheußlichen Atem des Kerls vertrug, der ihr wie ein brünstiger Büffel in den Nacken schnaufte. Pam wollte sich gerade von ihm befreien – sie war es gewohnt, bei stumpfen Typen solche Reaktionen hervorzurufen, und wusste, was zu tun war, doch der hier versuchte tatsächlich, ihr Ohr zu küssen.

Exakt diesen Moment wählte Thad, der seit Wochen ausgeflogen war, um wieder aufzutauchen. Aus dem Nichts gekommen, ging er dem Kerl mit dem festen Vorsatz an die Gurgel, ihm die Halsschlagader abzudrücken.

Arme gingen dazwischen, dann Schultern. Von allen Seiten versuchte man, sie zu trennen, sie störten das Fest. Halb erstickt stotterte der Typ irgendwelche Entschuldigungen, aber Thad hörte nicht zu.

Pam legte ihre zarte Hand auf sein Handgelenk, wo seine Tätowierungen entsprangen, um ihn davon abzuhalten, dass er noch einmal zuschlug. Mit Blicken, Händen und ihrem ganzen Körper flehte sie ihn an aufzuhören. Sie hatte soeben die Gewalt und den Hass entdeckt, die in ihm steckten und die er ganz tief in seinem Innersten verbarg. Thad biss die Zähne zusammen und schaute stur an ihr vorbei, er wartete auf seine Feinde, bereit, sie ein für alle Mal niederzustrecken. Er war ein Krieger, der vor nichts und niemandem Angst hatte. Er war in der Lage zu töten, das bewiesen die Tätowierungen auf seinem Handgelenk. Sollten sie doch kommen, sie bekämen es mit ihm zu tun. Er riss sich von Pams Hand los und wurde von der nun wieder gleichmütigen Menge verschluckt.

*

Von widersprüchlichen Gefühlen hin und her gerissen, hockte Thad auf dem Bürgersteig, wo er die Nacht verbracht hatte. Seit fast zwei Jahren hatte er keinen Anfall mehr gehabt. Er hatte gehofft, das hinter sich zu haben und nie wieder erleben zu müssen, was leider jedes Mal nach demselben Drehbuch ablief: eine Explosion der Gewalt, gefolgt von der Scham, die ihn zwang, sich in seinem eigenen Schweigen zu verkriechen. In eine Sprachlosigkeit, die denjenigen schützt, der sich dahinter verbirgt, und jeden verletzt, der sich ihm nähert. Pam bedeutete ihm so viel, dass er sich selbst nicht aushielt. Ihm wurde klar, wie abhängig er von ihr geworden war. Das fand er einerseits beruhigend – er war also fähig zu Gefühlen! –, andererseits schrecklich furchterregend. Er steckte in einer Zwickmühle, zerrissen zwischen seinem Wunsch, tiefe Gefühle auszulösen – ganz besonders, da es um das bezauberndste Geschöpf ging, das er je kennengelernt hatte –, und der Scheu vor der Verantwortung, die mit einer solchen Beziehung einhergeht.

»Ich bin betrunken«, erklärte er den Tauben, »total betrunken.«

Dann spuckte er auf seinen langsam wachsenden Schatten, verfehlte ihn aber knapp. Schwankend verließ er den Bürgersteig und versuchte dann, auf einem der Säulenstümpfe von Daniel Buren vor dem Palais Royal die Haltung des Denkers von Auguste Rodin einzunehmen – ein Klassiker, um herauszufinden, wie gut man betrunken das Gleichgewicht halten kann. Ohne sich mit dem jämmerlichen Ergebnis seines Experiments aufzuhalten, setzte Thad sich bequemer hin, lehnte sich mit dem Rücken an eine Halbsäule und beobachtete die Fußgänger, die den Park durchquerten. Es wurde Tag.

Als Erste kamen die Geschäftsleute, vermummt in ihre grauen Mäntel, die Augen geweitet von literweise hastig in sich hineingeschüttetem Kaffee. Sie eilten zur Arbeit, denn das Geld schläft nie. Nachts flieht es oder zieht um, wechselt Hände und Länder, und diese besorgten kleinen Herren mit der Angst am Schulterriemen laufen ihm jeden Morgen hinterher, weil sie nicht wissen, bis wohin es in dieser kurzen Spanne gekommen ist. Sie wissen nur, dass sie irgendwohin aufbrechen müssen, um es zu finden, dass sie seine Fährte vielleicht in Südostasien aufnehmen, ihm durch das Gewirr der Filialen Singapurs folgen und es, wenn es ihnen endlich in die Hände fällt, nach Hause bringen müssen, ins Mutterhaus, wie einen kleinen Ausreißer, der Nacht für Nacht davonläuft. Ausnahmslos jede Nacht.

Deshalb sind sie ja schon frühmorgens im Vorfeld müde,

die Herren Banker. Manche von ihnen verlangsamen ihre Schritte, wenn sie den Park durchqueren, und atmen ein wenig von der kühlen Luft ein, die voller verrückter Verheißungen ist wie der Möglichkeit, erst gar nicht zur Arbeit zu gehen. Sie scheinen den Gedanken kurz zu erwägen: Was wäre, wenn sie das virtuelle Geld einfach laufen ließen? Mal eine Runde aussetzten? Das Geld würde sein Irrsinnsrennen ohne sie fortsetzen, und niemand würde etwas merken … Dann fällt ihnen die Hypothek für die Wohnung ein, das Ferienhaus, das noch nicht abbezahlt ist, und die Ausbildung der Kinder, die ja auch finanziert werden will … Und so hetzen sie weiter zur Arbeit, überzeugt davon, dass es die richtige Entscheidung war.

Thad musste sogar ein wenig lachen über diese im blassen Morgen zur Schau gestellte Gewissheit. Bei ihm war es eher umgekehrt: Er wusste gar nichts mehr.

Sein Magen brannte, der Kopf tat ihm weh, eine Migräne begann in seinem rechten Auge zu bohren, außerdem schmerzten ihn Schultern, Nacken und Rücken.

Er wollte Pamela sehen, jetzt sofort zu ihr hinaufgehen, sich an die Klingel hängen und daran festhalten, bis sie ihm aufmachte. Sie wäre bestimmt noch ein wenig warm vom Schlaf, aber bis sie aufgestanden wäre und tastend ihren Kimono gefunden hätte, wäre ihre nackte Haut von diesem frühen Morgen an der Oberfläche leicht abgekühlt. Noch nicht ganz wach, würde sie ihr Kleidungsstück falsch herum anziehen, die Nähte würden ihre Brüste streicheln und deren Spitzen sich aufrichten. Ihr Haar hätte nachts zu seiner natürlichen Form zurückgefunden und wäre leicht gewellt. Wenn er die Augen zusammenkniff, konnte er das braune Büschel ihrer Scham erkennen, das sich von ihrer weißen Haut abhob, er kannte ihren Geruch beim Aufwachen und sah ihre runden, weichen Brüste, deren Spitzen jetzt unter seinen gierigen Fingern hart wurden.

Und natürlich hatte er am Ende einen Ständer. Einen so riesigen, dass er sich darüber wunderte, wie dieser Teil seines Körpers den Kater so schnell überwunden hatte. Außerdem musste er pinkeln.

Wäre er doch bloß nicht so betrunken! Er versuchte aufzustehen und stellte sich vor, wie sich sein Bild in Pams braunen Augen spiegelte, während seine von Alkohol und Zweifeln ganz vernebelt wären. Sie sähe darin seine Feigheit und hätte damit recht. Aber sie würde ihm verzeihen und hätte damit unrecht.

Ihm blieb keine Wahl, er musste auf der Stelle weg, um einen Weg zu finden, wie er diese Rohheit in seinem Inneren auslöschen könnte. Er würde warten, bis sie zur Arbeit ging, sich in ihre Wohnung schleichen und duschen – sein Gestank war so schlimm, dass es ihm vor sich selber grauste –, ein paar Sachen einpacken, seinen Reisepass nehmen und verschwinden.

Jetzt.

Das Wetter hatte anscheinend etwas gemerkt, denn der helle Morgenhimmel bezog sich mit Wolken, die die Atmosphäre schnell veränderten. Der Wolkenbruch ließ nicht lange auf sich warten, und der Regen ergoss sich in Strömen auf die Pariser Straßen. Die schmutzigen Bürgersteige rochen streng nach feuchtem Hund.

Pam lag noch im Bett, ihre schwarzen Haare wie einen Fächer über das Kissen gebreitet. So, wie der Regen auf die Zinkdächer der Avenue de La Motte-Picquet trommelte, hielt sie es für vernünftiger, sich nicht hinauszuwagen. Thad stürzte sofort unter die Dusche, wie er es sich vorgenommen hatte, und blieb dort über eine halbe Stunde, denn er fürchtete die Konfrontation und hoffte, dass Pam inzwischen das Haus verließ.

Als Thad sie in die Daunendecke gekuschelt im Bett fand wie ein winziges, in der weißen Weite verlorenes Püppchen, wurde er schwach. Er war erschöpft.

Mit einer eleganten Schulterbewegung warf sie die Decke ab und lud ihn ein, sich zu ihr zu legen. Ohne ihm den geringsten Vorwurf zu machen, nur von ihrem Verlangen nach ihm getrieben, einem echten, aufrichtigen, unendlichen Verlangen. Also legte er sich zu ihr, ließ sich mit seinem ganzen Gewicht neben sie fallen, als gäbe er sich geschlagen, presste instinktiv seinen Unterleib an die Rundung ihres Pos, vergrub seinen Kopf in der tröstlichen Wärme ihres Halses und legte die Lippen auf die leichte Erhebung des Muttermals, das er so sehr liebte.

Mit einer geschmeidigen Bewegung hockte sie sich auf ihn. Er hielt den Atem an, elektrisiert von diesem neuen Druck auf seinen Körper.

»Ich habe eine Scheißangst«, gestand er.

Sie lächelte.

»Du? Du fürchtest dich doch nie vor irgendetwas.«

»Falsch, mir macht alles Angst. Vor allem du.«

»Ich?«, wiederholte Pamela. Sie strich mit dem Finger über seine Lippen und lächelte ihn wie zur Entschuldigung arglos an.

»Ja, du.« Er liebkoste ihre Hüften und fuhr mit der Hand ihren Rücken hinauf. »Ich habe Angst, dich zu enttäuschen.«

»Unmöglich!«, rief sie, beugte sich vor und küsste ihn.

Diese Bewegung ihres Beckens ließ Freude in seinem Gesicht aufleuchten. Er hob sie hoch und drang mit aller

Kraft in sie ein. Der Genuss war seinen Schuldgefühlen ebenbürtig: überwältigend.

Das war ihr letztes Mal. Ein letztes Mal ohne Bewusstsein seiner selbst. Ein dummes letztes Mal, das nicht einmal ahnt, dass es das letzte Mal ist.

Zwölftes Kapitel

in dem es um Zugvögel geht

Pam trank ihren Tränentee, bis ihr schlecht wurde, und hockte am Ende mit einem vom Schmerz zerstörten Gesicht reglos auf ihrem Stuhl im Hinterzimmer des kleinen Japanladens. Sie fühlte sich unfähig zu jedem Gedanken, jeder noch so unbedeutenden Bewegung. Ikebana, Kunden, Bonsai … die vertrautesten Wörter kamen ihr bedeutungslos vor. Genau wie früher, als sie noch ein Kind war und sich damit vergnügte, Wörter zwanzig Mal hintereinander auszusprechen, wobei sie sich um möglichst sorgfältige Artikulation bemühte. Komplizierte Wörter, ordinäre Wörter, solche, die ihr ein wenig Angst machten. Oft genug wiederholt, verliert jedes Wort seine Sinnhaftigkeit, seine Bedeutung, erst erscheint es absurd, dann schlicht seltsam, und schließlich ist dieses Wort nur noch ein Geräusch, eine Lautfolge, die gar nichts mehr darstellt. Ikebana, Kunden, Bonsai, Thad.

Thad, Thad, Thad, Thad, Thad, Thad, Thad, Thad, Thad.

Regelmäßig wie ein Metronom stieß sich ihr Geist an diesen vier Buchstaben. Er kreiste und machte Umwege, kehrte aber immer wieder zu ihnen zurück wie eine Silbermöwe zu ihrem Felsen im Ozean. Wobei Pams sesshaftes Wesen keinerlei Ähnlichkeit mit der Natur der Möwe aufwies, die dem Los der Zugvögel nicht entgehen kann. Eine Möwe ist dazu in der Lage, kilometerweit übers Meer zu fliegen, getragen von der Erinnerung an den rettenden Felsen, der irgendwo auf sie wartet; von ihm hängt ihr Überleben ab. Sollte der Felsen aber, aufgrund einer äußerst unglücklichen Verkettung der Umstände, durch unmerkliche Erschütterungen untergegangen sein, sitzt die Möwe in der Falle. Ihrem Charakter entsprechend fliegt sie dann immer weiter, bis sie vollkommen erschöpft ist und schließlich ertrinkt.

An diesem Morgen war Pams persönlicher Felsen an ein paar mit chinesischer Tusche gemalten Worten zerschellt und so unwiderruflich verschwunden wie die Manureva.

Verzeihe, muss weg.

Unverständliche Worte. »Muss weg …« Aber wohin? Wann? Für wie lange? Für immer? Nein, das konnte nicht gemeint sein. Das war zu schrecklich. »Verzeih.« Und was? Verzeih, dass ich gegangen bin, ohne etwas zu sagen? Verzeih, dass ich nie wiederkommen werde? Verzeih, was auch geschehen mag?

Es gab keine Antwort. Nur diese vagen Worte, die schmerzhaft endgültig in ihr nachklangen.

Es war fast Nacht, als Pam sich schließlich erhob. Ganz langsam zog sie ihren Mantel über die Kimonojacke, auf der die heruntergetropfte Schminke zu vielfarbigen Flecken getrocknet war, und warf dem ehrwürdigen Gaozong einen traurigen Blick zu. Der ahnte den Sturm, der die tapfere kleine Geisha zutiefst aufwühlte, und ließ sein ganzes Laub erschauern, um ihr seine Unterstützung zu signalisieren. Pam warf einen letzten Blick auf den kleinen Japanladen, nahm eine von ihr kalligrafierte Karte aus einer Schublade und schloss den Rollladen hinter sich.

An der Tür konnten die Passanten des linken Seine-Ufers lesen:

Vorübergehend geschlossen.

Wochen waren vergangen, seit Pamela zum letzten Mal den kleinen Japanladen betreten hatte. Mit geschlossenen Augen lag sie auf ihrem Bett und zwang sich, weder an Thad zu denken noch an den stechenden Schmerz, der ihr das Herz zerriss. Sie hatte Kopf- und Magenschmerzen von seiner Abwesenheit, als hätte sie lange gefastet.

Ohne Erklärung verschwinden – das durfte man einfach nicht machen. Die paar dahingekritzelten Worte: *Verzeih, muss weg,* das war, als würde man jemandem etwas schenken und dann schnell wegrennen. Wenigstens die Bäume standen noch in den Regalen des kleinen Japanladens. Sie musste unbedingt dorthin, um die Bonsai der Reihe nach zu gießen, abzustauben und ihre winzigen Zweige zu schneiden.

Sie verließen sich auf sie, besonders der Ehrwürdige. Pam müsste Madame Pichon anrufen, die Hausmeisterin vom Quai Voltaire, und ihr sagen, ihr erklären, dass es nicht ihre Schuld war, dass sie von diesem gewaltigen, ungeheuren Liebeskummer so niedergeschlagen war, dass sie sich nicht mehr erholen konnte. Sie brauchte Zeit zum Nachdenken, um das alles zu verstehen. Das Ganze war zu plötzlich gekommen. Es dürfte einem Mann nicht erlaubt sein, eine Frau so Knall auf Fall zu verlassen. Das dürfte nur schrittweise geschehen.

Warum war Thad gegangen? Warum hatte er sie verlassen?

Eine Frau sitzen zu lassen ist ein Mord von unbestimmter Dauer, und auch wenn der Täter geflohen war, war Pam doch fest entschlossen, ihn wiederzufinden. Wenigstens um zu erfahren, was er ihr zu sagen hatte. Sie würde ihm zuhören, ohne ihn zu verurteilen. Sie behielt sich sogar die Möglichkeit vor, großmütig zu sein und ihm zu verzeihen. Seit jeher war Mitgefühl ihre Stärke gewesen – der Bonsai vom Quai Voltaire könnte das bestätigen –, sie würde sich also nicht allzu sehr überwinden müssen. Trotzdem haderte sie mit sich. In letzter Zeit hatte sie Thad mit seinen Dämonen allein gelassen, also war sie mit schuld, dass er gegangen war. Aber was hätte sie tun sollen? Hatte er sie wenigstens geliebt?

Mit den Fingerspitzen streichelte sie den Schatten ihrer Erinnerung, fuhr dessen Umrisse nach und ließ die Hand sinken, die so schwer und untröstlich war wie ihr ganzer restlicher Körper. Wie lange würde es ihr gelingen, die wenigen Spuren zu bewahren, die es noch von ihm gab, den würzig-herben Duft zum Beispiel, der noch am Sessel und in der Bettwäsche hing? Was sollte sie sich eher wünschen: ein Lebenszeichen von ihm oder ihn zu vergessen? Wie lange würde es dauern, bis sein geflüsterter Name wie ein harmloser Hauch verflogen wäre? Wie viele Tage bis zum Ende der Erinnerung?

*

Ihre Nächte waren nun schrecklicher als ihre Tage. Unter den Decken zusammengekauert und die Angst tief im Bauch ließ sie ohnmächtig die Minuten verstreichen, die

die schwarzen Stunden der Nacht erfüllten. Obwohl sie noch zu wenig Abstand hatte, was das Nachdenken gravierend erschwert, fand sie, dass das alles viel zu schnell gegangen war. Als hätte sich jemand plötzlich einen Spaß daraus gemacht, ihr Leben auf Pause zu setzen. Solche üblen Streiche spielte die Zeit gern: Nachts zog sie sich so unerbittlich träge in die Länge wie zwischen Montagmorgen und dem Wochenende, Schulanfang und Sommerferien. Trotzdem haben wir im Nachhinein immer das Gefühl, dass die Woche quasi unbemerkt verflogen ist und der Sommer schon ewig zurückliegt.

Ehe du dichs versiehst, ist die Kindheit vorbei. Da versuchst du, die Jugend jenseits der ausgetretenen Pfade zu erleben, ohne die Verkehrsregeln zu übertreten, und bums, bist du Serviererin im »Yakitori«.

Dort lernst du einen Japauto-Händler kennen und bist kurz darauf für die Toilette der Bonsai am linken Seine-Ufer zuständig. Du verkleidest dich als Geisha und bist immer noch voller Hoffnung und Zweifel.

Klingeling … das Ladenglöckchen bimmelt, und ein Mann, so schön wie ein Traum, tritt ein und elektrisiert dich.

Hui!, sind vierundzwanzig Monate um, und zack, wirst du ohne Vorwarnung von einem Moment auf den anderen verlassen.

Über die Autobahnen ihrer Arterien, die Landstraßen ihrer Adern und die Saumpfade ihrer Kapillaren erreichte der Schmerz schließlich sämtliche Organe, die edlen und lebensnotwendigen ebenso wie die kleinen, verborgenen. Kein Teil ihres Körpers wurde verschont. Denken, atmen, bewegen – alles tat ihr weh. Leid in Reinkultur. Das erste Licht des Morgens drang durch die Vorhänge, bahnte sich seinen Weg durch die Dunkelheit ihres Zimmers und zerstörte nacheinander alle Dämme gegen die Angst, die sie während der Nacht errichtet hatte. Bis nach einem gut eingespielten Ritual das Morgengrauen schließlich dem Drängen des Tages nachgab.

Es war ein lichter Morgen, leuchtend wie eine Herausforderung und leicht wie ein Versprechen. »Wozu?«, dachte Pam, die sich verkrochen hatte, aber doch froh war über die Sonne, die mit spitzen Strahlen Pams Dämonen zumindest teilweise niederstreckte, so, wie andere Drachen töten.

Dreizehntes Kapitel

in dem der Frage nachgegangen wird, ob sich Liebeskummer in japanischem Sud auflöst

»Hör auf mit dem Leiden, du musst wieder anfangen zu leben! Thad war nur eine Phase in deinem Leben, ein dürrer, enttäuschender Abschnitt. Du bist ziemlich jung, und es gibt noch so vieles, was du nicht kennst und erst noch erleben musst, also erlaube deinem Herzen eine neue Blüte«, murmelte Dr. Atsura seinem Schützling ins Ohr. Er machte sich große Sorgen um Pam, die jeden Tag ein bisschen mehr verkümmerte.

Normalerweise schätzte sie die erlesenen poetischen Metaphern von Dr. Atsura, die sie lehrten, das Leben von seiner guten, japanischen Seite zu nehmen. Aber sie mochte es überhaupt nicht, wenn er – und sei es auch durch die Blume – Thads schlechte Seiten kritisierte.

Sie liebte alles an Thad, auch das Hässliche und seine Regelverstöße. Seine Fehler und Schwächen waren Eigenheiten, die ihr allein gehörten. Daran durfte niemand rühren, sonst wurde sie böse. Dann wollte sie protestieren und ihn verteidigen – sicher gab es eine Erklärung, aber leider hatte er ihr nichts hinterlassen, weder Schönes noch weniger Glorreiches, einfach nichts. Nur ein paar identische schwarze Kleidungsstücke ganz unten in einer Schublade.

Immer wenn es ihr möglich war, löste Masako ihren

Mann an Pams Krankenbett ab. Mit Schrecken stellte sie bei jedem ihrer Besuche erneut fest, wohin Schlaflosigkeit in Kombination mit Liebeskummer führen kann. Das Ergebnis war kaum mit anzusehen.

»Du musst schlafen. Wenn es dich nicht stört, dass ich mich in Dinge einmische, die mich nichts angehen, dann rate ich dir ausdrücklich, dies hier abends einzunehmen, bevor du schlafen gehst.«

Masako nahm einen dunkelblauen, mit zarten, silbrigen Perlen bestickten kleinen Beutel aus ihrer Tasche und legte ihn auf den Nachttisch.

»Sobald es dunkel wird, gibst du drei Prisen von diesem Pulver in ein Glas lauwarmes Wasser.«

»Was ist das, Masako-Chan?«, fragte Pam und versuchte, sich aus Höflichkeit halbwegs im Bett aufzurichten.

»Heilkräuter. Ich habe sie extra für dich aus der Präfektur Takamatsu in Shikoku kommen lassen. Dort findet man Pflanzen, die es sonst nirgendwo in Japan gibt. Du denkst doch daran, ja? Drei Prisen in ein Glas lauwarmes Wasser, sobald du merkst, dass es dunkel wird.«

Pam ließ den Kopf sanft auf ihr Kissen zurückfallen, ihre schwarzen Haare, die immer rauer wurden, breiteten sich auf dem weißen Stoff aus. Dass sie so viel Aufmerksamkeit auf sich zog, war ihr schrecklich peinlich.

Schon am Nachmittag widmete sie sich Masakos Verschreibung. Das Zeug schmeckte ekelhaft und hinterließ einen rauchigen, bitteren, erdigen Geschmack im Mund, der sich als äußerst hartnäckig erwies und an den Saft von modrigem, verfaultem, verkohltem Holz erinnerte. Pam musste minutenlang gegen einen heftigen Brechreiz ankämpfen. Das scheußliche Elixir überflutete ihre Innereien und wollte ihren Magen besiedeln, der zurzeit auf Diät war –

Unglück bricht einem nicht nur das Herz, sondern tötet auch den Hunger – und ein erschrockenes Gluckern von sich gab, das sich anhörte wie Dvořáks *Sinfonie aus der Neuen Welt.*

Pam konzentrierte sich auf die Empfindungen ihrer Eingeweide und wand sich vor Schmerz. Das war ein neuartiger, unbekannter Schmerz, der zumindest den Vorteil hatte, sie von ihrem bisherigen Leiden abzulenken. Ihr Magen, randvoll mit dem japanischen Gebräu – zu den entsprechenden Importbedingungen gäbe es einiges zu sagen, aber dafür ist hier nicht der richtige Platz –, sandte verschlüsselte Botschaften an ihr Gehirn, die sie quasi auf der Stelle in einen tiefen Schlaf versetzten.

Nach vierundzwanzig Stunden komatöser Ruhe genoss Pam die Freuden des Erwachens: ein paar Minuten angenehmer Verwirrung, in der man nicht genau weiß, wo man ist und was mit einem geschieht. Sie schaute sich um und bedachte die Gegenstände in ihrem Zimmer mit einem neuen, hoffnungsvollen Blick. Dann kehrte mit einem Schlag präzise und unerbittlich die Erinnerung zurück – und mit ihr der Schmerz. Das war der Moment, in dem Keiko hereinplatzte. *Sie gibt mir jetzt bestimmt den Rest*, frohlockte Pamela mit einer gewissen Dankbarkeit. Die kleine Geisha vom linken Seine-Ufer wusste genau, dass die einzigartige Stellung, die sie in Keikos Familie einnahm, diese rasend machte vor Eifersucht. Tatsächlich drehte Keiko fast durch, wenn sie sich die Beziehung ausmalte, die zwischen ihrem Vater und diesem verkleideten Vorstadtgör bestand. Und das auch noch mit dem Segen ihrer Mutter, die, wie Keiko mit Staunen und Zittern festgestellt hatte, der jungen Geliebten ihres ehrwürdigen Gemahls sogar Unterhalt zahlte. Wie hoch er war, wusste sie nicht, und das war auch besser so, aber die bloße Erwähnung dieses Garnichtgeheimfonds löste bei ihr Wutausbrüche in Tsunami-Stärke aus. Allerdings befand sich Pam in einem so bedauernswerten Zustand, dass selbst Keiko sich gezwungen sah, etwas zu tun. Pam gehörte ja gewissermaßen zur Familie, und das stellte in ihrer Kultur einen ganz eigenen, grundlegenden Wert dar.

Deshalb verbrachte Keiko ziemlich viel Zeit in Pams Wohnung an der Avenue de La Motte-Picquet und durchstöberte deren Kostbarkeiten, die ein bisschen altmodisch waren für ihren Geschmack, aber ganz hübsch. Sie spielte mit dem geschnitzten Elfenbeinfächer herum, der auf dem Kendai lag, einer dreistufigen kleinen Treppe, die nicht nur Stauraum bietet, sondern auch als Dekoration und ab und zu als Trittleiter dient. Pam presste die Stirn ans Fenster und schaute beharrlich schweigend und regungslos hinaus. »Als ob ihr Thad gleich auf dem Balkon landen würde!«, dachte Keiko. »Aber wenn sie glaubt, dass Männer wie Brieftauben sind, hat sie sich geschnitten. Mit viel Glück kommt einer, der zur Art der Zugvögel gehört, in ein, zwei Jahren zurück.« Für Keiko war die Zusammensetzung von »Kummer« und »Liebe« grammatisch unmöglich, ein syntaktischer Irrtum. Sie konnte einfach nicht nachvollziehen, dass ein Mann einen in solch einen Zustand versetzen konnte, noch dazu, nachdem er einen verlassen hatte. Und da sie sich allmählich ernsthaft zu langweilen begann, suchte sie nach Mitteln und Wegen, Pam aus ihrer Lethargie zu reißen.

»Darf ich deine Kimonos probieren?«

»Gern«, erwiderte Pam mit schwacher Stimme. Unbeweglich saß sie in ihrem Sessel, den Ellbogen auf die Lehne und die Wange in die Hand gestützt, und verließ ihn nicht mehr. Von Zeit zu Zeit änderte sie ihre Kinnposition oder den Neigungswinkel ihres Kopfes, damit sie keinen steifen Hals bekam.

Keiko nahm alle Kimonos aus der Holztruhe, in der sie sorgfältig zusammengefaltet lagen, probierte einen nach dem anderen an und schnitt dazu lustige Grimassen, um Pam zu erheitern. Sie schlüpfte auch in die Okobo, diese merkwürdigen traditionellen Holzschuhe, und improvisierte in Pams kleinem Wohnzimmer eine Modenschau.

Erst jetzt löste Pam ihren Blick vom Fenster, als hätte das Tohuwabohu endlich einen Weg zu ihr gefunden, und beobachtete das junge Mädchen, fasziniert von der Natürlichkeit, mit der sie die verschiedenen Kleidungsschichten in der richtigen Reihenfolge übereinanderdrapierte, ohne sich jemals zu irren.

»Schau, ich laufe über den großen Onkel, das gilt bei uns als kindlich. Für japanische Männer ist das unwiderstehlich. Aber du kannst ja auch das hier mal versuchen.«

Sie kniete sich breitbeinig auf den Boden, sodass ihr weißes Höschen hervorblitzte. Pamela bewunderte diese perfekt dosierte Mischung aus Exhibitionismus und Unschuld.

Sosehr Keiko mit ihren strohgelben Haaren, dem grasgrünen Nagellack und den Augenbrauenpiercings auch einem Manga-Mädchen ähnelte, verfügte sie doch über die besondere natürliche Grazie einer jungen Japanerin.

»Du bist hinreißend«, murmelte Pamela.

Nachdem Keiko gegangen war, fielen Pam Dr. Atsuras Worte wieder ein. Ihr Danna hatte recht, sie musste sich zwingen, an angenehme Dinge zu denken. Sie kramte in ihren ältesten Erinnerungen, um diejenigen hervorzuholen, die sie am meisten mochte: die Abenteuer von Yoko Tsuno und von Sayuri, der kleinen blauäugigen Geisha, deren Erinnerungen Arthur Golden aufgeschrieben hatte. Sie dachte an ihre Ikebana-Kompositionen, das Beschneiden der Bonsai, den bitteren Geschmack ihrer Lieblings-Kirschblütentees aus der Frühjahrsernte. Langsam zog sich der Schmerz zurück; wie die lang ersehnte Ebbe nach der Flut lockerte er allmählich den Druck um ihren Magen und ihre Brust. Die zweite Rückzugswelle kam ein paar Tage später während der Abendstunden. Sie löste Hände, Füße und Beine und schließlich auch die Arme, sodass ihr Atem endlich wieder frei und schmerzlos fließen konnte.

An diesem Tag fühlte Pam, dass sie leben wollte. Und verlangte nach einer Tasse Tee, auch wenn sie noch viel zu schwach war, um ganz aufzustehen.

*

Tapfer nahm die kleine Geisha aus Melun ihr Leben an der Stelle wieder auf, an der sie es unterbrochen hatte. Sie stand wieder auf. Ohne große Freude, aber immerhin war sie schon einmal aufrecht.

Mit einer Art Besessenheit widmete sie sich ihren täglichen Ritualen und erfand ständig neue. Immer längere und kompliziertere. So veränderte sie auch ihr Make-up, es war nun weniger leuchtend, weniger sonnig. Die Grundierung verbarg ihre Verzweiflung, die Augenringe der Schlaflosigkeit verschwanden unter dem Concealer, ihr dunkler Lippenstift unterstrich ihren Mut und machte jede Verführung zunichte. Indem sie sich so schminkte, brachte Pam wieder Ordnung in ihr Leben und bekämpfte die Verheerungen des Schmerzes; das war ihre Art, über das Chaos zu triumphieren.

Vierzehntes Kapitel

in dem nach einem Zusammenhang zwischen Thads Verschwinden und dem Leben des Samurai Miyamoto Musashi gesucht wird

Da lag der Brief, jemand hatte ihn unter der Tür durchgeschoben.

Der elegante Umschlag aus beigefarbigem Velin ließ an eine Hochzeitseinladung denken. Er trug keinen Stempel, nur ein einziges Wort, ihren Namen: Pamela. Ein klares Schriftbild, selbstsicher entworfene Buchstaben, obwohl die Hand zum Ende hin gezittert hatte – ein kleiner Bruch im letzten A, ein kaum merkliches Zögern.

Der Umschlag enthielt ein einzelnes in der Mitte gefaltetes Blatt von gleicher Papierqualität, wenngleich es vielleicht weniger wog. Es wirkte dünner. Mit sichtbarer Faserstruktur. Pam strich mit der Fingerspitze über das Papier, das weich wie Tuch war. Es war ausgesprochen hochwertig, und dafür war sie empfänglich, seit sie sich an Origami versucht hatte. Sie dachte an Dr. Atsura. Der Brief musste von ihm sein. Keine Briefmarke, keine Adresse, nur ihr Name. In letzter Zeit war ihr Danna löblicherweise ständig bemüht gewesen, sie zu trösten und von ihrem Schmerz abzulenken. Nicht ein einziges Mal hatte er ihre Schwäche ausgenutzt, um ihr wieder beizuwohnen wie früher. Auch als sie ihre alten Gewohnheiten wiederaufgenommen hatte, hatte er sie nie daran zu erinnern versucht, dass er zu diesem Früher gehört hatte.

Sie wusste, dass er sie liebte. Auf japanische Art, aber er liebte sie. Und auch sie hatte diese schräge Geschichte immer gemocht. Er war ihr Mentor, ihr Danna, ihr Alibi, der Mann, der es ihr erlaubte, von anderen Männern keine Notiz zu nehmen – abgesehen von Thad.

Pam wusste, dass sie ihm fehlte und er nur auf ein Zeichen von ihr wartete, um seinen Platz in ihrem Bett wieder einzunehmen. Sie konnte nicht ewig die Seemannsfrau spielen. Also musste sie den Brief beantworten, der zweifellos von ihm kam. Sie würde ihre Arme weit öffnen und alles andere auch. Ja, sie hatte sich entschieden, heute Abend würde sie ihn zum Tee in ihre kleine Wohnung einladen. Und er würde verstehen.

Sie entfaltete den Brief. Noch während sie die wenigen Zeilen entzifferte, begann sich das Zimmer um sie zu drehen.

Ich habe mich auf eine lange, schwierige Reise begeben.
Wie soll ein Mann mit einer Frau im Schlepptau den Weg des Samurai meistern?
Bitte pass gut auf Dich auf, bis ich herausgefunden habe, wer ich bin, und mir einen Namen gemacht habe.
Bleib, wie Du bist, so aufrecht und makellos, um mir als Vorbild zu dienen.

Thad

Ein scharfes Messer bohrte in ihrer frisch verheilten Wunde.

Pamela hatte sich noch nie trennen können. Weder von der Vergangenheit noch von einem Menschen. Sie schleppte ihre Halteleinen stets mit sich herum. Trennungen haben etwas Tragisches, Endgültiges, und Pam hasste nichts mehr als das Endgültige. Es waren immer die anderen, die sich von ihr trennten oder entfernten.

Da war zunächst die Trennung von Yvon. Ohne richtigen Grund, bestimmt ein Kommunikationsproblem. Dann ihre Eltern, die zugesehen hatten, wie sie sich entfernte (eigentlich war sie nur weiter vorangeschritten), und nicht einmal den Versuch gemacht hatten, sie zu begleiten, einen Teil des Weges mit ihr zu gehen. Und jetzt dieser Brief, der, wenn auch merkwürdig formuliert, offensichtlich ein Abschiedsbrief war. Der Brief eines Mannes, der seit Monaten fort war und doch noch irgendwo in ihrer Nähe zu sein schien. Jedenfalls ließ ein unter ihrer Tür hindurchgeschobener Umschlag ohne Briefmarke doch darauf schließen, nicht wahr? War er seit seinem Verschwinden um ihre Wohnung herumgeschlichen? Würde er wieder auftauchen, um alle, die sie bedrohten, zu schlagen, oder war er nun endgültig fort? Pamela mochte die Einschränkung des Möglichen nicht. Dabei, das musste sie sich eingestehen, sprach dieser Brief von einer im Dunkeln kauernden Anwesenheit, vom Aufbruch und schließlich von endgültiger Trennung auf lange Sicht.

Dr. Atsura begriff noch am selben Abend, dass etwas geschehen war. Wortlos, mit gesenktem Kopf, weil sie seinem Blick nicht begegnen wollte, reichte Pam ihm Thads Brief. »Der Mann hat verblüffende Bezüge«, dachte Dr. Atsura, der den Ton des Samurai Miyamoto Musashi wiedererkannte, als dieser die schöne, unschuldige Otsu, mit der er sich auf der Brücke verabredet hatte, dort stehen ließ. Das war also die Erklärung! Seine romantische, entzückende kleine Geisha hatte sich in einen Bretonen verliebt, der davon überzeugt war, dass nur der Weg des Samurai seinem Leben einen Sinn geben könnte. Die Kami spielen den Menschen oft merkwürdige Streiche, aber dass sie sich der Herzen dieser beiden Gaijin bemächtigten, deren Begegnung provozierten und sie mit dem Blitz der Liebe schlugen, nur um sie dann so brutal auseinanderzureißen … Die Geister mussten sich ganz schön langweilen auf dem Archipel, wenn sie nun schon am linken Seine-Ufer Zwietracht säten.

»Wenn du Thad verstehen willst, solltest du das Buch lesen, das ich dir morgen bringen werde«, sagte er.

Atemlos versenkte sich Pamela in Musashis Abenteuer. Als sie damit fertig war, barg das bewegte Leben des Miyamoto Musashi keinerlei Geheimnisse mehr für sie. Er war ein Samurai, der statt einem zwei Schwerter benutzte – eine Besonderheit, deren Bedeutung ihr teilweise entging. Und der am Ende seines bewegten Lebens ein berühmtes Werk über das Fechten verfasste. Eine Art Kriegerhandbuch im … spirituellen Sinn des Wortes.

»Aber was hat das mit Thads Fortgehen zu tun?«, fragte sie Dr. Atsura.

»Das Problem des Samurai (*oder desjenigen, der sich dafür hält* – diese Ergänzung behielt er allerdings für sich) besteht darin, dass er zu sehr mit dem Nachdenken über sein Glück und das Gesetz des Kriegers beschäftigt ist, als dass er sich entspannen und das Leben genießen oder bei einer Frau bleiben könnte. Dieses Buch erklärt, wie man Selbstbeherrschung erlangt, indem man einer sehr strengen Disziplin folgt.«

Pamela seufzte: »Ich werde also keine Antwort bekommen … Ich werde nie erfahren, warum er gegangen ist, noch was ich Schlimmes getan habe, dass er mich auf diese Art verlässt.«

»Du solltest aufhören, nach Gründen für etwas zu suchen

und über das zu spekulieren, was du nicht weißt. Wenn du das *Warum* vergisst, kannst du dich vielleicht von deiner Intuition leiten lassen.«

Es ärgerte sie immer ein bisschen, wenn Dr. Atsura mit ihr redete wie mit einem kleinen Mädchen, doch sie spürte das Wohlwollen in seinen Worten, auch wenn ihr deren Sinn nicht klar war.

Und schließlich war das vielleicht die richtige Antwort: ihrem Instinkt, ihrer Intuition freien Lauf zu lassen, um den Sinn hinter dem Sinn zu finden, Honne: das Dahinter, das durch Tatemae, die Fassade, hindurch zu lesen ist. Sie spürte, dass sie Fortschritte machte, verstand aber noch immer nicht, was Thad mit Musashi verband. Vor allem das mit dem Schlepptau, das ihn am Vorwärtskommen hindere, konnte sie nicht begreifen. Ihr war nicht klar, wie plump die Metapher war, und Atsura hatte sich gehütet, ihr zu erklären, dass ihr die Rolle des besagten Schlepptaus zufiel … *Was habe ich nur für ein Pech, dass er sich diesen verdammten Samurai zum Vorbild genommen hat*, dachte sie betrübt. Die Feigheit war tatsächlich dieselbe und der Stil identisch.

Schließlich durchzuckte sie ein merkwürdiger Gedanke, der hängen blieb: Wenn Thad dem Vorbild von Musashi gefolgt war, dann war sein Fortgehen also eine Art Opfer, das er aus Liebe zu ihr gebracht hatte. Musste sie sich in diesem Fall nicht ihrerseits ein Beispiel an der schönen Otsu nehmen und auf die Suche nach ihm gehen?

Und plötzlich war alles ganz offensichtlich. Es lag vor ihren Augen – von Anfang an: Thad war nach Japan gegangen. Indem er sie verließ, bat er sie zugleich, nachzukommen und ihn zu holen. Deswegen hatte er ein Indiz hinterlassen, in der Gewissheit, dass sie es entziffern würde. Er hatte sich nicht geirrt.

Welche Erleichterung, endlich den Anfang einer Erklärung zu sehen! Sie fühlte sich wie befreit vom schmerzhaftesten Symptom einer langen, schweren Krankheit, so, als hätte sie den ersten Schritt zur Heilung unternommen. Und so geriet Pam in jene Ekstase, die aus der Erleuchtung erwächst. In ihrem Glück ließ sie ihre Gedanken sich an dieser Hypothese weiden. Ihr Geist, endlich von dem ermüdenden Bedürfnis zu verstehen befreit, stürzte sich auf diese winzige Gewissheit und stellte sich unverzüglich neu auf. Sie hatte ihren Schicksalsfelsen gefunden und konnte endlich innehalten … nur um anschließend neu durchzustarten.

Nur wo anfangen? Hatte sich der innere Weg von Melun-Sénart bis zum linken Seine-Ufer auch enorm angefühlt, war doch die tatsächlich zurückgelegte Entfernung lächerlich. Eine Reise nach Japan dagegen … Sie brauchte Hilfe!

Doch Pam war tapfer, und sie entdeckte eine ungeahnte Energie in sich, je weiter der Plan in ihrem Kopf gedieh. Etwas fehlte ihr allerdings, etwas Wichtiges, das nicht leicht zu finden ist: der schicksalhafte Stups, die berühmte Hand der Vorsehung, die sie in ihrer Entscheidung bestärken sollte.

Schnell ging sie die Reihe ihrer Liebhaber durch und erkannte bei dieser Gelegenheit, dass sie die größten Schwierigkeiten hatte, sich an sie zu erinnern, seit ihr bretonischer Samurai in ihr Leben getreten war. In was für einer tiefen Amnesie hatte Thad sie bloß alle untergehen lassen? Sie rang die Hände, um besser denken zu können, als plötzlich aus dem Nichts ein Name auftauchte, so selbstverständlich, dass sie lächeln musste: Yvon.

Fünfzehntes Kapitel

in dem allen Ernstes die Frage gestellt wird, ob man mit einem Wochenpass der Pariser Verkehrsbetriebe nach Japan kommt

Sie hatte sich mit ihm in einem Bistro im Quartier des Halles verabredet, wo sie immer gern gegessen hatten, als sie noch zusammen waren – in jener Zeit, da samstagabends nach Paris zu fahren ein Fest und eine Abenteuerreise war. Pam schämte sich ein wenig für die Plumpheit ihrer Auswahl, aber sie brauchte Yvons Rat, und da war ihr jedes Mittel recht. Sie kam zu früh, um ihn keinesfalls zu verpassen, und setzte sich ganz hinten hin, um nicht nur den Saal und die Tür im Blick zu haben, sondern auch die Straße. Sie hatte eine kleine Kanne grünen Tee bestellt, Frühlingsernte, und rührte langsam mit dem Löffel in der Tasse, um ihre Nervosität zu vertreiben. Was, wenn Yvon sie versetzte? Nach all den langen Jahren des Schweigens …

Sie hatte von seiner Hochzeit mit Patricia erfahren, was sie ein wenig geschmerzt hatte. Patricia war die Anführerin der schlimmsten Miststücke auf dem Gymnasium gewesen und hatte aktiv zu ihrer Isolation beigetragen. Pam war klar, dass sie ihr ihren Spitznamen »Maki-niakoué« zu verdanken hatte, und alle wussten, dass sie ihre schlimmste Rivalin war, ganz wie in *Dallas* oder *Denver Clan*. Grausam!

Pat hatte überall herumerzählt, Geishas seien aus Japan importierte Huren, und Yvon hatte sich mehr als einmal ins Zeug legen müssen, um Pams Ehre zu verteidigen. Patricia war nicht nur dumm und böse – Dummheit ist verzeihlich und Bosheit überwindbar –, sondern auch noch neidisch. Das ist ein sehr hässliches und wenig ehrenhaftes Gefühl, gegen das man nichts tun kann. Seit dem Gymnasium wollte sie nur eines: Yvon, und am Ende hatte sie nicht nur ihn bekommen, sondern in der Folge auch noch Zwillinge! »Yvon ist durch diese doppelte Vaterschaft völlig verwandelt«, hatte Pams Mutter behauptet – mit einem Hauch von Bedauern in der Stimme, hätte Pam schwören können.

Wie hießen die Zwillinge noch gleich?

Sie musste sich schleunigst daran erinnern, denn Yvon würde jetzt nicht mehr lange auf sich warten lassen. Pamela schenkte sich eine zweite Tasse dampfenden Tee ein, schloss die Augen und überließ sich ihrem Groll. Sie dachte nicht gern an Melun-Sénart zurück und hatte sich eine leise Bitterkeit ihrem früheren Leben gegenüber bewahrt. So lange war sie schon mit dem linken Seine-Ufer verwurzelt, doch jetzt brauchte sie Yvon, um ihre Pläne umzusetzen. Nur er könnte die Argumente finden, die sie am Weggehen hindern würden. Es war unerlässlich, ihre Entschlossenheit zu prüfen, bevor sie sich in dieses Abenteuer stürzte. Ob sie wollte oder nicht, das Gespräch würde einen Umweg über Melun nehmen und bei den Zwillingen innehalten. Wie hießen die noch gleich, verflixt?

Völlig außer Atem kam er durch die Tür. Sie hatte ihn von fern gesehen, wie er zum Restaurant hastete, den Schritt verlangsamte und einen Moment stehen blieb, um seine Erscheinung vor dem Schaufenster nebenan zu korrigieren. Er wirkte gerührt und schien sich, ehrlich gesagt, nicht allzu wohl in seiner Haut zu fühlen. Immerhin war er gekommen und stand nun vor ihr.

»Hello!«

Er betonte die Silben deutlich und hielt sich an der letzten fest, dehnte sie so lange aus wie möglich, denn danach, das war ihm klar, musste er etwas anderes finden, das er sagen könnte.

»Setz dich doch, bitte. Eine Tasse Tee?«

Sie hat sich gar nicht verändert, dachte Yvon und bestellte ein Bier. Sie erinnerte ihn immer an diese laszive Frau, die in ihren Badeschaum eintauchte und über den Paravent hinweg den Fuji anblickte. Allein die Erinnerung daran ließ ihn erröten, er musste sofort einen Schluck Bier trinken und sich zwingen, normal zu atmen. Pamela schien nichts zu bemerken.

»Wie geht es den Zwillingen?«

»Sehr gut. Hector fährt schon ohne Stützräder Rad. Victor noch nicht. Er ärgert sich, dass sein Bruder es vor ihm gelernt hat, obwohl er technisch gesehen der Ältere ist. Wusstest du, dass bei Zwillingen derjenige, der als Zweiter geboren wird, in Wahrheit der Ältere ist?«

Hector und Victor! Deshalb hatte sie sich ihre Namen nicht gemerkt. Konnte man seine Zwillinge ernsthaft Hector und Victor nennen? Wäre Yvon kühner gewesen, dachte Pam, hätte er nach seinem Doppeltreffer gleich aufs Ganze gehen und seine Söhne Heckel und Jeckel nennen sollen. Aber wahrscheinlich hatte er gar kein Mitspracherecht gehabt.

»Wie geht es Patricia?«, fragte sie höflich.

»Pat geht es gut«, antwortete Yvon. »Sie lässt dich grüßen.«

Du schlechter Lügner!, dachte Pam. Sie lässt mich nicht grüßen, die weiß ja nicht einmal, dass du da bist!

Yvon rutschte unruhig auf seinem Stuhl hin und her und beobachtete Pam heimlich. Auch wenn ihre Beziehung von vornherein zum Scheitern verurteilt gewesen war und obwohl er Schluss gemacht hatte, musste er sich doch eingestehen, dass sein Leben weniger lustig war, seit sie daraus verschwunden war.

Sie war von einer unwirklichen Schönheit, vielleicht noch mehr als früher. Und dieser traurige Blick, der ihm Lust darauf machte, sie zu trösten … Gut, sie war schon ein bisschen verrückt mit ihren asiatischen Spinnereien, aber sie war noch immer genauso verführerisch. Er konnte sich nur zu gut an ihre stets bereitwillige Verfügbarkeit und ihre glückbringenden Beine erinnern. Was für eine außergewöhnliche Frau!

»Ich freue mich wirklich, dich wiederzusehen. Was kann ich für dich tun?«

Die Wahrscheinlichkeit, dass sie zu ihm zurückwollte, war vernachlässigbar, aber Yvon wusste, dass er sich sein Leben lang als Volltrottel beschimpfen würde, wenn er sein Glück nicht wenigstens versuchte.

»Du musst mir helfen. Mein Geliebter ist fort. Er ist irgendwo in Japan, und ich muss … ich muss weg, um ihn dort zu suchen.«

»Dein Pekingtölpel hat dich also verlassen?«

Pam unterdrückte ein trauriges Lächeln. Yvon hatte schon immer ein Talent für bildhafte Ausdrücke gehabt.

»Du kennst das Sprichwort, andere Mütter …«

Pams Blick bedeutete ihm, nicht weiterzusprechen. Sein Tonfall wurde sanfter.

»Du hättest nicht aus Melun nach Paris ziehen sollen,

das ist zu weit weg, zu anders. Du kannst doch nicht ewig Zwergenbäume in einem Geschäft ohne Kundschaft verkaufen, das führt zu nichts. Du solltest jetzt mal an deine Zukunft denken, finde ich. Wissen deine Eltern Bescheid?«

»Nein, nicht genau. Wir sehen uns nicht mehr sehr oft in letzter Zeit.«

»Du solltest sie besuchen. Vergiss diese Japangeschichte, meine Schöne, glaub mir, es ist Zeit, in die Wirklichkeit zurückzukehren, oder besser gesagt zu uns. Deine Eltern würden sich freuen, und du könntest endlich die Zwillinge kennenlernen.«

Pamela ließ im Geiste die Stationen der RER-Linie D bis Melun Revue passieren. Dann den Bus mit der dreistelligen Nummer, das Haus von Sol und Mich. Das ewige Hin-und-Her-Fahren, bis Dr. Atsura – zum Leidwesen ihrer Eltern – ihr Danna wurde und ihr diese winzige, aber hinreißende Wohnung an der Hochbahn anmietete, gleich neben dem Japanhaus.

»Hast du überhaupt einen Reisepass?«, fragte Yvon, als könnte er ihre Gedanken lesen.

Natürlich hatte sie keinen. Yvon stürzte sich in die Bresche.

»Jeder hat heutzutage einen Pass. Sogar meine Zwillinge haben ihren eigenen. Außerdem ist so eine Reise viel zu groß für dich allein, du bist doch noch nie woanders hingefahren als von Melun nach Paris. Glaubst du wirklich, dass dein Metro-Wochenpass dafür reicht?«

Pamela lächelte und begnügte sich mit einem Schulterzucken. Sie hatte alle Antworten bekommen, die sie brauchte. Yvon hatte sie auf seine Art überzeugt: Nie wieder würde sie nach Melun-Sénart zurückkehren. Sie würde es machen wie Otsu, die unermüdlich Musashis Spuren folgte, wie Beatrix Kiddo, die mörderische Heldin aus *Kill Bill*, die Oren-Shi nacheilte, wie Bob Harris und Charlotte in *Lost in Translation* auf der Suche nach sich selbst. Japan war von jeher ihr Ziel gewesen, da waren Reisepass und Monatskarte Kinkerlitzchen.

Pamela hatte sich entschieden: Sie würde sich auf die Suche nach ihrem Samurai machen.

ZWEITER TEIL

Thad

»Früher oder später legt der Samurai seine Lederrüstung an, nimmt sein Schwert und zieht erneut in den Kampf.«

Yoshikawa Eiji, *Musashi*

Erstes Kapitel

in dem wir Thad in schlechter Verfassung
bei minus fünfzehn Grad in Sapporo wiederfinden

Aus der Umkleide, schwach erhellt von einer Glühbirne, deren nacktes Kabel jeden mit dem Tod zu bedrohen schien, der sich dort zu lange aufhielt, hörte man Kampflärm, dumpf fallende Körper und Schreie, die einem das Blut in den Adern gefrieren ließen.

Langsam und sorgfältig entfaltete Thad seine indigofarbene Kleidung. Erst den Hakama, eine weite Hose mit fünf Falten vorn und zwei hinten. »Da die Alten gezwungen waren, dieses Kleidungsstück jeden Tag an- und abzulegen, erinnerten die Falten sie an die fünf traditionellen Grundsätze«, erklärte ihm Nobu, der mit seinem Riesenhintern wackelte, um sich die Hose überzuziehen.

»Was für Grundsätze?«

»Loyalität, Respekt, Harmonie, Zuneigung und Vertrauen.«

»Sonst nichts?«

»Oder, wenn dir das lieber ist: Mitgefühl, Treue, Höflichkeit, Verstand und Vertrauen oder auch Wohlwollen, Ehre, Höflichkeit, Weisheit und Aufrichtigkeit. Wir haben da verschiedene Varianten, je nach Schule und praktizierter Disziplin, doch die Grundidee ist immer dieselbe.«

»Und die Falten hinten?«

»Die bedeuten Loyalität und Mitgefühl, oder auch Aufrichtigkeit und das Fehlen von Falschheit. Durch das Tragen unseres Hakama sollen sich diese Werte in unser Herz einprägen.«

In der Halle wärmten sich etwa zwanzig Männer, alle in Blau, der Farbe der Kendoka, in kleinen Gruppen auf sowie ein paar weiß gewandete Kinder.

»Ich habe so lange nicht mehr trainiert!«, klagte Nobu und umfasste seinen großzügigen Bauch mit beiden Händen. »Zum Glück verbrennt die Kälte meine Kalorien nach und nach, sonst wäre ich dick wie eine Tonne.« Er breitete seine Arme übertrieben weit aus, um die Größe der Tonne anzudeuten, die er hätte annehmen können.

»Ich bin verbürgerlicht, wie du siehst.«

Thad lächelte. Ein schlichtes Haus aus Holz und Papier, keinerlei Dekor, spartanischer Komfort und das angesichts des sibirischen Klimas bemerkenswerte Fehlen einer Heizung – die »Verbürgerlichung« seines Freundes Nobu hätte die abgehärtetsten Bretonen zum Lachen gebracht. Letztendlich ist doch alles eine Frage der Perspektive.

Nachdem Thad wochenlang durch das große Tokio geirrt war und versucht hatte, die Erinnerung an Pam in literweise Alkohol zu ertränken, hatte er sich eingestehen müssen, dass er Hilfe brauchte, weil sonst seine Leber und sein Verstand draufgehen würden. Das reichte locker für seinen Entschluss, an die Tür seines ehemaligen Kollegen und Freundes zu klopfen. Der lebte in Sapporo auf Hokkaido, einer der Inseln im Norden des japanischen Archipels, wo die Temperaturen im schlimmsten Winter, der sich von Oktober bis April hinzieht, mit fünfzehn Grad unter null flirrten. In dieser unwirtlichen Gegend leben die Nachkommen der Ainu, eines alten Volkes, das durch die von den südlichen Inseln kommenden Japaner nach Norden verdrängt worden war und bis vor Kurzem seinem Schutzgott noch Bären opferte. Dieses besiegte, vergessene Volk lebt zurückgezogen auf den Ländereien von Yamato und dem ehemaligen Shinto, dem vorjapanischen Japan. Man musste schon wirklich gute Gründe haben, um dorthin zu gehen.

Mit seiner Riesenstatur, den langen Haaren und dem wirren Bart, der die Hälfte seines Gesichts überwucherte, ähnelte Nobu aufs Haar einem jener Dämonen, die die japanischen Theater bevölkern. Thad beobachtete seinen Freund und fragte sich, wie sich dieser schwere Körper in Bewegung setzen sollte. Zwei, drei Kilo mehr, und Nobu könnte als Sumoringer antreten. Das war durchaus nicht ironisch gemeint. Genau wie Kendo ist Sumoringen eine Ausdrucksform des Shinto, der spirituellen Strömung, die das innere Leben der Japaner durchdringt und beherrscht. Diese Religion der Verbindung mit der Natur, der alles heilig ist – die Sterne, die Flüsse, die Bäume, die Ahnen –, ist in allen japanischen Traditionen, allen japanischen Disziplinen präsent. In einem Sumoringkampf (einer blitzschnellen Aktion, die sich als Konfrontation zweier halb nackter Kolosse, die versuchen, einander aus einem auf den Boden gezeichneten Kreis zu drängen, zusammenfassen lässt) geht es nicht so sehr um den Kampf als um die damit einhergehenden Rituale. So werfen die Kämpfer eine Handvoll Salz, um die Arena zu reinigen, wippen von einem Fuß auf den anderen, um die Kräfte des Bösen zu zertrampeln, und der Schiedsrichter, der einer dieser noblen Aufgabe verschriebenen Familie entstammt, ist wie ein Shinto-Priester gekleidet: weiße Hose und schwarze Kimonojacke. Sumo ist heilig, und die Sumotori sind Halbgötter. Nach einigen übertrieben ausholenden Bewegungen hielt Nobu konzentriert inne, fixierte den Horizont und vollführte dann unerwartet geschmeidig und elegant eine Reihe äußerst komplizierter Bewegungen.

»Du bist dran.«

Thad versuchte es, aber er war ungeschickt und tat sich schwer. Fand keinen Halt und erst recht kein Gleichgewicht. Sein steifer Körper verweigerte sich. Je häufiger er die Bewegungen wiederholte, desto mehr steigerte er sich in seinen Zorn hinein. Normalerweise hatte das Training die gegenteilige Wirkung und gestattete es ihm, die Wut loszuwerden, die so oft durch seine Adern strömte. Dank seinem Willen war es ihm gelungen, sich zu zentrieren und das Gift zu neutralisieren. Doch jetzt und hier, in diesem elenden, nach Schweiß stinkenden Dojo, hinderte ihn sein Zorn daran, die Bewegungsabläufe richtig zu erkennen. Er versuchte, loszulassen und seine Gefühle kühl von außen zu betrachten, um dem Wesentlichen Raum zu geben. Keine Chance! Je mehr er sich bemühte, seine Gedanken zu befreien, umso tiefer fraß sich der Zorn in den so entstandenen Raum. Nobu sah ihm amüsiert zu. Ein paar Greise, die nichts Besseres zu tun hatten, als den ganzen Tag dort herumzulungern, kamen näher heran, um dem Gaijin, der in alle Richtungen herumfuchtelte, zuzusehen. Einer von ihnen trug ein Koshi-ita in seinem Hakama, eine Art festes Polster, das einen Teil der Lendenwirbel nach vorne drückte und damit die für eine korrekte Haltung unentbehrliche Wölbung schuf, wobei die vorgeschobenen Hüften den Unterbauch vorstehen ließen. Das verlieh dem alten Mann die Haltung eines respektheischenden Matadors. Er näherte sich Thad in einem grotesken Tanz, in dessen Verlauf er zwei kurze Schwerter aus der Scheide zog, solche wie Musashi, nicht die Bambusschwerter, die sonst zum Training benutzt werden. Thad hatte aufgehört, gegen das Übermaß seiner Gedanken anzukämpfen, überwältigt von der Schönheit der Waffen und ihrer furchterregenden Art und Weise, die Arme zu verlängern. Es war, als wären sie mit dem Greis, der immer schneller tanzte, verwachsen. Plötzlich stieß der Greis ein Gebrüll aus und kreuzte die Schwerter vor sich, um den unsichtbaren Feind zu erstechen, mit dem er sich gerade einen gnadenlosen Kampf geliefert hatte. Seines Sieges gewiss, verbeugte er sich etwas zu respektvoll vor Thad und starrte ihn belustigt an. Ihm fehlten mindestens zwei Zähne.

Als er weg war, drehte Thad sich zu Nobu um.

»Das liegt am Alkohol«, sagte er, an seinen Freund gewandt. »Ich trinke viel zu viel, seit ich mit dir zusammen bin. Ich vertrage deinen schlechten Sake nicht mehr.«

»Schlechte Ausrede! Du bist ja nicht einmal dazu in der Lage, deine Atmung und deine Griffe zu beherrschen. Wie willst du einen Angriff vortäuschen, wenn du selber nicht weißt, in welche Richtung du willst? Jeder Großvater hier«, mit weiter Geste umfasste er die *Muppet Show*-Kämpfer, die sich um ihren zahnlosen Chef geschart hatten und mit dümmlicher und verschlagener Miene verstohlen grinsten, »würde dir nach zwei Schritten eine Tracht Prügel verpassen. Das Einzige, was dich aus deiner miserablen Situation retten könnte«, fügte er hinzu, nur um das Messer noch tiefer in Thads verletzten Stolz zu bohren, »wäre die völlige Verwirrung deines Gegners durch deine mangelnde Koordination, die er für einen deiner Tricks halten könnte. Und während er noch versucht, den tieferen Sinn deines Täuschungsmanövers zu durchschauen, könntest du diese halbe Sekunde Verwirrung nutzen, um ihm einen Schlag zu versetzen. Einen einzigen. Und den solltest du auf keinen Fall vermasseln, denn wenn er begreift, mit was für einem Hampelmann er es zu tun hat, nagelt er dich auf der Stelle fest! Du solltest die Grundlagen deines Trainings ernsthaft durchgehen, um zu begreifen, was da passiert ist, an welcher Stelle du dich verirrt hast.«

In der Umkleide des Dojo fühlte Thad, wie er sich zusammenzog. Er blieb lange unter der Dusche, weil er hoffte, damit seinen Geist zu beruhigen und seinen Körper zu reinigen und wenn möglich auch umgekehrt. Das Stakkato des warmen Wassers zwang ihn, das fragile Gleichgewicht seiner Gedanken zu durchbrechen. Während das Wasser auf seinen Kopf prasselte, tauchten vergrabene Bilder wieder auf, und verschwundene Gefühle wurden reaktiviert. Er schloss die Augen und murmelte vor sich hin: »Ich bin ein Krieger. Ich muss mich dem Weg nähern.«

Diese Besessenheit ging auf die Zeit seiner Kindheit zurück. Sie hatte sich tief in dem fruchtbaren Boden seiner Einsamkeit eingenistet und in den langen Stunden vor dem Fernseher allmählich entfaltet. Schuld war Caine, der Held aus *Kung Fu*, sein absolutes Vorbild, sein Fast-Bruder. Das Bild des verwaisten Kriegers war mit ihm gewachsen und nahm so den ganzen Raum ein, den er ihm überlassen hatte, den ganzen Raum, den er einnehmen konnte. Ein Raum, so weitläufig wie eine Gefühlswüste. Sobald die Sendung anfing und die ersten Töne der Titelmusik erklangen, zog Thad seine Schuhe aus und setzte sich im Schneidersitz auf den Boden.

Die Abendsonne umflorte das Gerät mit ihrem rötlichen Licht, dann drängte sich ohne Vorwarnung das blasse Morgenrot vor, während David Carradine auf dem Bildschirm erschien. Unter der Sonne, die binnen weniger als zwei Sekunden unerbittlich vom Himmel brannte, kämpfte er sich in der Wüste voran. Dann wurde das Bild verschwommen wie eine der Hitze geschuldete Halluzination, und der Zuschauer erkannte ein Kind und einen alten Mann in einem Tempel. Der Greis, der sich Meister Po nennen ließ, hielt dem Kind einen Stein hin, der auf seiner Handfläche lag, und sagte: »Wenn du diesen Stein nehmen kannst, ist es für dich Zeit, den Tempel zu verlassen.«

Natürlich schaffte der arme Kleine das nie. Aber Thad wusste dank dem Vorspann, der das schwindelerregende Wachstum des Jungen in drei aufeinanderfolgenden Bildern zeigte – Kind, Jugendlicher und junger Mann –, von vornherein, dass er bald in der Lage wäre, den Stein zu nehmen. Und es für ihn Zeit war zu gehen.

Großaufnahme der nackten Füße des Jungen, der wie ein Mönch rasiert war, im Schnee. Überblendung zu David Carradine mit den Füßen im glühenden Sand der texanischen Wüste. Die Musik wurde lauter, und das Wort *Kung Fu* erschien in fetten gelben Lettern auf dem Bildschirm. Endlich konnte die Folge beginnen.

Thad liebte diese Wüste im Wilden Westen, die Caine auf der Suche nach einem dort vermuteten Bruder durchpflügte. Thad spielte gern mit dem Gedanken, er selbst wäre dieser berühmte Bruder, und Caine stünde eines Tages vor ihm im bretonischen Nieselregen. Er hatte sich die Szene Dutzende Male ausgemalt, wobei er gelegentlich ein paar Einzelheiten des Szenarios veränderte. Er sah ganz deutlich, wie die Schlitzaugen noch schmaler wurden, ein männliches Lächeln huschte mal durch Caines Augen, mal über seine Lippen. Einmal war das Wetter schön wie in Texas und die Gestalt seines »Bruders« verschwommen wie eine Fata Morgana. Beim nächsten Mal goss es in Strömen, und Caine, völlig durchnässt, aber immer noch ungerührt, klopfte an die Tür und erbat Gastfreundschaft, um der Sintflut zu entgehen. Thad bot ihm an, sich an dem riesigen Feuer aufzuwärmen, das er in seinem Apartment erscheinen ließ. Schweigend saßen sie nebeneinander und genossen kennerhaft das verschworene männliche Schweigen. Caine bedankte sich herzlich und gestand ihm dann, mal schneller, mal weniger schnell, je nachdem, ob Thad die Spannung noch länger aufrechterhalten wollte oder nicht, dass er sein Bruder war und die ganze Welt abgesucht hatte, um ihn zu finden und nach Hause zu bringen, in das Shaolin-Kloster ihrer Kindheit in einer geheimnisumwitterten und selbstverständlich entlegenen Gegend Chinas.

Der durch den Dampf der heißen Dusche gefilterte Schein der Glühbirne sorgte für eine angemessen dramatische Beleuchtung der Szene. Dieses Mal würde Caine sich zeigen, ganz bestimmt. Das Wiedersehen, auf das Thad sein ganzes Leben gewartet hatte, würde endlich stattfinden, hier und jetzt.

Aber leider tauchte nur das struppige Gesicht Nobus vor ihm auf.

»Los, lass uns eine Leiter machen, ich verdurste. Und dabei hab ich gedacht, ich bin eingerostet!«

Er schloss seinen Satz mit einer Reihe donnernder Rülpser, die als Schlussklappe dienten.

Zweites Kapitel

Im Land der aufgehenden Sonne ist Saufen eine ernst zu nehmende Kunst.

»Eine Leiter machen« bedeutet im Land der aufgehenden Sonne, von Bar zu Bar zu ziehen, um festzustellen, wie hoch hinaus man kommt. Aus Erfahrung wusste Thad, woran er sich halten musste. Als guter Bretone kam er wirklich sehr hoch hinaus. Ein unverzichtbarer Trumpf in einem Land, in dem Bechern eine ernst zu nehmende Kunst ist. Alles, was eigentlich nie gesagt werden darf, wird man mit einem Glas vor sich los, denn nichts, was im Rausch gesagt oder getan wird, existiert am nächsten Tag noch, nicht einmal Angriffe auf die sakrosankte Hierarchie, die die Gesamtheit des privaten, öffentlichen und beruflichen Verhaltens der Archipelbewohner regiert. Zum Glück, denn nur wenige Menschen würden das überleben.

Wie jedes Mal, wenn er trank, wartete Thad geduldig auf den Punkt, an dem der Alkohol in seine Blutgefäße eindrang und den Lauf der Dinge angenehm verlangsamte, seine Sicht schärfte, sein Gehör verfeinerte, seine Gedanken verflüssigte und ihm das Gefühl gab, dass alles möglich war. Noch ein paar Gläser mehr, und er wäre imstande, die ganze Welt zu lieben.

Die erste Runde ließ ihn wieder zu Kräften kommen. Die zweite gab ihm endlich wieder ein wenig von der Sicherheit zurück, die auf dem Holzfußboden des Dojo zerschmettert worden war. Nobu hatte recht, er musste noch einmal ganz von vorn anfangen: die Grundlagen durchgehen, die ganze Strecke noch einmal zurücklegen und sich erneut dem Weg und der Philosophie annähern, statt herumzufuchteln wie ein schlechter Schauspieler.

Die dritte Runde belebte seine Erinnerung mit einer Schärfe, auf die er gern verzichtet hätte. Dank der Wirkung des Alkohols, der seit mehreren Stunden in seinem Blut zirkulierte, kam ihm alles in den kleinsten Einzelheiten wieder zu Bewusstsein. Er konnte den beißenden Gestank der Pariser Bürgersteige nach dem Regen riechen – ein Schauer hatte ihn veranlasst, in dem kleinen Japanladen Zuflucht zu suchen. Er sah den dichten Verkehr am linken Seine-Ufer vor sich und die Farbe des Kimonos, den Pamela an diesem Tag getragen hatte: nachtblau mit einem dunkelrosa Blumenmuster. Wieder hatte er diese an Sicherheit grenzende Empfindung, dass die winzig kleine Geisha vom Quai Malaquai das Geheimnis des von einer Mutter, die zu viel wollte und zu wenig liebte, in Thad umgetauften Jean-Christophe Le Kervantec entschlüsselt hatte. Sie allein wusste, wer er war und wer nicht, sie hatte sein wahres Selbst erkannt. War das der Moment, in dem er sich in sie verliebt hatte, oder war das später gewesen, bei ihrem ersten Kuss? Eigentlich war das nicht besonders wichtig, aber er wollte den Beginn dieser Liebe, die ihn in äußerst gefährliche Regionen geführt und schließlich dazu gezwungen hatte zu fliehen, immer weiter vordatieren.

»Ich bin ein freier Mann!«, brüllte er plötzlich mit seiner schönsten Säuferstimme.

Er fuhr hoch, ließ sich nach hinten auf die Bank fallen, schloss die Augen und dachte über diese großartige wiedergefundene Freiheit nach, der er unbedingt einen Sinn geben wollte. Aber alles, was er dazu sagen konnte, war, dass er sich ihretwegen in einer eisigen Gegend Japans aufhielt und in Gesellschaft eines ab und zu kriminellen bärtigen Riesen literweise Schnaps in sich hineinschüttete.

Das hieß also frei sein? Und warum? Um vor der einzigen Person zu fliehen, die ihm jemals etwas bedeutet hatte? Ohne irgendeine Erklärung, ohne irgendeine Chance zu verstehen, was er durchmachte … Hatte er sich mit diesem Benehmen nicht von dem Ehrenkodex entfernt, dem zu folgen er behauptete? Wenn er ihr wenigstens nicht diesen verdammten Brief hinterlassen hätte, dann würde er jetzt nicht die blödsinnige Hoffnung auf eine Antwort hegen. Denn das wahre Problem der Briefe, die man schreibt, ist ja die Antwort, die man erhofft. In diesem Fall war es verlorene Liebesmüh, denn er hatte alles Erforderliche unternommen, damit Pamela ihn nicht finden konnte. Keine Briefmarke, keine Adresse. Gewiss der dümmste Brief, den er je geschrieben hatte. Thad spürte, wie der Alkohol seine Laune verdüsterte, seine Bewegungen träge machte und in ihm rachsüchtige und verzweifelte Gedanken weckte. Er wusste nicht wohin mit seinem Zorn, der nichts Gesundes, nichts Göttliches, nichts Heilsames hatte. Er saß ihm quer im Hals, schwoll immer weiter an und wartete geduldig, dass er eine Entscheidung traf. Hinunterschlucken oder herauskotzen? Nobu übernahm es, seine inneren Wirrnisse zu unterbrechen.

»Wäre es nicht vielleicht an der Zeit, mir zu sagen, was du hier willst?«

Der Angriff war direkt und unvorhersehbar, wie vorhin im Dojo. Wieder hatte er ihn nicht erwartet. Als er nach Sapporo kam, hatte er rätselhafte lange Sätze vorbereitet, um seinen Besuch zu begründen, ohne wirklich etwas zu erklären, aber Nobu hatte nicht gefragt. Dann waren aus Tagen Wochen geworden, ohne dass die Frage kam.

»Niemand reist ohne einen guten Grund in diese verfluchte Region. Aber es ist nun mal leider so, dass dies der Ort ist, an dem du lebst, Nobu-san. Glaub mir, wenn ich gewusst hätte, was für arktische Temperaturen hier herrschen, hätte ich in aller Ruhe in Kyoto auf dich gewartet. Lebt deine Mutter immer noch dort?«

»Ja«, sagte Nobu, der es hasste, über seine Mutter zu sprechen. »Sie ist jetzt in Rente, gibt aber weiterhin den Geiko-Schülerinnen Musikunterricht.«

Nobus Mutter war in der berühmtem Okiya Oren aufgewachsen, einem bekannten Teehaus im Viertel Miyagawa-cho in Gion, und hatte dort gedient. Thad mochte diese Geschichte, Nobu sehr viel weniger.

»Du hast das Geheimnis lange genug gewahrt. Ich beobachte dich seit Wochen und sehe dir an, dass du ein trauriger Trinker bist und düstere Gedanken hegst. Also sag mir: Ist sie wenigstens schön?«

»Wovon sprichst du?«

»Von der, die deine Gedanken beherrscht, die deinen Geist verändert hat und vor der du fliehst, indem du hierherkommst.«

Es war sinnlos, noch etwas vorzutäuschen, dafür war es zu spät. Lügen? Er musste nur den Blick zu dem nordischen Riesen erheben, um zu begreifen, dass es besser war, davon Abstand zu nehmen.

»Wenn du sie sehen könntest … Sie hat ein Muttermal am Halsansatz … Wenn ich es mit den Fingerspitzen berührt habe oder mit spitzen Lippen geküsst, konnte mir nichts Böses widerfahren. Es war mein Halt, mein Rettungsring, mein Seezoll, und ich habe es verloren. Ich kann nicht begreifen, warum«, beendete er den Satz im selben Atemzug, als wollte er die Gefühle auslöschen, die seine Stimme zu übernehmen drohten. Es war nur eine leichte Heiserkeit, kein Bruch, ein Satz, der einen Halbton tiefer endete, aber Nobu war es nicht entgangen.

»Du musst sehr verliebt sein, mein Freund. Nur ein verliebter Mann oder ein Dichter kann von einem schlichten Muttermal so ergriffen sein. Wenn eine Frau so eine Wirkung auf mich hat, ist der Sake niemals fern. Ohne Rausch kein Vergnügen. Aber bei euch Gaijin ist es oft umgekehrt. Du hast dich ziemlich verändert in den letzten Jahren. Ich erinnere mich noch an die Zeit, als du sagtest, dass Mädchen nur Zeitverschwendung seien und uns vom Wesentlichen ablenken, dass Liebe eine freiwillige Knechtschaft sei und dass …«

»Und wenn ich dir sage, dass sie eine Geisha ist?«, unterbrach ihn Thad.

Nobu blieb der Mund offen stehen, was ein grauenhafter Anblick war. Übrigens wandte Thad bei dieser Gelegenheit die Augen und die Nasenlöcher ab.

»Sag«, nahm Nobu den Faden wieder auf, »habe ich etwas verpasst? Bist du reich geworden? Eine Geisha zu unterhalten kostet doch ein Vermögen!«

»Ich bin nicht ihr Danna«, antwortete Thad und versuchte, den Gedanken an Dr. Atsura zu vermeiden. Allein die Vorstellung, dass die verwelkte Haut des Alten Pams zarte, seidige Haut berührte … Er betrachtete die Decke und versuchte, an etwas anderes zu denken, doch die hässlichsten Bilder lassen sich nicht so leicht vertreiben. Wie alte Schauspieler, die ungern hinter den Kulissen verschwinden, verlassen sie nie ganz die Bühne. »Mehr, mehr!«, brüllen sie im Chor und schicken ihre gelungensten Vorstellungen in Thads Schädel: Pam mit weit geöffnetem Kimono auf Dr. Atsuras Schoß sitzend, Pam, aufmerksam und konzentriert vor ihm kniend, Pam auf dem Bauch liegend, nackt und wehrlos dem wiederholten Ansturm des alten japanischen Bocks ausgeliefert.

Nobu stand auf, um seinen Freund monstermäßig zu umarmen, was gar nicht die japanische Art war.

»Mit einer Geisha schlafen, ohne dass es dich was kostet … du bist mir ja ein Schlawiner! Lass mich raten … Er hat dich mit ihr erwischt und will dich töten, wenn du ihm das nicht erstattest … Jetzt verstehe ich besser, warum du hier bist. Das unerreichbare Mädchen, die Rache … was für eine Geschichte!«

Die Wirkung des Getränks führte dazu, dass Nobu ganz hin und weg war vor Stolz, das Geheimnis seines Freundes ergründet und das Rätsel gelöst zu haben. Denn nur aus Freude an seiner Gesellschaft hielt sich kein Mensch mitten im Winter in Sapporo auf, das konnte ihm niemand erzählen. Thad hielt es für besser, ihn nicht aufzuklären. Schließlich war die von Nobu vorgeschlagene Erklärung nicht schlechter als seine eigene.

Bis spät in die eisige Nacht hinein erklommen sie weitere Sprossen der Leiter, scharf wie Säbel durchbohrten sie die dunkelsten Stunden mit ihren alkoholisierten Graden, bis sie schließlich vollständig angezogen in Nobus Hütte am Ufer des zugefrorenen Otaru-Kanals zusammenbrachen. Es war so kalt, dass eine feine Eisschicht die wenigen Möbel bedeckte, mit denen sie eingerichtet war. Thad beendete die Nacht, indem er im Zweistundenrhythmus schlief wie die Seeleute auf den nördlichen Meeren. Die, deren Geschichten er verschlungen hatte, als ihn einst die Idee gestreift hatte, Karriere als Pirat zu machen. Mit angezogenen

Knien lag er auf einem nach Fisch stinkenden Futon von zweifelhafter Sauberkeit und bereute über die Maßen, keine wärmere Kleidung mitgenommen zu haben. Überhaupt begann er zu bereuen. Was hatte er hier verloren, in diesem Bärenland?

Hinter seinen geschlossenen Lidern blitzten jetzt die Bilder auf.

*

Grünschnabel brüllte gerade seinen Waffenmeister an, dessen Gleichmut ihm mit der Zeit ernsthaft auf die Nerven fiel. Plötzlich nahm der Waffenmeister auf erschreckende Weise die Züge von Thads Mutter an.

»Schon wieder fernsehen! Hör auf, dir dein Leben zusammenzuträumen, Jean-Christophe, sonst wirst du noch große Enttäuschungen erleben!« Klar, damit kannte sie sich aus, die Soizic, mit Enttäuschungen.

»Mach deine Hausaufgaben, wenn du's zu was bringen willst!«, rief sie schon von der Türschwelle aus, ohne sich die Mühe zu machen, sich umzudrehen, »und warte nicht auf mich, ich komm heut Abend spät heim.«

Grünschnabel wandte also seine tränennassen Augen vom Bildschirm ab, starrte in die Sonne, um sie zu trocknen *(das ruiniert dir ganz leicht die Netzhaut)*, und fand sich im Sattel neben Yul Brynner wieder.

»Tanner«, sagte da der Söldnerboss zu ihm, »wir werden jetzt ein Dorf an der mexikanischen Grenze verteidigen. Die Bauern sind sehr arm, sie zahlen schlecht, aber das ist eine Frage der Ehre.«

Bald vermischte sich Nobus Schnarchen mit dem Prasseln des Feuers, das die Bandidos der niederträchtigen

Calvera unterhielten. Chris war tot, bald käme er an die Reihe.

»Pamela, komm mich holen. Rette mich!«, flehte er, bevor er schließlich in einen tiefen, traumlosen Schlaf fiel, den Schlaf des Rüpels.

*

Beim Aufwachen pochte ein unsäglicher Schmerz in seinen Schläfen. Am nördlichsten Punkt des japanischen Archipels gehören die Kopfschmerzen danach bestimmt zu den schlimmsten der Welt. Einziger Trost: Der Schnee dämpft alle Geräusche und besänftigt die Gewalt. Die weiße Ruhe rings um Nobus Haus trug alle Anzeichen eines Segens nach einer langen Leiternacht. Japan in Schwarz-Weiß hatte etwas Beruhigendes und spendete der Waise aus Saint-Brieuc Trost.

Drittes Kapitel

Ein Yakuza ist ein stolzer Mann, er versteckt sich nicht, im Gegenteil, alle sollen wissen, wer er ist.

Ein Tag folgte dem anderen, und Nobu erwähnte kein einziges Mal ihr Gespräch, ein Beweis dafür, dass die Amnesie des nächsten Tags keine Legende war.

»Ich muss Ende des Monats nach Osaka … hab da ein paar kompliziertere Angelegenheiten zu regeln. Du könntest mich begleiten, das bringt dich vielleicht auf andere Gedanken«, schlug er vor.

Thad vermied es, den Freund nach der Art der besagten Angelegenheiten zu fragen, obwohl er diesbezüglich schwerwiegende Vorbehalte hatte, und stimmte ohne Umschweife zu. Er hatte ein großes Bedürfnis nach Action, ohne dass zwei liebende und etwas zu aufmerksame Augen ihn schweigend beurteilten.

Nobu versprach, dass sie die Gelegenheit nutzen würden, seine Mutter zu besuchen, bevor sie heimkehrten.

»Diese japanischen Mütter …«, seufzte er und verdrehte die Augen. »Du weißt dein Glück gar nicht zu schätzen, dass deine Mutter Französin ist und du deinen Eltern (und dem Himmel) gegenüber keine Sohnespflichten hast.«

»Bretonin. Meine Mutter ist Bretonin«, korrigierte Thad, nicht wirklich überzeugt, dass er die bessere Alternative erwischt hatte.

Gewissenhaft nahm er sein Training wieder auf, um der

Aufgabe gewachsen zu sein, die Nobu ihm gewiss anvertrauen würde.

Der Boden des Dojo fühlte sich kalt und hart an unter seinen Fußsohlen. Er begann damit, dass er beide Handflächen flach auf den Boden legte, um zu spüren, wie das Blut durch seinen ganzen Körper floss. Dann kamen die Streckungen. Er hasste das. Dennoch widmete er eine halbe Stunde diesen verschiedenen schmerzhaften Verrenkungen, bevor er sich auf japanische Art hinhockte, auf den Fersen sitzend, die Füße flach aufgesetzt, um seine Fußgelenke endgültig zu lockern. Das war der kleine Moment der Ruhe vor einer Reihe von Kata. Er musste sich zwingen, auf seinen Atem zu hören und ihn durch seinen ganzen Körper strömen zu lassen. Ruhe gehörte nicht zu seinen natürlichen Eigenschaften, und er musste sich stets kontrollieren und beherrschen, um sich ihr zu nähern. Mit einem Satz sprang er auf und wiederholte in immer gleicher Reihenfolge eine gewisse Anzahl von Bewegungen mit so fest wie möglich angespannten Muskeln im Zeitlupentempo. Dabei musste er bis an die Grenze seines Gleichgewichts und seiner Selbstbeherrschung gehen, auch das Eigenschaften, die ihm nicht in die Wiege gelegt worden waren, sondern die er sich mühsam erarbeiten musste. Im Prinzip schwindet die Aggressivität des Kendoka mit verfeinerter Technik und gewachsenem Selbstvertrauen zugunsten einer kontrollierten Kampfbereitschaft, die ihm in allen Bereichen des Lebens nützt.

Im Prinzip.

An diesem Tag führte er gewissenhaft einen Gojushiho Sho aus, eine besonders komplexe Karate-Kata, die ihm einigermaßen gelungen sein dürfte, denn die alten Stammgäste des Dojo, die sich seit seiner Ankunft über ihn lustig machten, nickten auf eine Weise, die man als zustimmend deuten konnte. Er war bereit für eine Begegnung.

*

Die »Arbeit«, die Nobu und Thad in Osaka erwartete, ging in die gleiche Richtung wie die für General Juntaro vor ein paar Jahren.

»Sie haben ihn ermordet«, steckte Nobu seinem Freund in dem Moment, als sie den Hafenbereich im Westen der Stadt betraten. Das kilometerlange Labyrinth aus Docks und Containern war eine Herausforderung für den schärfsten Orientierungssinn, weil es bar jeder Logik und ohne jeden Anhaltspunkt war. Das war sicher das beabsichtigte Ziel.

»Wen?«

»Den General. Die Koreaner haben das übernommen.«

Logisch, dachte Thad. Seit rund zwanzig Jahren stiegen die Koreaner der zweiten Generation in der mafiösen Hierarchie auf, auch wenn ihre Tätigkeitsbereiche weiterhin wenig prestigeträchtig waren. So hatten sie den Teil des Hafens mit den Tiertransporten (wie die Hindus haben Japaner nicht gern mit toten Tieren zu tun), den heruntergekommenen Massagesalons, den billigen Hostessen und dem Telefonsex übernommen. Die Mitarbeiterbeschaffung vor Ort wurde immer schwieriger, also musste man Leute importieren.

Nobu bat den Taxifahrer, auf dem Parkplatz vor dem Aquarium auf sie zu warten. Thad wunderte sich.

»Hier? Das ist aber nicht sehr diskret, hier sind doch viel zu viele Touristen.«

»Genau«, antwortete Nobu, »da wird niemand Notiz von uns nehmen.«

Ein halbes Dutzend Typen erwartete sie am Becken des Walhais, der mit seinen zwölf Metern Länge und seinem bösen Blick der unbestrittene Star des Kaiyukan-Aquariums waren. Alle waren lächerlich ausstaffiert – bunter Anzug, zurückgegelte Haare und schwarze Sonnenbrille – und sahen genau nach dem aus, was sie waren. Thad erinnerte sich an eines der wenigen Gespräche, die er vor Jahren mit dem General geführt hatte: »Ein Yakuza«, sagte er, »ist ein stolzer Mann, er versteckt sich nicht, im Gegenteil, alle sollen wissen, wer er ist.«

In der Hinsicht war ihr Aufzug wirklich gelungen. Besonders weil die schlechte Beleuchtung das Tragen dunkler Sonnenbrillen verdächtig, um nicht zu sagen völlig grotesk erscheinen ließ. Sie fingen alle gleichzeitig mit unglaublicher Geschwindigkeit an zu reden, wobei sie weit ausladende Handbewegungen machten, als würden sie die Größe der Fische beschreiben. Nach wenigen Sekunden verschwanden sie in den Fluren des Aquariums: Die Besprechung war beendet.

»Wir müssen uns beeilen«, sagte Nobu, »es ist nicht viel Zeit. Wir müssen dir anständige Klamotten kaufen und werden in einer Stunde erwartet.«

»Worum geht es?«, fragte Thad, der keine genaue Vorstellung hatte, was der Begriff »anständige Klamotten« bedeutete.

»Nichts allzu Schlimmes, wir werden zur Aktionärsversammlung eines Unternehmens für Elektrokomponenten gehen.«

»Als was?«

»Als Aktionäre natürlich. Was sonst?«

Im Taxi, das sie ins Geschäftsviertel brachte, wo sie einen Anzug für einen Geschäftsmann kaufen wollten, brachte Nobu Thad auf den neuesten Stand. Auch wenn seine Tätigkeit sich nicht grundsätzlich verändert hatte, hatte die Form sich doch weiterentwickelt. Um den neuen Antikorruptionsgesetzen Genüge zu tun, hatten sich die Yakuza-Familien eine typisch japanische Unterschlagungstechnik ausgedacht: Statt kleine Unternehmen zu erpressen, wie es jeder anständige Ganove tut, der etwas auf sich hält, bot die Organisation ihre Dienste an, um bei den Aktionärsversammlungen der großen börsennotierten Unternehmen jeden Protest im Keim zu ersticken. Allein ihre Anwesenheit reichte aus, um gewöhnliche Aktionäre in Angst und Schrecken zu versetzen und das Wa zu gewährleisten, die Harmonie der Versammlung … Das war recht einfach, und Thad fragte sich, ob dieses gewaltfreie unternehmerische Terrormodell, das zudem völlig legal war, sich vielleicht exportieren ließe. Wahrscheinlich nicht, man musste wohl Japaner sein, um eine solche Praxis erkennen und ertragen zu können.

Zehn Tage lang tingelten sie von einer Gesellschafterversammlung zur nächsten und sorgten dafür, dass Hände gehoben wurden oder auch nicht, je nach Interesse ihres Auftraggebers. Eine ziemlich öde Tätigkeit, da sie der Verwaltungsratssitzung von Anfang bis Ende beiwohnen mussten, um das Wahlergebnis sicherzustellen. Thad langweilte sich schrecklich, ganz im Gegensatz zu Nobu, der sichtlich begeistert war von ihrer Teamarbeit. Das Tandem mit seinem bretonischen Söldner war absolut Spitze, es forderte Respekt. Ihre Verdienste würden an oberster Stelle erwähnt werden. Es war Zeit für ihn vorwärtszukommen, und der Gaijin war sein Karrierebeschleuniger. Um die Routine hinter sich zu lassen und auf andere Gedanken zu kommen, schlug Nobu vor, die Koreaner zu besuchen. Angesichts des totalen Ausbleibens einer Reaktion von Thads Seite – offensichtlich plagten den Bretonen ein übertriebener Liebeskummer und eine lange Abstinenz – sah er sich gezwungen zu erläutern: »Die Koreaner haben ein ganzes Netz von Mädchen, die dafür bezahlt werden, dass sie am Telefon sitzen. Unglaublich, was die dir für Sauereien erzählen, obwohl die meisten von ihnen Mütter sind, Rentnerinnen oder Studentinnen der Naturwissenschaft und Technik.«

»Warum gerade Naturwissenschaft und Technik?«, wollte Thad wissen.

»Das sind oft die hässlichsten Studentinnen, was aber kein Problem darstellt, wenn sie als Telefonnutten arbeiten. Diese Hunde von Toa Yuai Jigyo Kummiai, echt ehrlose Ganoven, haben die Grenzen überschritten, als sie versuchten, sich in Tokio auszubreiten, was nicht ihr Sektor ist. Die Kollegen haben ungefähr fünfzig Mädels eingesackt und hierher gebracht, um diese verdammten ...«, da ihm keine angemessene Beschimpfung einfiel, spuckte er auf den Boden, »dazu zu bringen, in Osaka zu verhandeln. Also lass mal schauen, wie die so sind. Bei Bedarf würd ich mir gern eine koreanische Mutter zur Brust nehmen. Was willst du, ich bin nun mal sentimental.«

Die Mädchen waren in einem Lager am Hafen untergebracht, wo sie sich vierzehn Tage zuvor mit Nobus »Cousins« getroffen hatten. Thad fragte sich, ob die Touristen und die Familien, die zu Hunderten vorbeiströmten, um das berühmte Aquarium zu besuchen, ahnten, was sich nur einen Steinwurf von dem Walhaibecken entfernt abspielte. Wahrscheinlich nicht.

In dem Lager befanden sich Hunderte verrostete Container. Unmöglich festzustellen, seit wie langer Zeit sie hier schon standen und ob sie wirklich dazu gedacht waren, eines Tages beladen zu werden. Sie sahen aus wie eine riesige Phantomlieferung, die von mit Amnesie geschlagenen Auftraggebern seit Ewigkeiten hier vergessen worden waren. Der Rost hatte die Namen der Waren, ihre Herkunft und ihren Zielort unleserlich gemacht, wodurch jeder Versuch einer Identifizierung zum Scheitern verurteilt war. Das sollte wohl auch so sein. Der Gestank, der davon ausging, war widerlich. Thad hoffte, dass es keine Lebensmittel in fortgeschrittenem Verwesungszustand waren, und stellte sich umgehend Millionen von Maden vor, die hinter den Metallwänden herumwimmelten. Er vertrieb diese Horrorvorstellung – er mochte ja ein stolzer und mutiger Krieger sein, doch allein die Erwähnung von Tausenden Maden trieb ihm seit seiner Kindheit kalten Schweiß auf die Stirn – und konzentrierte sich auf das erbärmliche Schauspiel, das sich ihm bot. Dutzende Frauen, die meisten nicht mehr ganz jung, hockten da, den Kopf zwischen den Händen, ohne zu wissen – und das war zweifellos das Beängstigendste –, was sie erwartete. Bedrückt, aber würdevoll. Keine zeigte irgendeine Regung, als Thad, Nobu und zwei andere Typen, wahrscheinlich Wächter, den Raum betraten. Eine einzige hatte den Kopf nicht gesenkt und schaute mit einer Mischung aus Trotz und Schrecken geradeaus vor sich hin.

Thad traf es wie ein Stromschlag im Nacken. Das war nicht möglich! Nicht sie … Er kannte diesen Blick nur zu gut: eine merkwürdige Mischung aus Sicherheit und kindlicher Angst bei dem Gedanken, mit der Hand in der Tasche erwischt zu werden, und er kannte vor allem dieses Mädchen sehr gut.

Das musste ein Irrtum sein. Durch welchen verblüffenden Zufall befand Keiko sich hier in Osaka, in diesem überheizten Lagerraum inmitten von mehr oder weniger professionellen Koreanerinnen? Er zupfte Nobu am Ärmel und zerrte ihn zum Ausgang.

Viertes Kapitel

Heilsam ist es, sich seinen Körper wieder anzueignen. Jedenfalls sofern Nobu mal zwei Minuten die Klappe hält.

Im Schnellzug, der sie von Osaka nach Kyoto brachte, versuchte Nobu mehr schlecht als recht das Gespräch mit Thad, dessen Laune und Miene sich in den letzten vierundzwanzig Stunden beträchtlich verdüstert hatten, in Gang zu halten. Er hatte sich noch nie leicht damit getan, tiefgründige Fragen ohne einen halben Liter Alkohol im Blut anzugehen, und Thad mit seinen halb geschlossenen Augen, wie von innen verriegelt, machte es ihm nicht leichter.

»Was für eine Geschichte! Wie kann es passieren, dass ein junges Mädchen, das einer so angesehenen Familie angehört wie den Atsuras, in ein Netz von Telefonhuren hineingerät?«

Thad reagierte nicht, nur ein leichtes Sinken seiner Schultern verriet seine Gefühle. Er bedauerte, dass er es nicht gewagt hatte, Keiko anzusprechen, dass er diese unerhörte Chance, sie zu befragen und so etwas von Pamela zu erfahren, verpasst hatte. Er konnte nicht an einen schlichten Zufall glauben. Das war gewiss ein Fingerzeig des Schicksals. Aber worauf? Jetzt war es zu spät, er würde es nie erfahren. Was für ein Mangel an Mut, er würde niemals damit aufhören, sich als Waschlappen zu bezeichnen!

»Dank dir haben wir eine Atsura vor der Schande bewahrt. Das ist schon was, glaub mir. Die anderen da oben« – er deutete nach oben, als verwiese er auf eine obere Etage voll rätselhafter, allmächtiger Wesen – »haben mich wissen lassen, wenn du die vorgesehene Ausbildung absolvierst und dich dabei als würdig und loyal erweist, hätten sie nichts dagegen, deine Bewerbung in Augenschein zu nehmen. Du könntest dich unserer Familie anschließen.«

»Meine Bewerbung in Augenschein nehmen ... die sind ja lustig!«, dachte Thad, ohne sich irgendetwas anmerken zu lassen.

Nobu fuhr mit demselben Eifer fort.

»Die Ausbildung dauert nur sechs Monate, anschließend organisieren wir deine offizielle Einsetzung. Du bist ja empfänglich für Zeremonien, und ich kann dir versichern, dass du von dieser nicht enttäuscht sein wirst. Meiner Meinung nach gibt es nichts Besseres. Du wirst mein Shatei-gashira, mein kleiner Bruder, und ich werde dich führen und auf dich achten. Weißt du«, fuhr Nobu fort, »wir haben unseren eigenen Ehrenkodex: Disziplin, Loyalität, Ehre, Kampf ... Wir sind keine Ganoven, auch keine Mörder, wir sind die Nachkommen der Machi-Yokko, der Diener der Städte. In Wahrheit sind wir die heutigen Samurai. Die Organisation ist ganz einfach, es reicht, die Regeln genau zu befolgen, es gibt für fast alles welche, sogar für die Beziehungen zu Frauen. Was hältst du davon?«

Wenn Nobu nur einfach mal für zwei Minuten die Klappe halten könnte!

In dieser bleiernen Atmosphäre, schwer wie ein Prunkkimono, erreichte Nobu die Schwelle des mütterlichen Hauses, einer hübschen, traditionellen, eingeschossigen Minka aus dunklem Holz, die an einer spärlich durch runde

Laternen erleuchteten Pflasterstraße lag. Kein Laut, kein Wagen, der an die Zivilisation erinnerte. Nach dem hyperaktiven Osaka war der Gegensatz zum Gion-Viertel, in dem Nobus Mutter lebte, verblüffend. Thad, noch immer in Schweigen gehüllt, hielt sich einen Schritt hinter Nobu. Nachdem Frau Tanaka sie lange vor der Tür hatte warten lassen, öffnete sie ihnen, in einen traditionellen schwarzen Kimono gekleidet, der die leichenartige Blässe ihres geschminkten Gesichts unterstrich. Sie trug eine schwere Geiko-Perücke, die aussah, als würde sie sie bei einem ihrer nächsten Schritte verschlingen. Trotz ihrer Jahre hatte sie sich die den Geishas eigene Haltung bewahrt, eine Mischung aus Eleganz und Widerstand, Zerbrechlichkeit und Kraft.

»Du kommst spät, mein Sohn. Wenn du das nächste Mal zu lange wartest, bin ich bestimmt tot!«

Nobus Mutter besaß einen ausgeprägten Sinn für Dramatik, wenn es um ihren einzigen Sohn ging, und verfügte über einen beachtlichen Vorrat an endgültigen Urteilen, an denen sie während seiner langen Abwesenheiten feilte. Als sie Thad erblickte, hielt sie es für besser, nicht fortzufahren: Es gibt Dinge, die man in Gegenwart eines Fremden nicht sagen kann. Doch so leicht würde er ihr nicht davonkommen, sie würde das später nachholen.

»Willkommen in meinem bescheidenen Heim«, sprach sie und verneigte sich respektvoll, die Hände flach auf die Oberschenkel gelegt.

Nobu entspannte sich, er wusste, dass es für diesen Abend vorbei war. Er musste jetzt nur noch seine Rolle als aufmerksamer, liebender Sohn spielen und sie ihre als über die Rückkehr des verlorenen Sohnes glückliche Mutter. Die Aufführung für ihren einzigen Zuschauer war perfekt. Das

Essen war ausgezeichnet. Nach einem Reigen marinierter Vorspeisen hatte Frau Tanaka ausgezeichnete Gemüse-Tempura zubereitet, auf die eine Ramen eigener Komposition folgte, eine duftende Suppe mit feinen Streifen Schwein und Huhn. Je mehr ihr Magen sich füllte, desto unbeschwerter wurde die Stimmung. Mutter und Sohn hatten ein lebhaftes Gespräch begonnen, was Thad erlaubte, seinen bitteren Gedanken nachzuhängen. Er wollte die Bilder von Pamela vertreiben, die ihn nicht losließen, und sich auf anderes konzentrieren, damit sie sich auflösten. Der massenhaft nachgeschenkte Sake und die sanfte Wärme, die im Haus herrschte, besiegten Thads letzten Widerstand. Er hielt sich noch schwach an dem Gespräch fest, bevor er dann auf die japanischste Art der Welt einschlief: im Schneidersitz auf den Tatami-Matten mit geradem Rücken und halb geschlossenen Augen.

»Eine *Ausländerin* in der Okiya?!«

Aufgeschreckt von Nobus Aufschrei, hatte Thad das Gleichgewicht verloren und lag nun mit dem Gesicht auf dem Boden aus geflochtenen Binsen im Wohnzimmer der ehrwürdigen Frau Tanaka.

Nobu regte sich weiter auf, Thad blieb bewegungslos auf dem Boden liegen.

»Wann hat Frau Kuniko, die es so genau nimmt mit Grundsätzen, Tradition und dem ganzen Trallala, eigentlich ihr Haus geöffnet und es erlaubt, dass ihre Kunst an ein Mädchen von irgendwoher weitergegeben wird?«

Er quetschte seine Mutter aus.

»Koreanerin oder Philippina?«

»Weder noch. Es ist eine Europäerin, eine Französin, glaube ich. Ich habe sie ein- oder zweimal gesehen, als sie hier im Viertel war. Sie klebt immer an Mitsouko dran. Die beiden fallen schon auf. Ich denke, Mama-Kuniko hat bestimmt lange darüber nachgedacht – du kannst ihr vertrauen – und ist zu dem Ergebnis gekommen, dass das eine gute Werbung für ihr Haus ist. Im Übrigen spricht der ganze Distrikt von nichts anderem mehr als von der Gaijin-Schülerin.«

Nobu war erschüttert: Alles ging den Bach runter. Seine Mutter verteidigte ihre Freundin, mit der es so weit gekommen war wegen … des Fernsehens, das alle verdummte, das die Männer mit idiotischen Programmen im Haus hielt und so den Ruin und das langsame Verschwinden der Teehäuser bedeutete. Beim Betreten des mütterlichen Wohnzimmers war ihm aufgefallen, dass die Fernbedienung des Samsung-Fernsehers, den er ihr bei seinem letzten Besuch geschenkt hatte, noch in der Verpackung steckte. Er war sich auch fast sicher, dass er, wenn er das Gerät zur Seite schöbe, feststellen würde, dass es nicht eingesteckt war. Frau Tanaka gab sich keine Mühe, den Lauf der Welt zu verfolgen, was sie aber nicht daran hinderte, eine Meinung zu allem zu haben, ganz im Gegenteil, und wenn möglich eine schlechte. Nobu wollte sich nicht auf ihr bevorzugtes Terrain der Klage wagen: über den Rückzug der Tradition, des letzten Schutzwalls gegen die scheußliche Modernität einer Gesellschaft, die – notwendigerweise – in ihr Verderben rennt. Er kannte diese Platte zur Genüge, seiner Mutter wäre es niemals eingefallen, den Refrain zu verändern.

»Wenn es den Geschäften der Okiya dient …«, gab Nobu nach.

Thad hatte Kopfschmerzen, ihm war übel, und er wusste nicht, wie er aufstehen sollte. Um ihn nicht noch mehr in Verlegenheit zu bringen, beachteten ihn weder Nobu noch dessen Mutter.

»Kuniko scheint begeistert zu sein. Sie kommt mich weiterhin besuchen, so wie jede Woche seit …«

»Ich weiß, was du sagen wirst«, unterbrach Nobu sie wütend. »Es ist nicht nötig, mich daran zu erinnern, dass du meinetwegen dazu gezwungen warst, die Okiya zu verlassen. Bin ich wirklich dazu verdammt, mir diese Geschichte bis ans Ende meiner Tage anzuhören?«

Dann wandte er sich endlich an Thad: »Das erzählt sie mir jedes Mal. Soll ich dir helfen?«

Nie versäumte es Nobu, wenn er nach Tokio kam, der Okiya Oren einen Besuch abzustatten, um derjenigen, die er als seine Tante ansah, die Ehre zu erweisen, ebenso wie Mitsouko. Trotz eines alten Streits, der einen hartnäckigen Schatten auf ihre Beziehung geworfen hatte, war sie seit der Kindheit seine beste Freundin. Um die Wahrheit zu sagen, seine einzige!

»Lass uns Mitsouko begrüßen!«, rief er Thad zu, dessen kaum wiedererlangtes Gleichgewicht jederzeit wieder zu kippen drohte. »Kannst du dich an sie erinnern?«

Ja, er konnte sich sehr gut an sie erinnern. Schon allein die Erwähnung des Namens seiner ersten Geisha, jener, die allen anderen vorangegangen war, insbesondere der vom linken Seine-Ufer, machte sich in seinem Schritt bemerkbar. Vielleicht war jetzt der Moment gekommen, um die Macht über seinen Körper wiederzuerlangen, indem er ihn von den Gefühlen befreite, die ihn beschwerten. Außerdem war es Mitsouko gewesen, die ihn die Kunst gelehrt hatte, mit Hingabe, aber ohne Verpflichtung zu lieben. Thad, der aus Treue zu seiner Erinnerung an Pam monatelang enthaltsam geblieben war (auch wenn diese Erinnerung von seiner verdammten Fantasie ganz schön beschmutzt wurde), fand diesen Zufall überaus bemerkenswert. Trotz der Trunkenheit, die er seit Tagen aufrechterhielt, konnte er die Ironie der Situation erkennen. Nachdem er zum Schein den Yakuza gespielt hatte, spürte er in sich den Wunsch, in echt eine Geisha zu beehren. Zum ersten Mal, seit er Paris und das linke Seine-Ufer verlassen hatte, deutete er ein Lächeln an.

Schulter an Schulter, um wenigstens ansatzweise die Richtung zu wahren, gingen sie durch den Miyagawa-cho-Distrikt. Ihre schweren Schritte hallten auf dem losen Pflaster wider. Es war Nacht geworden, einige schwach leuchtende Laternen verliehen dem verlassenen Viertel, das der Abenddämmerung der Geschichte überantwortet worden war, eine gespenstische Atmosphäre. Lärmend wurden sie am Eingang der Okiya Oren vorstellig und verlangten ein Treffen mit Mitsouko. Sie mussten eine gute Stunde warten, so lange dauerte es, bis sie trotz ihrer späten Ankunft anständig empfangen werden konnten. Als sie endlich vor ihnen stand, schreckten Thad und Nobu, die aufeinander eingeschlafen waren, plötzlich hoch. Mitsouko begrüßte Nobu höflich, aber mit der angemessenen Distanz, um ihm ihre Unzufriedenheit darüber zu zeigen, dass er sie ohne Vorwarnung aus dem Bett geholt hatte. Dieser Verstoß gegen die grundlegenden Anstandsregeln, die das Leben einer Okiya beherrschten, war unverzeihlich für den Sohn einer Geisha wie ihn. Doch als sie sah, dass er von einem Gast begleitet wurde – und welchem Gast! (Mitsouko erkannte ihn sofort) –, nahm sie binnen einer Sekunde wieder ihre anmutige Haltung ein und verbeugte sich vor Thad, den Kopf leicht nach rechts geneigt. Nachdem sie eine Tasse heißen Tee getrunken hatten, der auf dem Boden serviert wurde, ließ Nobu sie schließlich allein, nicht ohne den Versuch gemacht zu haben, seine Vorstellung von männlicher

Kameradschaft mit ihnen zu teilen. Erfolglos. Mitsouko zeigte sich unbeugsam: Er solle versuchen, sie anderswo zu finden. Enttäuscht gehorchte der nordische Riese und ging zu Thads großer Erleichterung in die Nacht hinaus, während der er in zahlreichen Stripshows der Stadt haltmachte. Mitsouko war wirklich sehr nachtragend! Sie würden sich noch einmal aussprechen müssen, dachte er, den Kopf in Höhe der rasierten Scham des Mädchens in Kabine Nummer sechs, die ihren traurigen Tanz vor ihm aufführte.

Thad fand das Vorspiel zu lang für seinen Geschmack. Er wollte Mitsoukos Kimono öffnen, aber sie hinderte ihn daran. »Nicht hier«, sagte sie. »Wir haben eine neue Schülerin, ich darf ihr kein schlechtes Beispiel geben. Unsere Arbeit ist schon schwierig genug, und die Berufungen werden immer seltener. Ich will kein Risiko eingehen.«

Wie bei den Yakuza! Thad fragte sich, wie ein Land mit so strengen Regeln für das Verbrechen (ob es Nobu nun gefiel oder nicht) und die Prostitution (denn Mitsouko und er würden sich natürlich genau so vergnügen, dass sie zu einem horrenden Preis mit ihm schlafen würde, sofern sie ihm endlich erlaubte, ihr den Kimono auszuziehen, was anscheinend noch nicht gesagt war), kurz, wie dieses so wohlorganisierte Land die Personalfrage dermaßen unterschätzen konnte.

»Es darf keine Missverständnisse geben«, fuhr Mitsouko fort.

Thad knurrte, ließ seine Hand drängend unter den Seidenstoff gleiten. Mitsouko machte ein Hohlkreuz, ihr Bauch war in Erregung.

»Wir gehen«, befahl sie.

In einem Rabu hoteru, einem *Love Hotel*, das für diesen Zweck vorgesehen war (man musste nur das entsprechende

Bündel Yen für die vorgesehene Nutzungsdauer in den Automaten werfen, der in die Außenwand eingelassen war, um eine Magnetkarte für das Zimmer zu erhalten), fuhren sie da fort, wo sie aufgehört hatten. Von einer Art Dringlichkeit getrieben, stürzten sie sich aufeinander und umklammerten sich schweigend.

»Was bin ich für eine miese Geisha«, dachte Mitsouko ein paar Minuten später, als sie ihre Lust unter Thads erfahrenen Fingern aufkeimen fühlte. Im Geiste stellte sie die Fortschritte fest, die er seit ihrem letzten Zusammentreffen gemacht hatte. »Wenn meine Schülerin mich sehen könnte, würde ihr klar werden, dass die Grundsätze der Erziehung angesichts echter Lust zusammenfallen«, sagte sie sich, während die Lust konkreter wurde. Ein leichtes Zittern anfangs, doch die Welle schwoll und kam näher. Es war wie ein umgekehrter Tsunami: Erst ließ das Hin und Her lange genug auf sich warten, um ungeduldig erwartet zu werden, dann kam es in immer schnellerer Folge, bis es ein Spielfeld des Chaos bildete, das Epizentrum des großen Bebens. Ein paar Stöße später – als Hommage an das große Beben – setzte die Ebbe ein, dann kam nichts mehr. Nichts als Erfüllung. Dieser Gaijin war ein Teufel.

Auf dem Rücken liegend, die Augen an die rote Decke der Kapsel geheftet – diesen fensterlosen Raum, der für einen schnellen Fick gedacht war und nicht größer als ein Schlafwagenabteil, konnte man wirklich nicht Zimmer nennen –, verspürte Thad unendliche Traurigkeit und Ekel vor sich selbst. Die Erinnerung an Pamela, die er wie einen Schatten mit sich trug, der seine Gesten und Taten beobachtete, kroch unter seine Lider und besetzte bald den gesamten Raum seines tiefsten Inneren bis in dessen hinterste Winkel.

Er hatte genommen, was er nehmen konnte, und alles gegeben, was er geben konnte. Wenigstens in dieser Hinsicht war er nicht eingerostet, wenngleich … sind Geishas nicht bemerkenswerte Schauspielerinnen? Egal, er spürte sehr wohl, dass da etwas Unvollendetes in dieser Umarmung war. Er war aus Zorn zur Tat geschritten, doch die so schnell empfundene, so schnell vergessene Lust war ihm keinerlei Trost. Musste er also in Zukunft auch darauf verzichten?

Fünftes Kapitel

in dem man sieht, wie Thad von Meister Po persönlich ins Gebet genommen wird. Und was daraus folgt.

In einem winzigen Restaurant, zwei Straßen entfernt von Gions Hauptstraße, saßen Thad und Nobu einander am Tisch gegenüber und süffelten ein Sapporo-Bier. Der Regionalismus des Japaners steckte in dieser Art Details. In Kyoto gab sich Nobu traditionell und trug eine weite dunkelgraue Kimonojacke über einer weiten schwarzen Hose. So gekleidet und sauber rasiert (seine Mutter duldete keinen Bart), die Haare zu einem strengen Knoten gebunden, beeindruckte er mit seinem stattlichen Aussehen und seiner wilden Schönheit. Neben ihnen stand auf einem niedrigen Möbel ein angesichts des winzigen Lokals völlig überdimensioniertes Aquarium, dessen einziger Bewohner, eine traurig dreinblickende Meeresschildkröte, sich die Nase an der Scheibe platt drückte, in der Hoffnung, an dem Gespräch teilhaben zu können.

»Und, mein Freund, war dein Abend … gelungen?«, fragte Nobu.

Er warf Thad einen bedeutungsschwangeren Blick zu. Der war offenbar vom Studium der Speisekarte dermaßen mit Beschlag belegt, dass er sich einer Antwort enthielt.

»Du wirst die Spezialitäten Kyotos probieren. Die beste Küche Japans, nach der von Hokkaido natürlich.«

Zwanzig Minuten lang spielte Nobu den Dolmetscher, damit Thad seine Auswahl treffen konnte.

»Bist du sicher, dass du Japanisch sprichst?«, fragte Thad einigermaßen amüsiert, als er sah, dass die Gerichte, die auf den niedrigen Tisch kamen, in keiner Weise den Erklärungen entsprachen, die Nobu abgegeben hatte.

»Das frage ich mich auch manchmal«, antwortete Nobu. »Aber ich möchte dich mal sehen mit all diesen doppelsinnigen Wörtern und dreifachen Auslegungsmöglichkeiten.«

»Übertreib nicht so! Du hast dich einfach von der Bedienung über den Tisch ziehen und dir die teuersten Gerichte aufschwatzen lassen. Das ist überall das Gleiche. Ihr müsst es machen wie im Yakitori in Saint-Brieuc und Bilder in der Karte zeigen, auf denen die verschiedenen Gerichte abgebildet sind, dann sprechen auch alle von derselben Sache.«

»Das ist nicht dumm«, antwortete Nobu, während er den getrockneten Aal hinunterwürgte, bei dessen Anblick Thad gleich übel wurde. Sofern es nicht die Erwähnung des Yakitori war.

Sobald er satt war, wollte Nobu es doch noch genauer wissen und mehr über die Nacht seines Freundes erfahren. Ob Thad ihm bestätigen könne, dass die japanischen Geishas unvergleichlich seien und ihre ans linke Seine-Ufer expatriierten Schwestern immer noch einpacken könnten? Und ob Thad anderenfalls so entgegenkommend wäre, ein Vergleichsbild, eine Art Marktanalyse für ihn zu erstellen, falls es ihn zufälligerweise einmal nach Paris verschlagen sollte?

»Meine ist anders«, antwortete Thad, »sie ist keine Japanerin.«

»Hm … das erklärt, dass sie sich dir umsonst hingegeben hat. Ich frage mich, ob es was wert ist, wenn es nichts kostet …«

»Ich fand jede Parzelle ihrer Haut, die zarteste Andeutung der leisesten Bewegung anbetungswürdig, doch jedes Mal, wenn ich in ihren Körper eingedrungen bin, spürte ich, wie sie im Gegenzug meine Seele durchbohrte, ohne dass sie es überhaupt merkte. Am Ende hat mich das wahnsinnig gemacht. Deswegen, wegen dieser Macht, habe ich sie verlassen. Sie hat mir ihren Körper geschenkt, und ich habe ihr das Herz gebrochen. Ich hatte keine andere Wahl, als hierher zu fliehen.«

Nobu betrachtete seinen Freund eine Weile lang. Wie sehr er litt!

»Es ist nicht die Leidenschaft, die du ersticken musst, sondern die Angst, die sie in dir hervorruft. So weit du auch fliehst, diese Realität wird dich überallhin begleiten, bis du sie verstehst und wiedergutmachst. Es ist sehr schlimm, einer Geisha das Herz zu brechen, ich weiß, wovon ich spreche … leider. Wenn du möchtest«, schlug er vor, »kannst du bei mir in Sapporo wohnen. Ich werde eine Zeit lang bei meiner Mutter bleiben. Nahe meiner Wohnung gibt es einen sehr schönen Strand im Norden, und bei klarem Wetter kann man von dort bis Sachalin sehen. Der hohe Norden ist der beste Ort, um nachzudenken und vielleicht einen Weg zu finden, das, was du zerbrochen hast, wieder heil zu machen.«

Mit diesen Worten stand Nobu auf, nahm seinen Freund in die Arme (er liebte diese männlichen Freundschaftsbekundungen westlicher Art), ging und überließ Thad dem Tête-à-Tête mit der Schildkröte und seinen düsteren Gedanken.

In den nächsten Tagen erwähnten die beiden Männer das Gespräch kein einziges Mal. Trotzdem lehnte Thad Einladungen seines Freundes, ein paar Gläser zu trinken, mit der gebotenen Höflichkeit ab, indem er Migräneanfälle vorschob, die stärker seien als gewohnt. Er meinte, in der Haltung seines Kompagnons eine neue Distanz zu erkennen. Kaum merklich, schwer zu definieren, nur einen Hauch deutlicher, als es die japanische Höflichkeit ohnehin erforderte. Ein stummer Vorwurf wegen seiner Feigheit. Erleichtert nahm er in dem Waggon Platz, der ihn in den hohen Norden brachte.

Es gibt verschiedene Möglichkeiten, Sapporo von Kyoto aus zu erreichen, die einfachste ist der Inlandsflug, doch Thad wählte den langsamsten Weg, er hatte es nicht eilig. Das Rütteln des Zuges war zu viel für seine Müdigkeit, und er spürte, wie er in einen Halbschlaf sank. Zum ersten Mal seit Langem träumte er von seiner Mutter. Er sah sich wieder als Kind, fühlte sich krank, stellte sich vor, wie sie an seinem Bett saß.

»Ich habe es dir einmal gesagt, erinnerst du dich?«, murmelte Soizic mit einer zärtlichen Stimme, wie er sie nie an ihr gekannt hatte, und tupfte ihm die glühende Stirn. »Ich habe dir gesagt, dass die Liebe kein Selbstzweck ist, nicht einmal ein Ideal. Ich hatte sicher recht … in der Theorie. Aber wenn es einem passiert, muss man es annehmen, es pflegen und schützen. Darauf zu verzichten müsste als Verbrechen gegen die Menschlichkeit gelten. Du hast das schlimmste Verbrechen an dir selbst begangen.«

Er brauchte mehrere Minuten, um zu begreifen, dass der Zug nicht mehr fuhr. Die Lokomotive war angekommen und stehen geblieben.

*

Nobu hatte nicht gelogen. Der riesige Strand breitete sich kilometerweit aus. Im Nordwind näherte sich das Thermometer –10 °C. Bei dem eisigen Wetter hätte man sich problemlos an der Grenze des nahen Sibirien wähnen können. Die Wellen folgten einander schnell, fast nervös. Keine ließ der vorherigen Zeit für einen geordneten Rückzug, bei dem sie ihre unversehrte Spur auf dem von Raureif überzogenen Strand hinterlassen konnte. Sie stießen zusammen und hinderten einander gegenseitig daran, vorwärtszukommen oder sich zurückzuziehen, als hinge das Ganze an einer Entscheidung, die jemand treffen müsste.

Es war Ebbe. Das graue Weiß des Himmels und des Meeres vermischten sich, man konnte kaum den Schaum von den Wolken unterscheiden. Es würde bald schneien. Der Wind seufzte ununterbrochen, das ohrenbetäubende, schwere Klatschen des Meeres erfüllte den ganzen Raum, immer wieder rollten seine ebenso grausamen wie unnötigen Angriffswellen. Die Kraft des vorjapanischen Japans …

Allein auf der Welt! Dieser Gedanke ließ ihn jubilieren, er begann zu lachen wie ein Wahnsinniger, bestärkt von dem Echo, das er damit in der Stille erzeugte. Er hätte sich auch nicht gewundert, wenn der heilige Bär aufgetaucht wäre, von dem Nobu ihm erzählt hatte. Mit etwas Glück würde er Thad lebendig verschlingen, was alle seine Probleme endgültig lösen würde. Während er vom ultimativen Kampf träumte, der seinem Leben ein Ende setzen würde – er sah fast die Blutspuren im Eis –, befahl ihm etwas in seinem Gehirn, genau in dem Moment umzukehren, als es zu schneien anfing. Erst sanft, ein paar dicke, wattige Flocken, so hübsch wie in der Werbung für Pyrenäenschokolade, die seine Mutter so liebte, aber dann wurde daraus schnell ein Blizzard mit einer Sichtweite von gerade mal einem Meter. Unter den Umständen könnte er nicht einmal seinem Tod ins Antlitz sehen. Es sei denn ... Ein Gedanke durchzuckte ihn, schwindelerregend klar: hierbleiben, ohne sich zu rühren, sich dieser entfesselten Natur überlassen, eins werden mit ihr und mehr, wenn es passte, falls der Bär auf sich warten lassen sollte. Er hatte sich so sehr von dem Bedürfnis nach Bewegung, Fortgehen, irgendwann, irgendwohin, mitreißen lassen, dass er darüber die Notwendigkeit vergessen hatte, die Bewegung einem Ziel unterzuordnen. Er fiel auf die Knie, Augen und Lippen vom Schnee verbrannt, der Körper starr vor Kälte. Keine Vergangenheit mehr, die ihn heimsuchte, keine Furcht vor der Zukunft, keine Lügen. Endlich Erfüllung ...

*

Adieu, Pamela. Ich bin ein Krieger, ich fürchte den Tod nicht, ich bin bereit, rezitierte er wie ein letztes Mantra, während die Kälte nach und nach seinen Körper erstarren ließ und seine Gedanken einfror.

In genau diesem Augenblick hörte er eine Stimme, die ihm antwortete: »Bist du dir da wirklich sicher?«

Thad schlug die Augen auf. Als wäre es das Natürlichste auf der Welt, stand in einem schneeigen Lichtkranz Meister Po vor ihm, der Mönch, der den Grünschnabel während seiner gesamten Kindheit zum Zweifeln gebracht hatte.

»Sie sind nicht ...?«

Er sprach nicht zu Ende, weil manche Dinge so unwahrscheinlich sind, dass sie unsagbar werden.

»Ich muss tot sein oder jedenfalls kurz davor«, gab er zu, es war wie ein Eingeständnis an die Vernunft.

Er hatte oft an den Tod gedacht wie an einen großen

Moment der Ruhe und Einsamkeit. Niemals, aber wirklich niemals hätte er vermutet, dass er es mit einem Fährmann zu tun haben würde, der einer Figur aus einer Fernsehserie aufs Haar gliche. Deutlich vernahm er die mahnende Stimme: »Du kannst hier sterben, wenn du das möchtest, das ist eine Sache von wenigen Minuten.«

»Das ist genau das, was ich gerade vorhatte, bis Sie sich eingemischt haben«, antwortete Thad mit einem leisen Grauen angesichts seiner eigenen Stimme. Auch an der Schwelle des Todes wollte er sich nicht kommentarlos anmeckern lassen.

»Du kannst aber auch beschließen zu leben, wenn du den Mut dazu hast.«

*

Damit entmaterialisierte sich der Mann, der Meister Po wie ein Zwilling glich, und wie durch ein Wunder hörte der Sturm auf. Ganz so, als hätte jemand die Idee gehabt, auf die Fernbedienung zu drücken. Das geschah dermaßen plötzlich, dass man sich fragen konnte, ob dieser Sturm irgendwo anders als in seinem Inneren existiert hatte. Der Überlebensinstinkt gewann die Oberhand, Thad erhob sich mühsam und machte sich wieder auf den Weg, von einem starken Rückenwind vorwärts getrieben. Die Rückkehr versprach schwierig zu werden. Der von bläulichem Schnee bedeckte Strand glitzerte in der Sonne, der Horizont war völlig leer gefegt. »Ich könnte bestimmt Sachalin sehen bei diesem klaren Wetter«, sagte er sich, aufgeregt wie einer, der knapp einer schweren Gefahr entronnen ist.

Sechstes Kapitel

Über die Demütigung, wenn kindliche Ängste wieder aufsteigen. Vor allem, wenn man gerade splitternackt in einem Fluss sitzt.

Nachdem er seine paar Habseligkeiten in einen Jutesack geworfen, seine Haare sorgfältig geflochten und seine Füße in bequeme Rangers gesteckt hatte, warf Thad einen letzten Blick auf die Hütte seines Freundes, die er mit pedantischer Gewissenhaftigkeit in Ordnung gebracht hatte, und schloss die Tür sorgfältig hinter sich, bevor er sich auf den Weg machte, ohne nach links und rechts zu schauen.

Vor der Universität von Sapporo (»ein außergewöhnliches Gebäude« laut Nobu, der ihm eines Abends sein Bedauern darüber anvertraut hatte, dass er nicht die Gelegenheit gehabt hatte zu studieren) erhob sich eine lebensgroße Bronzestatue ihres amerikanischen Gründers. In den Sockel war der Leitspruch *Boys Be Ambitious* gemeißelt. Die rechte Hand von William S. Clark wies auf den fernen Gipfel eines Felsvorsprungs außerhalb der Stadt.

Thad las daraus eine Nachricht an ihn und machte sich auf den Weg in die von Sir Clarks Zeigefinger ausgewiesene Richtung. Er musste seine Seele reinigen, sie neu ausrichten. Nur dann konnte sie sich erheben. Bis es so weit war, machte er sich auf den Weg wie Caine. Er fühlte sich ruhig, entschlossen, ohne ein anderes Ziel als das, sich selbst zu begegnen. Seine Suche hatte begonnen.

Er verließ die Stadt, durchquerte düstere Vororte, die anlässlich der Olympischen Winterspiele von Sapporo aus dem Boden gewachsen waren, und fing wieder an zu atmen, als die Natur ihr Recht zurückforderte. Abgesehen von Sapporo und ein paar mittelgroßen Ballungszentren hat die Insel Hokkaido, die hauptsächlich aus Naturschutzgebieten besteht, sich ihre natürliche Schönheit bewahrt.

Der Frühling schritt langsam voran, der Himmel war endlich von seiner Nebelkruste befreit, die Luft hatte einen anderen Duft und die Nacht eine andere Farbe. Tagsüber hob sich das Grün von tausend Riesentannen im Daitzen-Park vom leuchtenden Blau des Himmels und dem Weiß der Berge ab. In der reinen, klaren Luft verlieh der Farbkontrast der Landschaft das Aussehen einer lebensgroßen Werbung für Fujichrome-Filme.

Es müsste ja nicht gleich schneien. Dieser Gedanke erfreute ihn, und er ging mehrere Tage und dachte dabei über seine momentane Situation und sein vergangenes Leben nach … Meditation in Bewegung dient nicht dazu, sich von den Gedanken zu befreien. Im Gegenteil, Meditieren besteht darin, die Gedanken, die sich einstellen, anzunehmen und zu beobachten, ohne sie zu vertreiben und ohne sie zu beurteilen. Thad dachte über alles nach, was er verpasst hatte: seine Kindheit, aber auch die verflogenen Stunden, die entgangenen Gedanken, die verschwundenen Erinnerungen, die vergessenen Träume, die verlorenen Menschen. Und bei allem, was man im Leben verlieren konnte, war Pam dabei. Die Erinnerung an die Geisha vom kleinen Japanladen am linken Seine-Ufer widerstand jedem seiner Versuche zu vergessen.

Es wurde schon dunkel an diesem Spätnachmittag, als Thad in einer bescheidenen Herberge haltmachte. Es war seine letzte Rast, bevor er zum Mashu-See hinuntersteigen wollte, dessen Wasser so klar ist, dass der Blick auf seine Oberfläche einem Blick ins Auge der Welt gleichkommt. Dieser See wird in zahlreichen romantischen Gedichten gefeiert, zumal seine Existenz ein Rätsel ist: Nirgendwo fließt Wasser in ihn hinein oder aus ihm heraus. Thad träumte schon seit Tagen von diesem reinen Wasser. Er war sich ganz sicher, darin die Antworten zu finden, die ihm fehlten. Die Herberge befand sich in den bewaldeten Bergen rings um den See, mehr als zweihundertfünfzig Meter über seiner Oberfläche.

Die Schönheit der Landschaft war übernatürlich. Der Ort selbst, wo er sich befand, zwischen Himmel und See, auf dem Gipfel eines Berges und doch am Waldrand, war noch ergreifender als alles, was er sich hatte vorstellen können.

Das Essen wurde um achtzehn Uhr dreißig serviert, was ihm Zeit ließ, in einem Onsen ein Bad zu nehmen, einer der natürlich warmen Quellen unterhalb der Herberge. Nachdem er seine Kleider sorgfältig am Ufer zusammengefaltet hatte, glitt er bis zum Hals ins Wasser und genoss die kalte Abendluft, die sich langsam herabsenkte. Nur sein Kopf erhob sich aus dem dampfenden blauen Wasser. Er streckte die Zunge heraus, um die letzten Schneeflocken des Aprils im Flug einzufangen. Was gab es mehr zu sagen? Zufrieden schloss er die Augen.

Nackt und allein in diesem verschneiten Frühjahr, versuchte er mit einigem Abstand an Pam zu denken, um zu sehen, wie weit er damit war. Es war nicht sehr überzeugend.

Er schaute auf, starrte auf einen Punkt am Horizont und versuchte, seinen Geist zu befreien, aber der Mangel und das Begehren blieben bestehen.

Mit einem Schlag versank die Sonne, und die Dunkelheit löschte zuerst die Tiefe, dann die Umrisse der Dinge aus. Die Bäume nahmen plötzlich eine drohende Haltung ein. Ihre düsteren Stämme in dichter Reihe bildeten eine dunkle Armee. Thad spürte, wie sie zum Leben erwachten, sich in Bewegung setzten, gleich würden sie ihn mit ihren spitzen Zweigen durchbohren und anschließend verschlingen. Seine Leiche würde nie gefunden werden, sofern überhaupt irgendjemand auf dieser Welt nach ihm suchte. Seine Mutter würde ihn nicht bestatten und deshalb nicht um ihn trauern können. Dunkel erinnerte er sich daran, dass die Wälder Kohlenstoff aufnehmen, um Sauerstoff auszuspucken. Aber taten sie nachts nicht genau das Gegenteil? Nahmen sie ihm nicht die Luft und erstickten ihn langsam? Wie viele Ronin, Samurai, die herrenlos durch die Wälder irrten, hatten in diesem Wald unter dem Sternenhimmel gebadet? Und dieser blutige Kampf zwischen Ainu und Samurai, hatte er nicht genau an dieser Stelle stattgefunden? In seinen tiefsten Ängsten gefangen, versuchte Thad, sich auf sein Hara und seine Atmung zu konzentrieren, doch dafür brauchte er einen klaren und leuchtenden Gedanken, an dem er sich festhalten konnte. Pamela. Er fing an, diesen Gedanken von allem zu befreien, was ihn beschwerte. Die Übung gelang ihm perfekt, denn am Ende stand Pam, von allem Überflüssigen befreit, nackt vor ihm. Er konnte die Wärme ihres Körpers spüren, den Duft ihres Bauchs, den Geschmack ihres Mundes. Es war Zeit, aus dem Wasser zu steigen.

Siebtes Kapitel

in dem wir erfahren, dass Richard Chamberlain in den Dornenvögeln *glaubwürdiger ist als in* Shogun *und welchen Einfluss dies auf Thads Geschicke hat*

Man muss schon ein echter Japaner sein und von Kindesbeinen an gewohnt, in dieser Haltung zu sitzen, um sie zu ertragen. Thad spürte, wie sich sein Körper langsam und schleichend verkrampfte und seine Muskeln gefühllos und steif wurden. Der Schmerz nimmt ja gelegentlich seltsame Wege und erweckt im Vorübergehen merkwürdige Erinnerungen mitsamt einem Haufen völlig unnötiger Details zu neuem Leben. Thad dachte unwillkürlich an den Religionsunterricht jeden Mittwochnachmittag, den Pfarrer mit der eintönigen Stimme und die harte Holzbank in einem kleinen Nebenraum der Krypta, auf der er stundenlang sitzen musste, mit geradem Rücken und ohne sich zu bewegen.

Dass der Körper ein eigenes Gedächtnis besitzt, wird jeder einräumen; insbesondere verfügen Düfte oder Melodien über die Fähigkeit, uns unverzüglich durch Zeit und Raum reisen zu lassen, aber auch gequälte Muskeln können schmerzliche Erinnerungen gelegentlich auf ihren Ursprung zurückführen, auch wenn dies seltener und weniger zuverlässig der Fall ist. Vor Schmerz kann man manchmal den Verstand verlieren, was weltweit zur Entwicklung ausgefeilter Foltermethoden geführt hat, wobei die asiatischen Länder eine besondere Erwähnung verdienen, weil sie die

Grausamkeit zu einer Kunst erhoben haben, in der sie auch regionale Besonderheiten kultivieren wie in ihrer Küche. Diese grauenhaften Qualen lassen einen alles gestehen, bauen das Gedächtnis um und schaffen neue Erinnerungen. Waren die im Religionsunterricht verbrachten Stunden wirklich so unerträglich gewesen? Wahrscheinlich nicht! Aber inzwischen litt Thad tatsächlich. Seit Stunden meditierte er nun, wartete, konzentrierte sich – auf Knien, den Hintern auf den Fersen. Leider kann man, wenn der Schmerz sich erst einmal bemerkbar gemacht hat, nur schwer so tun, als hätte man nichts gespürt. Annehmen und beobachten … Thad beschloss, die Wege seines Schmerzes zu beobachten, wenn er ihm schon das Besuchsrecht nicht absprechen konnte. Der Schmerz hatte damit angefangen, seine Knöchel zu versengen, war dann die Beine hinaufgeklettert und hatte sich einen Moment lang in der Mitte der Oberschenkel eingenistet, an einem ganz bestimmten Kontraktionspunkt des Muskels, Becken und Lenden hatte er ausgelassen (aber nur, um später umso ausführlicher dort zu verweilen); er lief die Wirbelsäule entlang, umrundete seinen Hals, bohrte sich in seinen Schädel und klopfte nun beharrlich an das Tor seines Geistes. Wer jemals ein Training absolviert hat, weiß, dass man anfangs immer glaubt, das sei nur eine vorübergehende Prüfung, die schnell vorbeigehe. Man versucht, die Zehen zu bewegen, und hofft, dass niemand es bemerkt. Verlorene Liebesmüh, das ist unmöglich. Und genau da liegt die ganze Schönheit oder, besser gesagt, Grausamkeit des Seiza. Die Unbequemlichkeit und der quälende Schmerz gehören zu dieser Erfahrung. Das Ziel ist, die Welt anders zu erfassen, um besser zu begreifen, wo das Problem liegt. Bisher konnte Thad sich nur gratulieren zu seiner Geschmeidigkeit, seiner

Konzentrationsfähigkeit, seinem Talent, Bewegungslosigkeit vorzugeben. Doch jetzt, wo er unter rund dreißig Mönchen auf dem harten Stein hockte, mit dem der Innenhof des Gebäudes unregelmäßig gepflastert war, schaffte er es nicht, diese Haltung länger als eine halbe Stunde durchzuhalten. Es war demütigend.

»Demut gehört zum Lernen«, war ihm bei seiner Ankunft erklärt worden. Was er bereits wusste, als er am Tor des Klosters Chusonji im Nordosten der Insel Honshu vorstellig wurde. Da dachte er allerdings noch, er würde im Einzelkampf gegen Shaolin-Mönche antreten und eine Reihe spektakulärer Schläge einstecken wie in Kung-Fu-Filmen. Solche Demütigungen sind für einen Krieger das Wahre.

Der Älteste der sehr alten Kendoka im Dojo von Sapporo hatte ihn auf diesen Tempel hingewiesen.

»Dort habe ich gelernt«, erklärte er Thad mit sanfter Stimme, nachdem er ihn im Training in seine Einzelteile zerlegt hatte. Sie saßen auf den Tatami-Matten in der Eingangshalle des Dojo und tranken grünen Tee.

»An diesem Ort außerhalb der Zeit, geschützt vor dem Tumult der Welt, lernt man den Stolz, der sich hinter der Scham verbirgt, erkennen und bändigen. Und vor allem lernt man dort Demut, echte Demut, die darin besteht, das eigene Los anzunehmen, mit dem eigenen Schicksal zu leben. Du solltest dort ein Retreat machen«, schlug er Thad vor.

Der ehemalige Kamikaze-Pilot wusste genau, wovon er sprach. Er war nie darüber hinweggekommen, nur wenige Minuten, bevor seine gesamte Staffel über Yorktown zerschellte, von seinem Basislager zurückgerufen worden zu sein, einem wunderbaren Flugzeugträger mit den Flanken voller amerikanischer Soldaten. Alle seine Kameraden fielen an diesem 5. Juni 1942. Nur er musste für den Rest seines Erdendaseins mit der Schande leben, seine Mission nicht erfüllt zu haben und davongekommen zu sein. Das dauerte inzwischen schon verdammt lang. Um wieder Demut zu lernen, war der unglückliche Kamikaze ins Kloster seiner Kindheit zurückgekehrt, den Ort seiner Lehr- und Wunderjahre, in denen er sich noch auszeichnen konnte, der schönen Jahre vor seiner Schande.

»Ich kann dir ein Empfehlungsschreiben mitgeben. Wenn du Glück hast und ernsthaft an dir arbeitest, wird dir dort die Disziplin zuteil, die dir fehlt, und du wirst ein besseres Gleichgewicht finden, damit du nicht jedes Mal, wenn ich dir näher trete, umfällst wie ein Kleinkind, das gerade seine ersten Schritte macht«, schloss er zwischen zwei Schluck brühheißem Tee, die er mir nichts, dir nichts inhalierte.

Nach der doppelten Abreibung – physisch wie moralisch –, die ihm der in der Dämmerung der Geschichte zurückgelassene alte Zausel verpasst hatte, fühlte sich Thad im ersten Moment trotz der irritierenden Ähnlichkeit von dessen Lebenslauf mit dem Caines zu tief gedemütigt, um seinen Vorschlag anzunehmen. Nach der Episode am eisigen Strand jedoch und der gewissermaßen mystischen Erfahrung während des Blizzards hatte er sich auf die Suche nach dem berühmten Kloster gemacht, überzeugt davon, dass er dort seinen Weg und seine Antworten finden würde. Niemand kommt zufällig nach Japan. Er hatte doch seine einzige Liebe nicht verlassen, um seine Tage damit zuzubringen, inmitten einer Bande greiser Säufer in einem Dojo im hohen Norden den Hanswurst abzugeben. Oder den bretonischen Yakuza, der sich eine echte Geisha reinzieht und sich dabei der Illusion hingibt, ein Samurai zu sein. Er würde den umgekehrten Weg gehen wie Caine. Er verließ zwar nicht Texas, um nach China zurückzukehren – Thad hatte inzwischen einen gesunden Abstand zur Serie –, dafür würde seine Pilgerreise von Saint-Brieuc über Hokkaido nach Honshu zu seiner Standardlegende werden.

»Wartet auf mich«, flehte Thad, der die größten Schwierigkeiten hatte, dem alten Mönch zu folgen, der ihm als Lehrer zugeteilt worden war und gerade in Windeseile an der Bergflanke den Pfad hochstieg, der zum höchstgelegenen Heiligtum des Klosters führte. Es war halb sieben, die Sonne würde bald aufgehen, und sie dürften keinesfalls zu spät kommen. Der Mönch legte noch einen Zahn zu, verlängerte seine Schritte und erhöhte den Takt, Thad strengte sich ziemlich an, um sich nicht abhängen zu lassen. Die Ausdauer der Achtzigjährigen in diesem Land war verblüffend. Noch zwei Biegungen, dann hätten sie endlich den Gipfel erreicht.

Über Wochen hatte Thad den Spaßvogel immer kurz vor dem Ziel verloren, was ihn jedes Mal in tiefe Verzweiflung stürzte. Dabei bemühte er sich immer so, ihn im Visier zu behalten, aber stets löste sich der Greis vor oder kurz nach der letzten Kurve in Luft auf. Dann hörte Thad eine nach der anderen die zehn Glocken des Heiligtums erklingen, die anzeigten, dass die Sonne aufging, dass das Gebet beginnen musste und, vor allem, dass der Mönch bereits vor dem Altar angekommen war. Der empfing ihn dann mit diesem Lächeln, das er nie ablegte, voller Mitgefühl, aber, wie Thad jederzeit beschwören würde, mit einem Hauch Boshaftigkeit. Damit gab er seinem Schüler auf seine Art zu verstehen, dass dieser noch einen weiten Weg vor sich habe, dass er zu Gewandtheit und Biegsamkeit zurückfinden und an Ausdauer gewinnen müsse, wobei aber nichts tragisch oder endgültig sei, sofern er der Freude genug Raum lasse. Anstrengung, Meditation, Disziplin und Strenge müssen nämlich in Freude und Vertrauen praktiziert werden. Zwei Zustände, die zu empfinden Thad in seinem Leben kaum Gelegenheit gehabt hatte. Außer in Gegenwart von Pamela …

Der Mönch rezitierte seine Gebete, verbrannte Weihrauch und reinigte seinen Geist, indem er den Rauch mit beiden Händen zu seinem Kopf hin wedelte. Thad setzte sich und konzentrierte sich, vom Rhythmus der Stimme getragen, auf seine Atmung. Er versuchte nicht mehr, sich leer zu machen, sondern ließ die Leere in sich aufsteigen. Endlich konnte er spüren, was Nobu ihm vergeblich zu erklären versucht hatte: »Du darfst von der Meditation nichts erwarten, nichts in ihr suchen, du musst sie in dir aufsteigen lassen. Manchmal kommt es, manchmal nicht, das solltest du akzeptieren und keine große Geschichte draus machen, sondern einfach am nächsten Tag von vorn anfangen.«

Nun verstand er den Sinn dieser Worte etwas besser. Er blieb lange vor dem Steinbuddha sitzen, dessen Gesichtsausdruck sich mit den intensiver werdenden Sonnenstrahlen zu verändern schien. Es war verwirrend, zu sehen, wie ein steinernes Gesicht in dieser Weise lebendig wurde, sehr verwirrend.

Plötzlich erhob der Mönch sich wortlos, es war Zeit, wieder hinabzusteigen. Auf dem Rückweg durfte Thad Fragen stellen, und der Mönch entschied, ob er darauf antworten wollte oder nicht.

»Sensei, wann, glaubt Ihr, bin ich bereit zu kämpfen?«

»Von welchem Kampf sprichst du?«

»Von dem, der auf den Weg des Samurai führt.«

»Beziehst du dich auf Miyamoto Musashi? Vergiss es. Wir befinden uns hier auf den ehemaligen Ländereien des Nabeshima-Klans, und wir folgen den Unterweisungen des *Hagakure*.«

Der alte Mönch blieb am Wegesrand neben einem Pflaumenbaum stehen, dessen Blüten einen sanften Schatten auf seinen rasierten Schädel warfen und ihn vor der Sonne schützten, die nun recht hoch stand, und kniete sich ins Seiza. Thad hütete sich, ihm das nachzumachen, und setzte sich in respektvoller Entfernung in den Schneidersitz. Wenn er gut gelaunt war, erzählte sein Meister gern Geschichten, besonders gern lange, sodass Thad lieber seine vom langen Aufstieg und der langen Morgenmeditation geprüften Beinmuskeln schonen und für seine Bequemlichkeit sorgen wollte.

»Obwohl sein Leben lange verheimlicht wurde, gehört Yamamoto Tsunetomo zu den größten Samurai dieses Landes. Als sein Herr starb, beschloss er, sich in eine Hütte aus Zweigen zurückzuziehen und Mönch zu werden. Damit starb er gewissermaßen für die Welt, denn den Samurai war der Selbstmord verboten worden. Er nahm den Namen Jocho an.«

Wirklich komisch, dieses Bedürfnis der Japaner, systematisch ihre Namen zu ändern, um zu zeigen, dass sie ihr Leben geändert haben, dachte Thad. Ob es dieselbe Wirkung auf die Persönlichkeit hat, wenn es einem von anderen aufgezwungen wird? Was für ein Leben hatte Soizic sich für ihn gewünscht, als sie ihn umbenannte? Hatte er sich der mütterlichen Hoffnung gewachsen gezeigt? Wohl nicht, denn die Messlatte, die Soizic über seinem Kopf angebracht hatte, war unerreichbar.

Unerschütterlich fuhr der Mönch in seiner Erzählung fort.

»Eines Tages kam ein junger Samurai namens Tashiro und besuchte ihn in seiner Klause. Aus ihrem Gespräch, das … sieben Jahre dauerte, entstand das *Hagakure*. Als Tashiro seinem Herrn die sieben Rollen vorlegte, die die Abschrift dieser sieben Jahre dauernden Gespräche enthielten, befahl ihm dieser, sie zu verbrennen. Aber der Schüler gehorchte nicht. Im Gegensatz zu den Schriften Musashis handelt es sich nicht um einen rätselhaften philosophischen Text, sondern eher um einen spirituellen Führer, der einem jungen Mann den Weg zeigt, den er gehen, und das Verhalten, das er sich aneignen muss, um Samurai zu werden.«

Daraufhin fragte Thad, ob die Lehren des *Hagakure* für jeden jungen Mann gälten. Beispielsweise für einen Bretonen.

»Das ist sicherlich schwieriger«, räumte der Mönch ein und strich sich über das Kinn. »Allerdings ist der Ausgangspunkt für alle derselbe: Die Wahrheit des Weges des Samurai ist der Tod. Doch im Gegensatz zu Musashi, für den die Perspektive des Kampfes allgegenwärtig war, verbindet Yamamoto Tsunetomo die Prüfung des Todes nicht mit der Kriegskunst, sondern mit dem Eintritt in das, was er den ›hohen Dienst‹ nennt. Bevor er zum Krieger wird, ist der Samurai ein Knappe. Was ist Bretone für ein Clan?«

Thad dachte nach. Er hatte die Bewohner von Saint-Brieuc nie als Vertreter irgendeines Clans gesehen. Allerdings gab es da durchaus Ähnlichkeiten. Natürlich wäre das sehr weit hergeholt, aber es könnte sich vielleicht hinter etwas wie bretonischem Stolz und dieser Tapferkeit mit einer Spur Regionalpatriotismus verbergen. Außerhalb der Bretagne gab es wenig, was vor den Augen der Bretonen Bestand hatte. Und die Bilder der Bécassine oder der Crêpes-Verkäufer in den Seitenstraßen um den Bahnhof

Montparnasse – weil die Bretonen ja, wie hinlänglich bekannt, zu blöd sind, um weiter herumzukommen als bis zum Ankunftsbahnhof – haben sie misstrauisch gegenüber einfachen Auslegungen gemacht. Genau wie die Japaner.

Thad gestattete sich eine Frage, die ihn seit Langem beschäftigte. Natürlich bestand die Gefahr, dass der Alte sich aufregte und ihn ohrfeigte. Seit er das beim Training der Novizen nachmittags gesehen hatte, wusste Thad, dass es sicherer für ihn war, wenn er Abstand hielt.

»Sensei, wie erklärt Ihr diese merkwürdige Angewohnheit, sich den Tod zu geben, sobald die Ehre angekratzt wird? Wenn man ohnehin erst im Tod zum Samurai wird, warum sollte man sich dann sein Leben mit all diesen schwer zu befolgenden Regeln erschweren?«

Es setzte keine Ohrfeige, aber eine Antwort, schneidend wie die Klinge eines Schwerts.

»Du vermischt alles. Dem Tod ins Antlitz zu sehen erlaubt den höchsten Verzicht und ein Leben in Ehre, weil man sich auf diese Weise von der entwürdigenden Form existenziellen Geizes befreit, die uns dazu drängt, uns aufzusparen, um etwas länger zu überdauern.«

Der japanische Ehrenkodex erwies sich als unbegreiflich und ließ Thad verblüfft zurück. Das ist mal wieder ein echter Greisengedanke, dachte er mit einer gewissen Verachtung, wo er doch niemals daran gedacht hatte, irgendetwas in irgendeiner Weise aufzusparen. Dennoch neigte er zum Zeichen des Respekts seinen Kopf.

*

Sehr viel später am Abend begab er sich in den riesigen Park, der die Gesamtheit der verschiedenen Gebäude im

Tempelbereich umsäumte. Manche Teile waren der Öffentlichkeit zugänglich, die hierher zum Beten kam und den unterschiedlichen Buddhas Opfer brachte, andere waren den Mönchen vorbehalten. Jeder widmete einen Teil des Tages der Arbeit für die Gemeinschaft. Thad, der wenig geneigt war, zu dienen und die Besucher herumzuführen, hatte darum gebeten, dass er sich um den Garten kümmern dürfe. Das war einer der wenigen Orte, wo er Ruhe hatte, in jedem Sinn des Wortes. Zurzeit allerdings wand er sich in einer Aufregung, die dem meditativen Zustand wenig zuträglich war.

»Das ist aber doch merkwürdig, jedes Mal, wenn ich versuche, Raum zu schaffen für die Leere, stürmen meine Gedanken begeistert immer in dieselbe Richtung und führen mich zu Pamela. Vielleicht könnte ich anders denken, wenn ich die Stellung ändern würde?« Also streckte er sich auf dem Rücken aus, das Becken an die Wurzeln eines wunderbaren Ahorns geschmiegt, die Füße an seinem Stamm, sodass der Horizont seines Blicks die Blätter und das Flechtwerk der Äste waren. Wenn er sich konzentrierte, konnte er ein Stück vom Blau des Himmels durch die Zweige hindurch erkennen. Diese umgekehrte Perspektive war ein hübscher Anblick. Wirklich hübsch, das hätte er früher versuchen sollen.

Je länger er sich auf das Blätterwerk konzentrierte, desto mehr schien sich Pams Gesicht in der Vegetation aufzulösen. Erst verschwammen die Konturen, die Gesichtszüge lösten sich auf, der Mund, das Lachen, das Strahlen ihrer großen Augen erlosch. Dann nichts mehr, nur noch Leere. Doch dauerte die nur wenige Sekunden, denn sogleich kehrte die Reue zurück, um den freien Raum zu besetzen. Wie schade, dass er seine Liebe geopfert hatte für eine winzige Chance, den Weg zu finden. Er begann ernsthaft zu zweifeln.

*

»Sieh den Dingen ins Auge, du wirst nie ein Samurai.«

Thad rührte sich nicht. Das musste seine neue Position sein, die den Lauf seiner Meditation veränderte.

»Hier, über dir, Grünschnabel«, beharrte Meister Po, der einbeinig auf Zehenspitzen balancierte und sichtlich verärgert war, seine Wirkung verfehlt zu haben.

»Ihr schon wieder?!« Es war keine ernsthafte Frage, eher ein müdes Erstaunen. »Warum sagt Ihr, dass ich nie ein Samurai werde? Das ist nicht sehr ermutigend, bei all der Mühe, die ich mir gebe.«

»Dein Opfer ist unnötig. Auf die Liebe zu verzichten, nur weil es schwierig ist, ist nicht unbedingt glorreich. Und du kannst weder zurück noch irgendetwas wiedergutmachen. Du musst geradeaus gehen. Wenn du ständig zurückblickst, gehst du quer.«

Thad ärgerten diese Vorhaltungen. Geradeaus voran, er blieb dahinter … Voranzukommen schien irgendwie geometrisch unmöglich zu sein. Außerdem war er über das Alter hinaus, in dem man ihn als *Grünschnabel* titulieren konnte. Seine Hand tastete heimlich den Boden ab auf der Suche nach einem Stein, den er dem Alten in die Fresse werfen könnte, um ihn zum Schweigen zu bringen und den echten Grünschnabel für die erlittenen Demütigungen zu rächen. Er fand aber nichts, leider.

»Wir Asiaten pflegen ein zirkuläres Denken, wir denken in Zyklen: Jahreszeiten, Tag und Nacht, Leben und Tod. Wenn du geradeaus denkst, wirst du an zu viele Wände stoßen. Du musst deine Art zu denken ändern«, beharrte Meister Po in eher unerwartetem pädagogischem Bemühen.

»Ist das der Schlüssel, um Samurai zu werden? Dass ich meine Art zu denken ändere?«

»Vergiss das alles, es gibt keine Samurai mehr, abgesehen davon, dass sie alle Japaner sind. Außer Alain Delon. Was für ein außergewöhnlicher Mann …«, sinnierte er. »Allerdings gibt es einen anderen Weg, dein Ziel zu erreichen.«

»Welchen?«

»Du könntest Mönch werden. Wenn du meine Meinung hören willst, dann ist Richard Chamberlain in den *Dornenvögeln* sehr viel glaubwürdiger als in *Shogun*.«

»Das ist doch ein Witz!«

Er hasste die *Dornenvögel*, die Lieblingsserie seiner Mutter, die bei jeder Folge von ihm verlangte, dass er ihr seinen Platz vor dem Fernseher überließ. Da die Sender die dumme Angewohnheit hatten, die australische Serie regelmäßig ins Programm zu nehmen, hatte er jahrelang schweigend gelitten. Er machte Pater Ralph de Bricassart persönlich für seine Schwierigkeiten in Beziehungen und der Liebe verantwortlich. Gleich nach Paul-Loup Sulitzer, dem er seinen Vornamen verdankte, und seinem abwesenden Vater, dem er das Leben verdankte. Mönch, Romancier und Deserteur waren keine Optionen.

»Erinnere dich an die Geschichte von Jocho, die dein Meister dir vorhin erzählt hat. Der Mönch ist die andere Seite des Samurai, der du niemals werden wirst. Beide sind in Wahrheit eins. Gib diesem Gedanken eine Chance … Das ist eine Möglichkeit, dich dem Weg zu nähern, die mir für dich eher erreichbar erscheint. Ziele weniger hoch, aber genauer. Und wenn du genug über deine Fehler meditiert hast, dann wird deine Vergangenheit die Zukunft treffen, denn irgendwann wirst du darüber hinwegkommen.«

»Ist das karmisch?«, fragte Thad in dem Versuch, dem Gehörten einen Sinn abzuluchsen.

Der Vorschlag einer professionellen Umorientierung kam bei ihm, der sein Leben auf Träume von kriegerischem Ruhm aufgebaut hatte, natürlich nicht so gut an.

»Nein«, erwiderte Meister Po, »das Leben ist einfach so.«

*

Irgendwann würde er also über Pamela hinwegkommen … oder sie würde über ihn kommen … Die Form, die dieser Gedanke annahm, war sicher nicht im Sinne Meister Pos. Thad jedoch gefiel die Vorstellung, dass sie über ihn kam, genauso wie unter ihn oder vor ihn oder neben ihn … das war ihm egal, er liebte alle Seiten ihres Körpers.

Traurig schüttelte er den Kopf, um die Bilder zu vertreiben. Es war äußerst unwahrscheinlich, dass die Vergangenheit in Pams Gestalt aufträte und ihre hübschen Brüste hier im Nordosten von Honshu zeigte. In den Orden eintreten, damit alles in Ordnung käme …

Er würde über diesen Gedanken nachdenken.

DRITTER TEIL

Lehrjahre einer Geisha

Wildgans, Wildgans
wie alt warst du
bei deiner ersten Reise?

Kobayashi Issa, Haiku

Kleines Kapitel

Alice lachte. »Das hat keinen Zweck«, sagte sie. »Man kann *nicht unmögliche Dinge glauben.«*
»Ich wage zu behaupten, dass du nicht viel Übung hast«, sagte die Königin. »Als ich in deinem Alter war, habe ich immer jeden Tag eine halbe Stunde geübt. Ja, manchmal habe ich nicht weniger als sechs unmögliche Dinge vor dem Frühstück geglaubt.«

Lewis Caroll, *Hinter dem Spiegel und was Alice dort fand*

Thad in Japan zu suchen
Ohne Japanisch zu sprechen
Ohne zu wissen, wo er war
Ohne je gereist zu sein
Das waren nur vier Dinge, aber sie waren alle wirklich unmöglich.

Erstes Kapitel

in dem wir Pamela tausend Fuß über der Erde antreffen, bevor sie abrupt landet

Pam, die noch nie im Leben ein Flugzeug bestiegen hatte, war ganz Auge und Ohr. Es gab so viele Einzelheiten zu beobachten. Das perfekte Zusammenspiel des Bordpersonals und die charmante Choreografie der Sicherheitsanweisungen begeisterten sie. Beim Anblick der Stewardessen der Japan Airlines fiel sie fast in Ohnmacht: wie elegant sie waren, wie höflich und grazil … und ihre schier grenzenlose Freundlichkeit! Jede ihrer Gesten, etwa wenn sie Tee in Plastikbecher einschenkten, als handelte es sich um edles Porzellan, begeisterte Pamela. Und erst ihre Kleidung …

Zu Beginn des Fluges trugen sie ein dunkelblaues Kostüm mit einem rechts geknoteten eleganten hellblauen Tuch, während ihre links gescheitelten Haare streng zu einem Knoten im Nacken gebunden waren. Während der Reise, ohne dass Pamela den genauen Moment hätte benennen können, legten sie die Jacke ab und enthüllten das blaue Minikleid mit weißem Kragen, das sie darunter trugen, statt, wie Pam anfangs vermutet hatte, einen Rock. Aber ihre Raffinesse ging so weit, dass sie sogar das Tuch getauscht hatten, es war nun malvenfarbig und vorn geknotet. Das offensichtliche Vergnügen, mit dem sie die Uniform trugen, war ansteckend, und Pam hoffte heimlich auf einen neuen Wechsel.

Die zahlreichen Durchsagen, die immer erst auf Französisch und dann auf Japanisch waren, führten zu dem schwindelerregenden Gefühl, am Ende des vielstündigen Fluges perfekt zweisprachig zu sein. Später, nachdem alle Passagiere gegessen und getrunken und den ersten, womöglich auch einen zweiten Film gesehen hatten, versank die Kabine in Dunkelheit. Die meisten Mitreisenden, sichtlich an diese Routine gewöhnt, waren eingeschlafen. Wäre das ständige dumpfe Grollen der Turbinen nicht gewesen, hätte man sagen können, es war still. Pamela hielt ihre großen Augen weit offen, um besser über die künftigen Ereignisse nachdenken zu können. Was wäre, wenn ihr dieses so sehr geliebte, so oft fantasierte Japan nun nicht gefiele? Das war eine Hypothese, die sie in Betracht ziehen musste.

Ernsthaft und aufrichtig ging sie in ihrem Kopf alles durch, was sie mit diesem Land verband: Sie mochte Sushi, sie konnte sehr ordentlich mit Stäbchen essen, sie wusste, wie man Bonsai pflegt und Tee zubereitet, sie kannte die Grundlagen der Kalligrafie und des Ikebana, sie liebte Haikus. Allerdings nur auf Französisch, muss man das dazusagen?

Sie hatte den Film *Die Geisha* drei Mal im Kino gesehen und war tief betrübt darüber gewesen, dass die Hauptrollen mit Chinesinnen besetzt waren. Und Frau Atsura hatte ihr zugestimmt.

Selbstverständlich würde die Sprache ein Problem darstellen, und die Inselbewohner wären mit Sicherheit völlig anders als die Japaner im Quartier de l'Opéra mit ihrem tadellosen Französisch. Pam konnte vor allem »Guten Tag« und »Danke« sagen – wenn auch auf unterschiedliche

Weise. Sie kannte die verschiedenen Nuancen im Tonfall und im Vokabular, die je nach Alter und hierarchischer Beziehung zum Gegenüber variierten, aber das war natürlich höchst unzureichend. So wurde Pam ihr Unvermögen bewusst, mit wem auch immer zu kommunizieren, und die Folgen, die diese Sprachbarriere gewiss nach sich ziehen würde.

Ihr einziger Sesam-öffne-dich war Keiko, aber die Vorstellung, ihr Schicksal mit dem dieser nervtötenden platinblonden Barbiepuppe, die mit weit offenem Mund neben ihr schlief, zu verknüpfen, war keineswegs beruhigend. Das hatte Dr. Atsura bestimmt, unerbittlich (Keiko würde mit ihr fliegen), aber mit feinen Manieren (ob Pam wohl die Freundlichkeit besäße, Keiko an ihrer Seite zu dulden?). Anscheinend war ihm der Aufenthalt seiner Tochter in seiner Heimat sehr wichtig: Pam würde ihm und seiner Frau einen unermesslichen Gefallen erweisen, indem sie ihre Reisebegleitung annähme.

Sie rief sich die Worte von Dr. Atsura in Erinnerung, nachdem er sie beide zum Flughafen gebracht hatte, die Arme voller Geschenke für seinen Bruder und dessen Frau, seinen Neffen, seine Nichte sowie eine Cousine seiner Mutter, die noch lebte und die sie auch besuchen müssten, in Osaka, der Wiege der Familie Atsura. Die Pakete, die sie übergeben müssten, waren wunderschön in gekonnt gefälteltem Seidenpapier verpackt.

»Die Verpackung symbolisiert die Absicht, die Bedeutung der Geste, die weit wertvoller ist als das Geschenk. Pass gut darauf auf.«

Sie musste zugeben, dass sie nicht immer alles verstand, was Dr. Atsura erzählte. Das mit der Verpackung war nicht auf die leichte Schulter zu nehmen und hatte zweifellos eine verborgene Bedeutung. Sie versuchte, sich daran zu erinnern, was ihr Danna über das Uchi-soto gesagt hatte, wörtlich das »innere Außen« der Japaner.

Uchi, das Vertraute, Intime, das Innere des Selbst und des Clans, Soto das Draußen, das Äußere, das Fremde. Oder war es umgekehrt? Vergessen. Sie erinnerte sich nur noch daran, dass es sehr wichtig war; Dr. Atsura hatte ihr geraten, darauf zu achten, wenn sie die edle, wenngleich vielschichtige Mentalität seiner Landsleute verstehen wollte.

Und, hatte sie es getan? Vermutlich unzureichend.

Da war zum Beispiel die Sache mit der Fassade, der Tatemae, ein Ausdruck für alles, was man zeigt, wogegen Honne, das Intime, verborgen bleiben muss. »Du solltest lernen, hinter dem Gesicht der Tatemae das Honne des anderen zu lesen und zu respektieren.« Das waren genau die Worte gewesen, die er gebraucht hatte. Es sah, ehrlich gesagt, nicht gut für sie aus.

Die Bilder ihres persönlichen Japan, das sie sich aus allem Möglichen zusammengebastelt hatte, zerplatzten wie Seifenblasen, je näher sie ihrem Ziel kam, in diesem Fall der Erde.

Die Landung in Narita, dem internationalen Flughafen von Tokio, stand unmittelbar bevor, doch Keiko weigerte sich aufzuwachen. In der drückenden Stille der Flugzeugkabine mehrere Tausend Fuß über der Erde geriet Pamelas in ihrem Puppenkörper aus Melun-Sénart perfekt verpackte wunderschöne Geisha-Seele langsam in Panik.

*

Die Nase ans Fenster des Taxis gedrückt, das mit mäßiger Geschwindigkeit über die Autobahn von Narita nach Tokio fuhr, betrachtete Pamela schweigend eine deprimierende Abfolge von Fabriken, Straßen, Eisenbahnlinien und grauen Hochhäusern. An manchen Stellen stapelten sich die zahlreichen Autobahnen durch die riesige Metropolregion übereinander, um sich an gigantischen Kreuzungen fünfzig Meter über der Erde wieder zu trennen. Im dichten Nebel gefangen, glich Tokio einer Furcht einflößenden Geisterbraut. »Die Zufahrtsstraßen von den Flughäfen in die großen Städte sind immer hässlich und deprimierend«, hatte Yvon sie gewarnt. Dessen internationale Erfahrung beschränkte sich zwar auf eine Sprachreise nach Santander, aber er reicherte seine schlaflosen Nächte gern mit intelligenten Dokumentarfilmen über so tiefschürfende Themen wie die verheerenden Folgen des massiven Straßenverkehrs auf das städtische Umfeld an.

Dank Dr. Atsura erwartete sie ein Zimmer in einem komfortablen Hotel im schicken Viertel Nihombashi. Es verfügte über eine Stereoanlage mit Lautsprechern im Badezimmer, ein Jacuzzi mit wechselnden Farben und einen Flachbildschirm mit Video-on-Demand. Entzückt von jedem neuen Gadget, das sie entdeckte, klatschte Keiko begeistert in die Hände, während Pam sich bemühte, ihre Enttäuschung zu verbergen. Sie, die von weiten Räumen, makellosen Papierwänden, einem von Binsengeflecht bedeckten Boden wie in der Wohnung der Atsuras geträumt hatte, hatte sich etwas weniger Modernes vorgestellt, etwas Traditionelleres, etwas … Japanischeres, ganz einfach.

Nachdem sie beim Zimmerservice zwei Sandwiches bestellt hatten, schloss Keiko sich im Badezimmer ein und rühmte mit sehr lauter Stimme den japanischen Erfindungsgeist, der außer dem luxuriösen Toilettenpapier, dessen samtige Oberfläche ein unvergleichliches

Gefühl hervorrief, auch noch beheizbare Toiletten hervorgebracht hatte, an denen man alles nur Vorstellbare regulieren könnte, Richtung und Stärke der Spülung, die Trocknung … sogar die Hintergrundgeräusche – Wasserfallrauschen, Popmusik oder Klassik –, um die natürlichen Geräusche zu überdecken, »echte Klomusik«, erklärte Keiko lachend. Pam hörte das Rauschen der Wasserhähne und das Dudeln der Hintergrundmusik. Sie konnte sich nicht aufraffen, ihren Koffer auszupacken und die Ordnung dieses in kaltem neojapanischem Stil puristisch eingerichteten Zimmers mit den perfekt symmetrisch ausgerichteten Einzelbetten zu stören. Nur der graue, schwarz gepunktete Teppich, der so dick war, dass man gleich die Zehen hineinstecken wollte, kam ihr einladend vor. Das Zimmer befand sich in der vierzehnten Etage, also verglichen mit ihrem Apartment, das unterm Dach eines nur sechsstöckigen Hauses lag, in schwindelerregender Höhe. Während der Tag sich neigte, verwandelte sich die Stadt vor ihren Augen in ein riesiges Kasino. Leuchtende Schilder bedeckten die grauen Fassaden, vom Bürgersteig bis zu den Spitzen der Wolkenkratzer fingen plötzlich gigantische Werbetafeln an zu blinken. Fasziniert von den Neonlichtern, schmiegte sich Pamela trotz ihres Schwindelgefühls an das riesige Fenster, das aus Sicherheitsgründen verriegelt war. Vielleicht war es eine Halluzination, die ihrer Müdigkeit zuzuschreiben war, aber sie hätte schwören können, dass sie einen metallischroten Eiffelturm gesehen hatte, der ihr zu bedeuten schien: »Mich hast du hier wohl nicht erwartet …« Der Schwindel ergriff sie endgültig, sie wich zurück, setzte sich auf die Bettkante, die Hände flach auf die eng aneinandergedrückten Knie gelegt, sie atmete tief ein und aus und wiederholte die Übung, bis ihre Atmung wieder regelmäßig war.

Erst als ihre Brust sich in einem Rhythmus hob und senkte, der ihr angemessen erschien, schloss sie die Augen und ließ ihren Tränen freien Lauf.

»Was machst du denn da, Pamela, wo ist Bobby?«

»Ich weiß nicht, J. R., er ist verschwunden, ich bin auf der Suche nach ihm.«

Zweites Kapitel

in dem ein zu Unrecht verkanntes Gesetz überprüft wird: Angst löst sich im warmen Wasser auf.

In dem Licht, das durch die elektrischen Rollläden drang, schlief Keiko einen bleischweren Schlaf und schien noch lange nicht gewillt, die Augen zu öffnen. Das war nicht das Schlechteste, Pamela ging ruhig in den Speisesaal hinunter, um zu frühstücken.

Trotz ihres guten Willens und ihres Wunsches, in die japanische Kultur einzutauchen, sah sich Pam nicht in der Lage, gleich zum Frühstück gegrillten Fisch, Buletten aus roten Bohnen und Miso-Suppe zu essen. Sie verstand jetzt besser, warum Dr. Atsura ein internationales Hotel ausgesucht hatte, und war ihm dafür dankbar.

Der Tee war köstlich, sie hatte sich Genmaicha ausgesucht, bitteren grünen Tee mit einem leichten Geschmack von geröstetem Reis, der perfekt zu ihrer ersten Mahlzeit in Japan passte. Nachdem ihr Magen mit neuer Energie gefüllt war, entschied sie, trotz der Zeitverschiebung, die ihren klaren Blick trübte, umgehend mit der Suche zu beginnen. Ihre Entschlossenheit würde den Schlafmangel eben ausgleichen müssen. Außerdem hatte Pamela immer ernsthaft daran geglaubt, dass sie etwas nur stark genug wollen müsste, damit ihr Wunsch in Erfüllung ging. Nachdem sie es geschafft hatte, nach Japan zu gelangen, sah sie es als selbstverständlich an, dass das Universum sich entsprechend organisierte und das Schicksal sich in Bewegung setzte, damit ihr Thad hier über den Weg liefe – an einer Straßenecke, vor einem Tempel oder ganz hinten in einem Hof, wo er Kendo trainierte, die grausame Schwertkunst. Die Begegnung stand unmittelbar bevor, sie musste nur das Hotel verlassen.

Die Stadt draußen glich einem Labyrinth aus völlig unterschiedlichen Würfeln – »wegen der Erdbeben«, wie ihr Masako einmal erklärt hatte, als sie ihr von der mit dieser Gefahr eng verknüpften japanischen Unbeständigkeit erzählte. Der stahlgraue Himmel ohne die kleinste Lücke zwischen den Wolken verstärkte Pamelas Gefühl zu ersticken. Wieder lag der Morgennebel mit seinem ganzen Gewicht auf der Stadt. Die Gebäude ähnelten ungeschminkten Varietétänzerinnen am frühen Morgen. Ihrer Paillettenkostüme ledig, blinkten die Fassaden mit den elektrischen Farben nicht mehr. Pamela fand dieses Grau, dem jede Abstufung fehlte, fast schön, ein wenig wie in Paris. Die dichte und disziplinierte Menge auf den Bürgersteigen schien einer höheren Macht zu gehorchen, die ihr befahl, schnellstmöglich in dieselbe Richtung zu strömen. Tausende Menschen gingen in einer scheinbar nie enden wollenden Choreografie nebeneinander her, streiften und begegneten sich, ohne aneinander anzustoßen. Pam spürte, wie die vertraute Umarmung sie packte. Massenbewegungen, egal, wie geordnet sie auch sein mochten, machten ihr Angst. Instinktiv berührte sie ihre Kehle, ihre Brust, ihren Magen. Zu spät! Die Angst nahm den Platz ein, gewann an Boden, sie kannte sich aus. Pam wusste, dass das Übel schnell ihre Beine erfassen und sie völlig lähmen konnte. Sie musste umgehend handeln und zurück ins Hotel, aber etwas schnell zu tun schien unmöglich zu sein, denn Tokio war eine Herausforderung an den Orientierungssinn. Der Stadtplan, der den Hotelgästen an der Rezeption kostenlos zur Verfügung gestellt wurde, war wenig hilfreich, weil japanische Karten jede mögliche Ausrichtung haben können, was sie unverständlich macht. Der Plan, den Masako Atsura ihr vor der Abreise geschenkt hatte, wäre sehr viel nützlicher gewesen, aber sie hatte ihn leider im Zimmer liegen gelassen.

Stundenlang versuchte Pamela, ihren Weg wiederzufinden in dieser vor lauter Fremdheit feindseligen Stadt, die weder Straßennamen noch Hausnummern kannte und sich so als unlösbares Rebus präsentierte. Die endlosen Straßen schienen weder Anfang noch Ende zu haben. Sie schnitten einander in bewundernswerten Kreuzungen von perfekter Geometrie; gebogene Linien schienen seit Generationen von Städteplanern ausgerottet worden zu sein. Der Himmel über ihr verdunkelte sich immer mehr, die dichten Wolken kündigten Regen an. Die Fußgänger öffneten mechanisch ihre Regenschirme. Jeder hatte einen.

Mit einem Schlag ergoss sich dicht und eisig der japanische Regen über sie.

*

Der Taxifahrer ließ das Fenster herunter, berührte den Schirm seiner Mütze zum Gruß, ergriff mit seinen weiß behandschuhten Fingerspitzen die Visitenkarte des Hotels, die ihm die bis auf die Knochen durchnässte junge Frau reichte, und fragte sich, warum Touristen nie einen Regenschirm hätten.

Das Hotel war kaum fünfhundert Meter entfernt. Unnötig, sie einsteigen zu lassen; bei den vielen Einbahnstraßen und dem Verkehr wäre sie zu Fuß schneller. Er erklärte ihr mit Händen und Füßen den Weg, der ganz leicht zu finden war, gleich neben dem Kino. Das Mädchen verstand offensichtlich nichts von seinen Erklärungen und stand weiterhin unbeweglich im Regenguss. Sie ähnelte einer zarten, verblichenen Statue. Als er Anstalten machte, ihr die Karte zurückzugeben und weiterzufahren, bemerkte er, dass sie weinte. Sofern das nicht Regentropfen waren.

Da bekam der Taxifahrer plötzlich doch Lust, den Helden zu spielen.

»Steigen Sie ein«, sagte er.

Als er sah, dass sie auch das nicht verstand, betätigte er den automatischen Türöffner, ließ die hintere Tür seines Wagens aufspringen und lud sie mit einer Handbewegung ein, sich zu setzen.

Minuten später waren sie da. Pam konnte gar nicht glauben, dass sie all diese Stunden damit verbracht hatte, um das Hotel zu kreisen. Sie erkannte die Neonleuchten des Kinos nebenan. Wie hatte sie es angestellt, die nicht zu sehen?

In Zukunft würde sie vorsichtiger sein. Hoffentlich hatte Keiko sich keine Sorgen gemacht und ihre Familie in Unruhe versetzt.

Die Atsuras … Pam wurde sich bewusst, dass sie keine Sekunde daran gedacht hatte, sie anzurufen, um ihnen zu sagen, dass sie gut angekommen seien und alles in Ordnung war. Sie war nicht einmal auf die Idee gekommen, sich zu bedanken.

So sehr hatte sie sich von ihrem Wunsch, Thad wiederzufinden, hinreißen lassen, dass sie nicht den geringsten Gedanken an sie verschwendet oder ihnen ihre Dankbarkeit ausgedrückt hatte. Es schwindelte sie, in ihrem Kopf drehte sich alles. Das kam sicher von der Kälte und ihrer Müdigkeit, wenn es nicht Schuldgefühle waren … was noch härter wäre.

Das Zimmer war leer. Wahrscheinlich war Keiko, des Wartens müde, shoppen gegangen. Auch Pam war auf ihren Irrungen die verblüffende Anzahl von Luxusmarken nicht entgangen. Bestimmt war Keiko nicht unschuldig daran, dass sich ihr Hotel in diesem modernen und luxuriösen Viertel befand. Die kindliche Angst, die Pamela empfunden hatte, als sie sich vollkommen verirrt glaubte, und die Müdigkeit von ihrem langen Marsch beseitigten den letzten Widerstand. Sie machte Teewasser heiß und ließ sich währenddessen ein Schaumbad ein. Es war dumm und völlig verantwortungslos von ihr gewesen, einfach auf gut Glück loszuziehen, ohne auch nur über die Richtung nachzudenken. Tokio erwies sich als sehr viel komplexer, als sie es sich vorgestellt hatte. So schnell würde sie Thad nicht wiederfinden, wenn sie nicht einmal dazu in der Lage war, sich selbst zurechtzufinden. Als sie ihren verfrorenen Körper in die Wanne gleiten ließ, nahm diese eine lagunenblaue Farbe an.

Drittes Kapitel

in dem Pamela beschließt, sich den Geistern zu überlassen, damit sie ihr bei ihrer Suche helfen

Wenn es Abend wird, gibt Tokio sich als Kurtisane: verführerisch, um einen möglichst schnell ins Verderben zu stürzen. Trotz dieser unterschwelligen Feindseligkeit – es kam Pam so vor, als ob die Stadt persönlich etwas gegen sie hätte – entdeckte sie eine praktische Seite an sich, die zu spüren sie weder in Melun-Sénart noch am linken Seine-Ufer die Gelegenheit gehabt hatte.

Mithilfe vieler Gesten und einiger hübsch kalligrafierter Zeichnungen gelang es ihr, ein Telefonverzeichnis der Dojos von Tokio zu erhalten. Die Empfangsdame des Hotels, die es ihr brachte, sah die traditionell gekleidete Westlerin etwas schräg an.

Ihr Samurai, davon war sie überzeugt, hatte sicher einen Ort gesucht, um zu trainieren. Er war sehr diszipliniert und praktizierte die Kampfkunst täglich. »Das ist eine Frage der Hygiene und des Gleichgewichts«, hatte er ihr einmal erklärt, als sie sich darüber wunderte, wie er in Verfolgung unsichtbarer Feinde die Luft in ihrem winzigen Wohnzimmer mit einem Bambusschwert zerschnitt.

Wie lang war das her … Sie sollte sich besser nicht zu sehr gehen lassen. Sehnsucht ist eine große Energieräuberin, und Pam hatte noch viel vor.

Sie konzentrierte sich auf das Telefonverzeichnis in dem

Versuch, die Kanji zu entziffern, die Ideogramme, die in dichten Reihen an ihren Augen vorüberzogen, und erhoffte Erleuchtung wie Champollion beim Anblick des Rosettensteins. Pamela wusste genau, dass der Zufall allem zugrunde liegt, dass er über alles entscheidet. Ihre einzige Hoffnung beruhte daher auf einem zufälligen Zusammentreffen. Was bedeutete, dass diese nicht sehr groß war.

Um ihre Chancen ein wenig zu erhöhen, verbrannte sie jeden Tag Räucherstäbchen in einem kleinen, zwischen zwei Wolkenkratzern eingeklemmten Shinto-Tempel, zwei Schritte von ihrem Hotel entfernt. Eigentlich war sie nicht gläubig. Ihre Eltern waren kaum geneigt, sich mit etwas zu beschäftigen, das sie gern als Bigotterie bezeichneten. Das hatte Sol allerdings nicht daran gehindert, Fernsehübertragungen von Hochzeiten und Beerdigungen irgendwelcher Berühmtheiten zu genießen. Die Hochzeit von Charles und Lady Di in Westminster war durchaus eine zweistündige Messe wert. Vor allem, wenn Léon Zitrone kommentierte.

Pam verbeugte sich tief vor dem Heiligtum, fest auf ihren Fersen sitzend, sodass Hände und Beine eine vollkommene Gerade bildeten, wie sie es in einer Fernsehreportage gesehen hatte. Der Rauch kratzte im Hals und in den Augen. Da sie sehr auf ihre Würde achtete, kämpfte sie beherzt gegen den Drang zu niesen. Sie beschwor die Kami, dass sie ihr bei ihrer Suche halfen, und entschuldigte sich im Voraus dafür, ihre Sprache nicht besser zu sprechen: »Wie ihr wisst, bin ich keine Expertin im Beten, aber ich wäre euch unendlich dankbar, wenn ihr mir helfen würdet. Bitte, sagt mir, was ich tun soll.«

Obwohl sie selbst nicht gläubig war, hatte sie Masakos wertvollen Rat bezüglich der Geister im Kopf behalten: »Man weiß ja nie.«

Jeden Tag schrieb sie auf die weißen Bändchen, die für Wünsche bestimmt waren, das Gebet, das sie zwecks stärkerer Wirkung auf seinen einfachsten Ausdruck reduziert hatte: »Bitte helft mir, Thad wiederzufinden.« Das Bändchen befestigte sie anschließend am Eingang des Tempels, wie es Sitte war. Trotz ihrer löblichen Bemühungen, mit der Spiritualität vor Ort zu verschmelzen, ließen sich die Kami erstaunlich viel Zeit zu erscheinen. Die Tage vergingen, und nichts geschah. Pamela wurde deprimiert, die Erinnerung daran, wie Thad sich über sie beugte, hinderte sie am Atmen und Denken. Es mangelte ihr nicht an gutem Willen, sondern ausschließlich, aber entscheidend an Strategie, was ihr allmählich klar wurde. »Wie konnte ich mir nur einbilden, ihn unter Millionen Einwohnern zu finden!«, sagte sie sich immer wieder, während sie sich auf dem Teppich ihres Zimmers die Sohlen ablief. Keiko war ihr keine Hilfe, denn sie verschwand jeden Morgen, ohne dass Pam die leiseste Ahnung hatte, wie sie ihre Tage verbrachte. Bald nach ihrer Ankunft jedenfalls war Keiko Pam gegenüber sehr deutlich geworden: Sie könne ihr Leben leben, ihren Thad suchen, in den Tempel gehen, ins Kloster eintreten, kurz, machen, was sie wolle, sie aber, Keiko, habe damit nichts zu tun.

Nach dieser Klarstellung war sie ruhig aufgestanden, hatte ihre unmögliche gelbe Pikachu-Felltasche geschnappt und war gegangen.

Der rote Eiffelturm, den sie durchs Fenster sehen konnte und der in Wirklichkeit der Fernsehturm war, erinnerte Pam daran, dass das linke Seine-Ufer sehr weit weg war und sie ab nun sehr allein.

Viertes Kapitel

in dem man mehr über Keikos geheimnisvolle Aktivitäten erfährt – worauf Pamela gern verzichtet hätte

Pam nahm ihre Suche dort wieder auf, wo sie sie unterbrochen hatte, fand Tempel und Dojos zwischen Wolkenkratzern von erdrückender Modernität und widmete sich abwechselnd dem Gebet und Kampfkunstdarbietungen. Die Vielfalt der Disziplinen faszinierte sie. Das war sehr weit entfernt vom Jiu-Jitsu-Unterricht in Melun-Sénart. Auch wenn sie Thad nicht entdeckte, stärkten die Demonstrationen von Kendo und Aikido, aber auch Ju-Jutsu, Aiki-Ken und Aiki-Jo ihren Kampfgeist und trugen zu ihrer Entschlossenheit bei. So kehrte sie mit frischer Kraft zum Angriff auf die Straßen zurück. Und wenn sie trotz aller Anstrengungen spürte, wie ihr Mut zu schwinden drohte, suchte sie Zuflucht im Kitanomaru-Park, der ihrem Blick die Anmut, das Gleichgewicht und die Harmonie bot, nach der sie ebenso verzweifelt suchte wie nach Thad. Fast täglich betrat sie die Kaiserlichen Gärten im Osten durch das Nordtor, Kitahanebashi-mon. Sie wusste, dass ihr bretonischer Samurai von der Schönheit der Gärten angezogen wurde, vielleicht schlief er ja dort irgendwo auf einer Bank. Ihr war aufgefallen, dass Japaner fast überall schlafen: an Bushaltestellen, auf öffentlichen Bänken in Parks oder Bahnhöfen, ohne dass es jemanden störte oder für die

Schlafenden gefährlich wäre. Mit seinen einundzwanzig Hektar idealisierter Natur schützte der Kitanomaru-Park den kaiserlichen Palast und bot eine meisterhafte Inszenierung der Gartenkunst: Höhe, Volumen, Farbe, Dichte ... die Unterschiede zwischen den Pflanzenarten wurden dort wunderbar genutzt, um unterschiedliche Perspektiven zu schaffen. Das Wasser der Gräben und Teiche, die Steine der beeindruckenden Parkmauern, das Metall der Statuen ... es war die Harmonie der Welt, die in den Gärten des Kaisers dargestellt wurde. Pam ging stets nah, aber in angemessenem Abstand an der von Kopf bis Fuß gerüsteten Reiterstatue von Kusunoki Masashige vorbei. Der Kabuto, der traditionelle Helm der japanischen Rüstung, verlieh ihm das Aussehen eines Engels oder todbringenden Dämons. Dieser mutige Samurai hatte für Kaiser Go-Daigo gekämpft und sein Leben in einem hoffnungslosen Kampf gegen die furchterregende Armee des Shogun von Kamakura verloren. Durch seinen Tod wurde Kusunoki Masashige zum Symbol des Mutes und der Treue zum Kaiser. Er war die Art Krieger, die Thad faszinierte. Also war das sicher einer der besten Orte in diesem Park, wo man darauf hoffen konnte, ihn aufzustöbern. Sofern er nicht den Rikugi-Park weiter im Norden vorzog oder den Koishikawa Korakuen, eine erstaunliche Oase mit Kirschbäumen, Pflaumenbäumen, Ahorn, Seen und Reisfeldern mitten in der Innenstadt. Allein diese Gärten entschuldigten die Stadt dafür, der Moderne nachgegeben zu haben. Pam ging dorthin, um neue Kraft zu schöpfen, Sauerstoff zu tanken und den Mut, den sie brauchte, um weiterzumachen. Artig auf einer Holzbank sitzend, verlor sie sich in der Betrachtung dieses lebensgroßen Gleichgewichts, wo jeder Fels, jede Wasserfläche, ja, die kleinste Seerose aussah, als hätte ein Künstler sie dorthin gesetzt, um ein riesiges Gemälde zu komponieren, sie sog diese Schönheit so tief in sich ein, dass sie eins mit ihr wurde, und wartete darauf, dass etwas geschah.

Da dieses Etwas auf sich warten ließ, kehrte sie zum Hotel zurück. Keiko war in einem Zustand unbeschreiblicher Erregung wieder aufgetaucht. Dr. Atsuras Tochter sprang aufs Bett, klatschte in die Hände, schrie auf Japanisch Dummheiten, ließ sich rückwärts fallen, lachte hysterisch und stand ebenso schnell wieder auf, wie sie sich hatte fallen lassen.

Abwartend blieb Pam im Türrahmen stehen, um sicherheitshalber Abstand zu wahren. Keiko jubilierte: Sie hatte Arbeit gefunden. »Ganz allein, wie eine Große!« Sie würde ihr Geld mit Telefonieren verdienen. Pam wunderte sich, sie hatte nicht gewusst, dass Keiko Arbeit suchte. Telefonistin? Warum nicht.

Ohne sich im Mindesten dafür zu interessieren, wie Pam ihren Tag verbracht hatte oder was ihre Suche ergeben hatte, fuhr Keiko in der Beschreibung ihrer Arbeitsstelle fort.

»Ich führe besondere Gespräche. Das ist völlig bekloppt … ich muss nur halbtags arbeiten … Meine Arbeitgeber – sehr sympathische Koreaner – sind entzückt von meinen Diensten … Nur die Büros … na gut, nicht wirklich toll, aber okay … so kann ich mein Japanisch trainieren und verdiene gleichzeitig Geld.« Sie warf Pam einen unschuldigen Blick voller Andeutungen zu. Eine ihrer Spezialitäten.

Zu erschöpft, um das alles zu verstehen, ging Pam ins Bad. Sie wollte dem Lärm entkommen, heißes Wasser über ihre Gedanken rinnen lassen, abschalten und sich darin auflösen und vor allem Keiko nicht mehr hören!

Da kannte sie aber die junge Dame schlecht, die nicht die Absicht hatte, es dabei zu belassen.

»Willst du es nicht wissen? Egal, ich sag's dir trotzdem. Ich erzähle alten Männern, die mindestens … drei Mal so alt sind wie ich, vielleicht sogar älter, verbotene Sauereien. Und das bringt mir massenhaft Geld ein, schau mal.« Sie zog Bündel von Geldscheinen aus ihrer Pikachu-Tasche.

Pam konnte nicht glauben, was sie da hörte. Keiko merkte gar nicht, was für eine Wirkung ihre Worte hatten, und redete einfach weiter.

»Normalerweise fange ich damit an, ihnen zu erzählen, wie ich angezogen bin und welche Farbe mein Höschen hat. Sie sind gierig nach solchen Einzelheiten. Am lustigsten ist es, wenn ich sage, dass ich keine Zeit hatte, es zu wechseln, bevor ich zur Schule gegangen bin, und dass ich seit zwei Tagen dasselbe trage. Dann hör ich sie grunzen wie Schweine am anderen Ende der Leitung, ich schwör dir, die ersticken fast. Sie bieten mir ein Vermögen, um meine schmutzigen Höschen zu kaufen. Mein Volk ist völlig verdorben, geil!«

»Keiko …«, murmelte Pam.

»Nein, im Ernst, ist dir eigentlich klar, wie viel Geld wir machen könnten, wenn du mir deine gibst? Zieh nicht so ein Gesicht, ich hab sie nicht genommen … Außerdem« – sie holte Luft und setzte ihren Monolog fort – »lieben sie meinen französischen Akzent, wenn ich Japanisch rede, weil das so pariserisch klingt, so kawaii. Du solltest es mal ausprobieren, das ist echt lustig und total einfach. Ach, das habe ich ganz vergessen, du kannst es ja nicht, du sprichst nicht genügend Japanisch. Wie schade!«

»Im Ernst, Keiko, worauf hast du dich da bloß eingelassen? Du brauchst doch gar kein Geld, du hast deinen Vater …«

»O nein, du bist die kleine Nutte meines Vaters«, zischte Keiko und stand auf. »Du bist es vielleicht gewohnt, ihm Tee zu servieren und deinen Kimono zu öffnen, um zu bekommen, was du willst, aber ich habe meinen Stolz.«

Bei diesem letzten Satz blickte sie ihr direkt in die Augen, und Pam sah darin mehr als nur Verachtung. Sie sah den Schimmer der Eifersucht, wenn sie sich mit Hass färbt. Sie kannte dieses Leuchten aus ihrer Zeit in Melun-Sénart. Wenn sie für einen Moment die Augen schloss, sah sie die Blicke, die Patricia ihr in der Schule zugeworfen hatte, die Blicke mancher Kunden im Yakitori ... das gleiche drohende Glitzern in den Augen der Männer, wenn sie ihnen klarmachte, dass von ihr nichts zu erwarten war außer einer Schale Sake oder einer Tasse Tee.

Der Wunsch, andere zu demütigen, ist nie so stark wie in der Jugend, doch offenbar machte Keiko Überstunden. Trotz der verflossenen Jahre erblasste Pam angesichts der Beleidigung und schwankte leicht auf dem Fliesenboden des Badezimmers. Sie versuchte mit aller Sanftheit, zu der sie noch in der Lage war, der teuflischen Puppe zu erklären, dass man auf Telefonsex nicht unbedingt stolz sein könne. Sie wagte es sogar, Dr. Atsura zu erwähnen und welche Schande es für ihn wäre, wenn er herausfände, welcher Art ihre Arbeit war.

»Wenn der Zufall es will, habe ich sogar wichtige Kunden meines Vaters am Telefon«, unterbrach sie Keiko. »Aber diese Schweine wissen ja nicht, wer ich bin, niemand kann auf mich kommen. Die Koreaner, für die ich arbeite, sind da strikt. Außerdem habe ich entsprechende Vorsichtsmaßnahmen ergriffen und mir ein Pseudonym zugelegt: Candy, wie das blöde Blondchen, das französischen Kindern schöne Träume beschert und japanischen Familienvätern einen Ständer.« Dann wurde sie wieder ernst: »Du siehst, mein Vater wird es nie erfahren, und du wirst es ihm doch bestimmt nicht sagen, oder?«

Ohne Vorwarnung oder Vorzeichen wechselte sie plötzlich Tonfall und Auftreten, einfach so.

»Lass uns nicht mehr drüber reden. Beeil dich mit deiner Dusche, dann gehen wir das Geld ausgeben, das ich so hart erarbeitet habe.«

Mit einem Wimpernschlag hatte Keiko sich verwandelt.

Wiewohl erstaunlich hoch konzentriert, ließ ihre Bosheit sich in Shoppen lösen. Die schlimmsten Gemeinheiten, zu denen sie fähig war (Pam konnte ein Lied davon singen, sie kannte die unterschiedlichsten Varianten), boten einem Einkaufszentrum keinen Widerstand. Das Phänomen ließ sich immer wieder beobachten.

Kaum hatten sie die Schwelle einer Louis-Vuitton-Boutique überschritten, wurde Keiko augenblicklich zu einer dieser entzückenden, hirnlosen Japanerinnen, die man zu Dutzenden mit einer Monogramm-Handtasche am Arm und ekstatischem Gesichtsausdruck an der Ecke Avenue George V beim Verlassen ihres Tempels beobachten kann.

Sie war wieder zu einem braven Mädchen ohne eine Spur von Perversität geworden, lachend und klatschend bei dem Gedanken daran, shoppen zu gehen. Wer sie in ihrem Kaufrausch begleitete, wurde zu ihrer besten Freundin. Pam seufzte und erstarrte, als Keiko sich bei ihr einhängte, beschloss dann aber, ihrer Missbilligung mit keinem Wort mehr Ausdruck zu verleihen – ein Schweigen, das völlig unbemerkt blieb.

*

Nachdem sie sich bei Takashimaya, dem schönsten und teuersten Kaufhaus Tokios, an verschiedenen Parfüms berauscht hatten – »so gut wie das Bon Marché!«, befand Keiko, die wusste, wovon sie sprach –, beschloss Keiko, ein anderes Viertel aufzusuchen und Pamela nach Shibuya mitzunehmen.

Die Einladung ähnelte eher einem Befehl als einem Vorschlag, doch Pam ergriff die Gelegenheit, ohne sich zu zieren, insgeheim entzückt von diesem neu zu erkundenden Ort. Vielleicht hing ja Thad in diesem Super-In-Viertel herum.

Unterhaltungstechnisch hatte Keiko nicht übertrieben. Gruppen von jungen Männern in Gangsterverkleidung mit schwarzen Brillen und langen, gebleichten Haaren taten, als ob sie das Kichern von Trauben junger Frauen in Puppenkostümen nicht hörten, die Rüschenkleider mit riesigen Satinschleifen trugen, Sonnenschirmchen in ihren Händen drehten und dreinsahen wie Comicfiguren. Pam erschrak beim Anblick dieser lebendigen Lolicon, der berühmten Kindfrauen, die die Fantasien der Japaner bevölkern. Der Auftritt dieser zu fünft oder zu sechst zusammengluckenden halb nackten Frauen mit ihren College-Röckchen, die kaum das Höschen bedeckten, hatte etwas Verblüffendes. Sie sahen aus wie Tausende Keikos. Die Schule war zu dieser späten Uhrzeit natürlich längst vorbei. Am linken Seine-Ufer hatte Pam öfter verführerische Lolitas gesehen, die mit ihrer Weiblichkeit spielten. Hier war anscheinend das Gegenteil das Ideal: Um verführerisch zu wirken, mussten Frauen aussehen wie zarte kleine Mädchen ohne Verantwortung, eine verletzliche Beute.

»Du musst sie verstehen«, sagte Keiko als Antwort auf Pams stumme Verblüffung. »Für die meisten von ihnen bleiben die Schuljahre die schönsten ihres Lebens. Sie haben keine Lust zu entdecken, was sie nach ihrem achtzehnten Lebensjahr erwartet. Noch zwei, drei Jahre, dann müssen sie ins Berufsleben eintreten, sich einen Ehemann suchen und werden … ganz grau! Einige wissen das schon, also ziehen sie abends nach der Arbeit ihre alte Schuluniform wieder an oder kaufen sich eine neue, ganz bunte, um das noch ein wenig zu verlängern.«

Es war das erste Mal, dass Keiko eine Meinung zu etwas anderem als einer Handtasche äußerte. Pam warf ihr einen überraschten Blick zu. Dachte sie an ihr Schicksal als privilegierte Pariserin? Plötzlich erlangte das unerträgliche und gelegentlich unverständliche Verhalten der jungen Frau eine andere Bedeutung. Pamela hatte Keikos Honne hinter ihrem Tatemae erblickt. Auch wenn sie nicht alles verstand, spürte sie doch undeutlich, dass ihre kleine japanische Seele dabei war aufzutauchen. In ihrem Kimono, den sie für traditionell hielt, hatte sie mit ihrer Umgebung verschmelzen wollen. Wieder gefehlt. Im Land der perversen Püppchen und kleinen Gauner fiel sie genauso auf wie in Melun: als Eindringling zwischen echten Japanern.

Allerdings beachtete anscheinend niemand die beiden jungen Mädchen, von denen eine aussah wie geradewegs einem Geschichtsbuch entsprungen. Nur die Älteren, vor allem Männer, traten respektvoll zur Seite, um sie vorbeizulassen, und ein paar Wagemutige folgten ihr mit Blicken voller Nostalgie für etwas, das sonst nicht mehr zu sehen war.

»Hier entlang«, befahl Keiko plötzlich und zog Pam zu einer Bronzefigur auf einem Platz, der schwarz war vor Menschen. Die Figur war … ein Hund.

»Darf ich dir Hachiko vorstellen, Pamela?«, fragte sie

feierlich, als wollte sie zwei Personen miteinander bekannt machen oder, besser, eine Person mit einem Hund.

Der echte Hachiko habe sein Herrchen, einen Musiklehrer, tagtäglich am Bahnhof erwartet, stets genau zu der Zeit, zu der der Zug einfuhr. Nach dem Tod seines Herrchens habe der untröstliche Hund diese Gewohnheit beibehalten und jeden Tag zur selben Stunde am selben Ort gewartet, zehn Jahre lang. Er wurde zum Maskottchen der Stadt, und als er selbst starb, wurde er ausgestopft und im Nationalmuseum der Naturwissenschaften ausgestellt, und die Bewohner des Viertels errichteten ihm dieses Denkmal. Es sei der beste Ort in Tokio, um sich mit jemandem zu verabreden oder auf jemanden zu warten … Mehr sagte Keiko nicht, aber Pam hatte die Botschaft verstanden und nahm sich vor, den Hund öfter zu besuchen. Es war sehr wahrscheinlich, dass Thad den Ort und seine Geschichte kannte.

Hätte sie selbst die Geduld, zehn Jahre zu warten?

»Lass uns was trinken gehen.« Keiko nahm sie an der Hand und zog sie weiter. Wie durch ein Wunder löste sich die dichte Menge auf. Sie gingen ein paar Hundert Meter und bogen nach links ab. Pam gab sich jede erdenkliche Mühe, sich den Weg zu merken, für alle Fälle.

»Hier ist es gut«, verkündete Keiko.

Verwundert warf Pam einen raschen Blick auf die Vorderfront des Gebäudes, das in jedem Detail genauso aussah wie Dutzende andere, an denen sie vorbeigekommen waren: getönte Scheiben, hinter denen man eine Holztheke mit Barhockern erahnte und ein paar niedrige Tische. Na gut, warum nicht dieses?, sagte sie sich schließlich.

Sobald sie saßen, holte Pam lange und tief Luft. »Keiko, ich möchte echte Geishas sehen, mit ihnen sprechen, ihnen beim Arbeiten zusehen, aber ich weiß nicht, wo ich sie finden soll. Ich kann nicht hier in Japan sein, ohne zu versuchen, sie zu treffen, ich muss es versuchen, verstehst du? Ich habe immer davon geträumt, so zu sein wie sie, zu leben wie sie. Ich möchte sie nur beobachten, zur Not aus der Ferne. Tokio ist so … anders, als ich es mir vorgestellt habe …« Und um einem Einwand zuvorzukommen, der Keiko niemals eingefallen wäre, rechtfertigte sie sich: »Ich bin mir fast sicher, dass Thad in der Vergangenheit welche getroffen hat. Vielleicht …« – sie senkte ein wenig die Stimme –, »vielleicht ist er dorthin zurückgekehrt. Das ist eine Spur, der ich nachgehen muss.«

»Die Geishas oder das, was von ihnen noch übrig ist, haben Tokio vor langer Zeit verlassen, sie leben in Kyoto, der ehemaligen Kaiserstadt, und warten darauf, endgültig auszusterben. Ehrlich, Pamela, was hat ein Mädchen wie du mit den Geishas gemeinsam? Außer natürlich, von reichen alten Japanern gefickt zu werden … Sieh dich an, du bist keine Geisha, Pamela, du wirst nie eine sein. Du bist nur … verkleidet, wie die Mädchen, denen wir vorhin begegnet sind.« Dann, nach einem kurzen Zögern, fügte sie hinzu: »Wie ich … Wir haben nur verschiedene Kostüme.«

Ein mit Cape und Narbe als Captain Harlock kostümierter Kellner näherte sich ihrem Tisch, und Keiko gab die Bestellung auf.

Fünftes Kapitel

das zu der Erkenntnis führt, dass man manchmal nur in den Zug steigen muss, um den Blickwinkel zu ändern

Zum dritten Mal in ihrem Leben blieb Pamela einfach im Bett. Sie wollte weder aufstehen noch sich waschen noch sonst irgendetwas. Sie fühlte sich hässlich, lächerlich, gefangen in diesem unnützen Körper, verloren in einem Japan, das zu überfüllt war, zu modern, zu verregnet. Seit ihrem Gespräch mit Keiko erkannte sie die Diskrepanz und fühlte sich als Hochstaplerin. Eine solche Erkenntnis möchte man nicht unbedingt machen, wenn man zehntausend Kilometer von zu Hause entfernt ist und die einzige Gesprächspartnerin eine hysterische, furchterregende Pornoschülerin ist, die mit zweifelhaften Höschen dealt. Nachdem Pamela die Künstlichkeit und das kreativ Ungefähre des linken Seine-Ufers hinter sich gelassen hatte, sprang ihr die japanische Wirklichkeit ins Gesicht, und sie sah ihre eigene Situation in aller Klarheit. »Keiko hat recht, ich habe nichts mit einer Geisha gemein«, sagte sie sich immer wieder, ohne entscheiden zu können, welche dieser beiden Behauptungen ihr mehr wehtat.

»Du solltest besser aufstehen, du hast Besuch«, warf Keiko ihr ohne Einleitung oder Gruß hin, als sie ihr Zimmer betrat. »Ich habe genug gemacht. Ich lass euch allein.«

Pam öffnete ein Auge, dann das andere und registrierte automatisch die Veränderungen in Keikos Aufmachung. Sie trug jetzt einen schlichten, eleganten Hosenanzug, und ihr mittels zahlloser Klammern und Spangen gebändigtes Haar sah fast frisiert aus. Außerdem fiel ihr die neue Handtasche aus schokoladebraunem Leder auf, die Pikachu-Version aus Plüsch hatte nicht lange durchgehalten.

»Mein Vater erwartet dich unten an der Rezeption. Beeil dich, es wäre schlecht, ihn warten zu lassen. Schließlich hast du es ihm zu verdanken, dass du hier bist.«

Aber Pam nahm sich alle Zeit der Welt. Sich zu pflegen ist noch besser, wenn man weiß, wie empfänglich der andere für diese Vorbereitungen ist, von denen er weiß, dass sie für ihn bestimmt sind. Sie wollte ihrem Danna Ehre machen. Sie tauchte ihre Puderquaste aus Schwanenfedern in eine schwarz lackierte runde Dose und ließ sie über ihren Körper wandern, um das perlmuttweiße Puder darauf zu verteilen, wobei sie dort, wo es nötig war, verweilte und auch anderswo. Diese flüchtige Zärtlichkeit erweckte ihre Sinne wieder zum Leben. Als sie vor ihrem Spiegel saß, fand sie mit unverminderter Freude die Handgriffe wieder, die sie gelernt hatte, um sich schön zu machen. Sie wählte einen recht schlichten, hübschen Tageskimono, dessen tiefgrüner Farbton ihr gut gefiel, zog weiße Söckchen über ihre winzigen Füße, schlüpfte in die auf dem Markt gekauften Okobos, warf einen letzten Blick in den Spiegel und lächelte ihrem Spiegelbild zärtlich zu, das ihr das gleiche Lächeln zurückwarf.

In dem großen Salon gleich neben der Rezeption erwartete sie Dr. Atsura in einem traditionellen Kimono unter der Reproduktion eines Hiroshige-Holzschnitts mit einem Herbstmond am Meeresstrand ohne das leiseste Zeichen von Ungeduld oder Ärger. Pam neigte leicht den Kopf und ging mit winzigen Schritten auf ihren Danna zu.

*

»Sag mir, zauberhafte kleine Geisha, wie findest du meine Heimat? Ich hoffe, du bist nicht allzu enttäuscht.«

Pam wollte ihm nicht wehtun oder sich als undankbar erweisen, aber sie konnte nicht lügen. Nichts war, wie sie es sich vorgestellt hatte, sie hatte etwas … Mittelalterlicheres erwartet, ein bisschen wie in *Shogun* … aber sie konnte ihm auch nicht gestehen, wie enttäuscht sie war. Also sagte sie nichts und begnügte sich damit, den Blick zu senken.

»Dieses Land verändert sich unaufhörlich, ich erkenne es selbst kaum wieder, wenn ich nur zwei Jahre weg war. Ich muss mich immer mehr anstrengen, um mich zu erinnern.«

»Woran erinnern?«

»An das, was vorher war. Die Erinnerung an das zu bewahren, was nicht mehr ist, ist erschöpfend, weil es eine ständige Anstrengung des Gedächtnisses erfordert.«

Pamela war ganz seiner Meinung. Obwohl sie es sich nicht eingestehen wollte, fiel es ihr immer schwerer, sich genau an Thads Züge zu erinnern.

»Sie wirken wehmütig, Atsura-san?«

»Das ist genau das passende Wort. Ich neige von Kindheit an zur Wehmut, doch trotz unseres langen Zusammenlebens bin ich stets überrascht, wenn sie sich zeigt. Aber ich langweile dich mit meinen Altmännergedanken. Hast du denn gefunden, was du gesucht hast?«

Pamela ließ sich Zeit mit der Antwort. Bis jetzt war es ihr gelungen, jede endgültige Schlussfolgerung zu vermeiden. Die Hoffnung fordert eine sorgsame Wortwahl, damit das Endgültige nicht zur Ursache des Misserfolgs wird. Doch konnte sie noch länger so tun, als ob? Sie war wochenlang ergebnislos durch Tokio geirrt. Sie würde Thad niemals finden, hier nicht, nirgends. Sie hätte nicht Hachitos Geduld.

»Lass uns Tee trinken«, sagte Dr. Atsura einfach und reichte ihr seine Hand.

Sie wusste, was hinter diesem Vorschlag steckte, und nahm ihn einschließlich des Ausgangs an. Dr. Atsura war ein feinfühliger, ausgesucht höflicher, geduldiger Mann. Wirklich sehr geduldig.

*

Instinktiv nahm ihr Körper die biegsame Haltung wieder an, fand zurück zu der Hingabe, die sich den Bewegungen des anderen anpasst und ihnen folgt, treu wie ein Schatten und ebenso leicht. Sex hat sein eigenes Tempo. Beider Rhythmen trafen sich in genau dem Punkt, wo die Spannungen zusammenfließen, die Schwingungen sich beschleunigen, der Atem weiter wird.

Sie begannen noch einmal neu, nahmen sich Zeit wie früher. Die erfahrenen Bewegungen Dr. Atsuras trugen sie weit fort, wirklich weit fort, tief in ihr Innerstes.

Sie fand die reine, unermessliche Lust, ohne Leidenschaft, doch mit Talent zu lieben, unversehrt wieder. Ihr Körper war eine wunderbare Mechanik mit allen Nuancen, Biegsamkeit und Präzision, die die unglaublichsten Dinge hervorrufen und empfinden konnte, wenn man sich nur ein wenig darauf verstand. Und Dr. Atsura war gewiss ein Meister auf diesem Gebiet.

Nachdem die Sinne befriedigt waren und ihr Körper

schwerelos in der riesigen Badewanne ruhte, die Füße dagegen entspannt auf den Schultern ihres alten Geliebten, fing sie endlich an zu reden. Mit halb geschlossenen Augen erzählte sie ihm, wie sie sich seit ihrer Ankunft an dem gestoßen hatte, was sie ihr Leben lang auf bemerkenswerte Weise zu vermeiden gewusst hatte: der Wirklichkeit.

Der Gipfel der Ironie war, dass dieser Zusammenstoß hier stattfinden musste, in Japan, ihrem Märchenland. Sie senkte den Blick zu ihren Zehenspitzen auf der Suche nach dem Mut, der ihr fehlte, und wagte es schließlich: Sie träume nun davon, nach Kyoto zu gehen, wo die echten Geishas lebten. Er allein könne das verstehen, er, der ihre Fähigkeit zur Anmut entdeckt hatte, der sie in so köstlicher Weise in die Liebe eingeführt hatte, der sie Geisha nannte und ihr soeben nach allen Regeln der Kunst die Ehre erwiesen hatte. Noch während sie sprach, kam Dr. Atsura, der sanft an ihrem rot lackierten großen Zeh knabberte, eine Idee.

*

Im Shinkansen, dem Schnellzug auf der Tokaida-Linie zwischen Tokio und Kyoto, betrachtete Pamela die vorbeifliegende Landschaft. Sie hatte befürchtet, von dem weiß behandschuhten Polizisten, der sie in den Waggon schubste, wie sie es in einer Fernsehreportage gesehen hatte, in einen überfüllten Zug befördert zu werden, doch der Shinkansen war in Wirklichkeit ein geräumiger, bequemer und wirklich sehr schneller Zug. Neben ihr schlief Dr. Atsura mit halb geschlossenen Lidern, den Kopf leicht zu ihrer Schulter geneigt. Ein sanftes Schnarchen entwich seiner Kehle, er atmete Ruhe und Gelassenheit. Pam beobachtete ihn mit unendlicher Zärtlichkeit aus dem Augenwinkel, aus Angst, ihn in seinem Schlaf zu stören, wagte sie es nicht, sich zu rühren. Nach zwei Stunden vierzig Minuten kamen sie im Bahnhof von Kyoto an, einem Gebäude aus Glas und Metall mit riesigen Rolltreppen, auf denen man das Gefühl hatte, zwischen Himmel und Erde zu schweben. Die Schönheit und Harmonie des Ortes verschlugen ihr den Atem.

Draußen, vor dem Bahnhof, ein ganz anderes Bild: Die Gebäude waren viel niedriger als in Tokio; die ehemalige Kaiserstadt mit ihren Tempeln und Pagoden allerorten ähnelte sehr viel mehr ihrem Bild von Japan. Pam spürte Erregung in sich aufsteigen, ihr Mut kehrte zurück. Zum ersten Mal seit ihrer Ankunft ließ sie sich führen, ohne nach dem Ziel zu fragen, voller Vertrauen in den Weg, den Dr. Atsura gewählt hatte. »Ich bringe dich nach Hanamachi, ins Geiko-Viertel, so nennt man die Geishas von Kyoto.«

Als sie ins Taxi stiegen, erklärte Dr. Atsura, dass dieses Viertel in fünf Distrikte aufgeteilt war, von denen jeder ungefähr vierzig Okiya beherbergte, Teehäuser, in denen die Geiko arbeiteten. Von der Ishibe-Koji-Allee an, nicht weit entfernt vom berühmten Gion-Viertel der Geishas aus ihrem Buch, gingen sie zu Fuß weiter. Jeder Distrikt des Viertels war mittels einer Zeichnung dargestellt, Dr. Atsura überließ ihr die Wahl, und Pam entschied sich für Miyagawa-cho, das von drei ineinander verschlungenen Ringen symbolisiert wurde. Dieses Zeichen war fast überall zu finden, an den Mauern, den Auslagen der Geschäfte, den Straßenlampen und Laternen, sodass man sich in der Stadt zurechtfinden konnte, obwohl die Straßen weder Namen noch Nummern trugen. Jedes Mal, wenn sie die drei Ringe sah, klatschte sie, glücklich wie ein Kind, das im echten Leben auf Schnitzeljagd ging.

Selbstverständlich war Gion mit seinem dichten Verkehr und den Werbeplakaten an den Wänden ganz anders als in dem Film *Die Geisha*. Schon wieder hatten die Filmstudios sie betrogen! Pamela strich im Geiste die Orte von ihrer persönlichen Landkarte, die sie bei Strafe der Enttäuschung nie besuchen dürfte: Atlanta, die *Titanic*, die Madison Road und die meisten Farmen in Afrika. Atsura amüsierte sich über ihre Reaktion.

»Veränderung gehört zum Leben, und auch wenn wir die Dinge, geschützt vor dem äußeren Tumult, lange Zeit auf identische Weise wiederholt haben, so konnten wir doch der Moderne nicht widerstehen, sobald unser Land sich dem Rest der Welt geöffnet hatte. Obwohl diese Öffnung im Verhältnis zu unserer Geschichte noch nicht sehr lange zurückliegt, haben die Umwälzungen, die daraus folgten, unsere Art zu sein, die Dinge zu sehen und unsere Häuser zu bauen beträchtlich verändert! Doch sei versichert, der Mujo, dieses typisch japanische Gefühl der Unbeständigkeit, der Instabilität aller Dinge, gestattet es uns, durch diese Veränderungen zu gehen und sie als Möglichkeiten der Wiedergeburt zu erleben.«

Angesichts von Pams zweifelnd verzogenem Schmollmund zerrte Dr. Atsura sie in den Higashiyama-dori, einen verwinkelten Durchgang, der einem Feldweg glich und nirgends hinzuführen schien. Diese unerwartete kleine Gasse verband eine Folge von Häusern in beispielhafter traditioneller Holzarchitektur. Hinter einer Biegung erblickten sie zwei junge Geisha-Schülerinnen. Pam blieb abrupt stehen.

Nach stundenlangen Studien in ihren Pausen des »Yakitori« erkannte sie sie sofort an den äußeren Anzeichen der Maiko: dem Karage, einem sehr einfachen Kimono, dem zur Schleppe geknoteten Obi, der bis zu den Schulterblättern reichte, den rosafarbenen Bändern ihrer Holzschuhe, die diskret ihren Status andeuteten, und der Frisur mit den zwei gleich großen Knoten. Sie gingen mit graziösen kleinen Schritten und blieben gern und ohne das geringste Anzeichen von Ärger stehen, um sich von Passanten oder japanischen Touristen fotografieren zu lassen.

Ohne nachzudenken, folgte sie ihnen mit Dr. Atsura auf den Fersen. Die Maiko gingen in alle Teehäuser ringsum. Manchmal öffneten sie nur die Tür, ohne einzutreten, manchmal hielten sie sich fast zehn Minuten dort auf. Es gab viele Ochaya aller Arten und Stile, die Besuche wollten nicht enden.

Pam war wie in Trance, sie versuchte, ihnen so diskret wie möglich zu folgen, um nicht entdeckt zu werden. Sie verglich ihre Kleidung mit ihrer eigenen, beobachtete ihre besondere Art zu trippeln. Sie fühlte sich auf einmal fehl am Platz, fast grotesk in ihrer Aufmachung. Angesichts der beiden Maiko empfand sie sich als Hochstaplerin, viel stärker noch als in Tokio, wie ein Schatten, der sich an der Wirklichkeit seines Vorbilds stößt.

Am Spätnachmittag kehrten die beiden Mädchen in das zurück, was wohl ihr Okiya war, das Geisha-Haus, zu dem sie gehörten.

Pam wollte auf sie warten, doch Dr. Atsura brachte sie davon ab. »Wir kommen wieder«, versprach er. Er führte sie ins Ryokan Motonago, das an einem gepflasterten Weg in Nene-no-Michi am Fuß des Kodaiji-Tempels im Higashiyama-Viertel mitten in Gion lag. Der von gelackten Dachziegeln bedeckte Eingang wurde von Laternen erhellt. Das helle, weiträumige Zimmer, in das man sie eintreten ließ, öffnete sich zu einem von Bambus umzäunten Innengarten. Die grauen und weißen Kiesel waren so angeordnet, dass sie erlesene Muster bildeten. Am Ende des winzigen Gartens befand sich ein Springbrunnen, der über bemooste Steine sprudelte bis zu einem kleinen Becken, auf dessen Oberfläche drei Seerosen blühten. Pamela meinte angesichts solcher Feinheit und Perfektion in Ohnmacht zu fallen: Jedes Element war genau dort, wo es sein sollte. »Ein Platz für jedes Ding und jedes Ding an seinem Platz«, hatte Sol ihr immer wieder vorgesagt, doch bis zu diesem Moment hatte Pam noch nie daran gedacht, dass dieser Refrain sich als so richtig erweisen könnte.

Zum ersten Mal seit Wochen vergaß sie, an Thad und die Möglichkeiten zu denken, ihn wiederzufinden. Als sie neben Dr. Atsura auf den Futon glitt, spürte sie ein ganz neues Gefühl: das Gefühl, genau da zu sein, wo sie immer hatte sein wollen.

Sechstes Kapitel

in dem sich die Ausbildung zur Geisha in Kyoto als sehr viel komplexer erweist als am linken Seine-Ufer

Pamela saß noch immer im Vorraum der Okiya Oren, eine dampfende Schale Tee vor sich auf dem Boden, und wartete brav darauf, dass jemand kam. Sie hatte erst einen dunklen Raum durchquert, der mit verkohltem Holz getäfelt war, eine Art Schleuse zur Außenwelt. Auf dem Boden ein Holzeimer mit Wasser. Dr. Atsura hatte ihr eingeschärft, sich die Hände zu waschen, bevor sie den zweiten, kleineren Raum beträte, der mit hellem Holz vertäfelt war und trotz des Lavabodens in Sonnenlicht badete. Wie hebt man eine Schale aus feinstem Porzellan so an den Mund, dass man sich nicht die Finger verbrennt?, fragte sie sich.

Dr. Atsura hatte sie der Betrachtung des Gartens überlassen und war hinter einer Schiebewand verschwunden, um sich mit der Hausherrin – einer gewissen Frau Kuniko – zu unterhalten, die sich rühmte, ihre Lehrzeit unter Mineko Iwasaki begonnen zu haben, einer der berühmtesten Geishas der Siebzigerjahre. Pamela spitzte die Ohren, um ein paar Brocken zu erhaschen, die ihr Aufschluss darüber geben könnten, wie weit das Gespräch gediehen war.

Sie hörte, wie Tee eingeschenkt wurde, das Aneinanderstoßen von Schalen, das Schlürfen des Tees. Das war doch nicht möglich, dass man sich so geräuschvoll eine Flüssigkeit einverleibte! Der Nachmittag war bereits weit fortgeschritten, als Dr. Atsura endlich wieder zu ihr zurückkam, ihm voran eine alte Japanerin mit steifem Gang, die nicht sehr umgänglich aussah. Eine ehrwürdige Autorität mit vielen Falten.

»Meine liebe Pamela, ich möchte dir Frau Kuniko vorstellen, eine ausgezeichnete Freundin, die dieses bemerkenswerte Etablissement leitet. Bitte verbeuge dich.«

Pamela vollführte eine Bewegung, die sie für ihre allerschönste Verbeugung hielt, und faltete sich zusammen, wie sie es schon bei anderen gesehen hatte. Die alte Dame betrachtete sie betrübt.

»Bonjouuuuur, Mademoisssselle.«

Frau Kuniko war früher bei den Schwestern der heiligen Maria von Nagasaki zur Schule gegangen und hatte in einer Ecke ihres Gedächtnisses ein paar Brocken Französisch gespeichert.

»Ich habe dein Schulgeld für die nächsten Monate bezahlt«, verkündete Dr. Atsura. »Du kannst in der Okiya bleiben, solange es dir gefällt, und Tanz-, Gesangs- und Musikunterricht nehmen, genau wie die Maiko. Ich komme im Juli wieder, um dich zum Gion-Fest tanzen zu sehen, und Keiko wird dir deine Sachen schicken, allerdings glaube ich kaum, dass du sie hier brauchst.«

Er verabschiedete sich herzlich von Frau Kuniko, umarmte Pamela und flüsterte ihr ein paar freundliche Worte ins Ohr wie: »Es wird dir hier gefallen, ich habe alles Nötige veranlasst, sei tapfer und bleib du selbst«, und noch einiges andere, das Pam, ganz ergriffen vor Rührung, nicht behielt.

Ihr war klar, dass sie nunmehr auf all den jahrelang geduldig angesammelten Klimbim verzichten müsste, mit dessen Hilfe sie die Realität auf Abstand gehalten hatte.

Ob sie wieder bei null anfangen müsste? Das Fenster aufmachen und alles hinauswerfen? Natürlich nur symbolisch, denn Pam war völlig unfähig dazu, irgendetwas wegzuwerfen, zu zerstören oder zu beschädigen. Trotzdem, hier und jetzt konnte, musste alles neu beginnen.

Nachdem ihr Danna fort war, forderte ein junges, trampeliges Mädchen sie auf, ihr zu folgen, und brachte sie in das neue Zimmer ihres neuen Lebens.

Sie schloss nacheinander die dünnen Papierwände, dann die Schiebetüren und ließ Pamela wieder einmal allein und in Panik zurück. Ein Futon auf dem Boden, eine Truhe als einziges Möbelstück und eine Lampe aus Metall, das war alles. Der Gegensatz zu den Genüssen des Ryokan Motonago war hart. Ihre Lehrzeit begann mit Verzicht, was nicht der einfachste Schritt für den Anfang ist. Pams Japanreise nahm eine neue Wendung.

*

Die Ausbildung begann mit Tanz und Musik, sofern man die schrillen Töne, die das dreisaitige Instrument namens Shamisen von sich gab, als Musik bezeichnen wollte. Pam nahm auch Flötenunterricht, der sie an die Schule erinnerte, und machte sich mit der Verwendung der verschiedenen traditionellen Trommeln vertraut. Ihr Danna hatte wohl einen anständigen Preis bezahlt, denn sie wurde mit Achtung behandelt, obwohl ihre Anwesenheit in der Okiya Oren nicht unkommentiert blieb. Sie bemerkte die erstaunten, gelegentlich schockierten, aber stets distanzierten Blicke und erkannte die Befangenheit, die sie hervorrief, ohne zu wissen, was sie dagegen tun könnte.

Wenn ihr Unterricht beendet war, streifte Pam durch

die Straßen des alten Kyoto. Es gab viele kleine Läden rund um die Okiya, eine Seltenheit, die dieses Viertel wie aus der Zeit gefallen wirken ließ. An jeder Straßenecke entdeckte Pam zahlreiche Geschäfte, die sich auf ganz unterschiedliche Bereiche spezialisiert hatten. Gleich links, wenn man aus dem Haus kam, wurden ausschließlich Handtücher verkauft; ein anderer Laden bot Ventilatoren an, wieder andere Lampions, Fächer, Batterien oder Toaster. Es gab auch fliegende Stände, die abends in den Straßen aufgebaut wurden und auch jeweils eigene Spezialitäten anboten: Tempura, Ramen, Süßkartoffeln, Omelette, Spieße mit Rind, Hühnchen oder Schwein. Andere boten Obst in allen möglichen Varianten feil: ganz, geviertelt, als Salat, Saft, Sorbet. Wasabi, Zitronengras, Ingwer, Koriander … überall stiegen köstliche Düfte aus den Straßenküchen auf und vermischten sich zu noch weitaus aromatischeren Gerüchen. Die Leute bildeten höflich eine Schlange. Einige verstauten ihren Schatz in Bentos, um ihn anschließend zu Hause zu genießen; die meisten verzehrten ihr Gericht im Stehen; wer Glück hatte, konnte auf winzigen Plastikhockern auf dem Bürgersteig Platz nehmen. Wenn ihre Zeit es erlaubte, folgte Pam dem Weg der Philosophen am Shishigatani-Kanal, das war ihr Lieblingsspaziergang. Eine Seite des Kanals wurde von einer perfekten Reihe zauberhafter traditioneller Häuser mit Lehmwänden und bunten Dachziegeln in allen Blau- oder Grüntönen inmitten von Kirschbäumen überragt. Die Erkundung Kyotos weckte eine ständige Begeisterung in der ehemaligen Serviererin des Yakitori. Um dem Himmel für sein Geschenk zu danken, hatte sie sich kleine Gebete für die Kami ausgedacht, die Bäume, die Seen, die Karpfen und die Bonsai, die sie als großzügig und tolerant kannte.

Um ihr die Ausbildung zu erleichtern, hatte Frau Kuniko, die von allen Mutter oder Oka-san genannt wurde, ihr eine Art Mentorin aufgehalst, die aus einem rätselhaften Grund perfekt Französisch sprach. Sie hieß Mitsouko, nach einem französischen Parfüm, das ihre Mutter liebte. Die hatte fest mit einem Jungen gerechnet, den sie gern Napoleon genannt hätte. Der Zufall macht seine Sache manchmal recht gut, das Mädchen war jedenfalls so schwer und kräftig wie ein Junge, frech und lebendig wie ein Aal und verboten schön.

»Du musst mit dem Studium der Teezeremonie beginnen«, hatte Mitsouko ihr ohne Umschweife erklärt. »Normalerweise zahlen die Schülerinnen sehr viel Geld dafür, einmal pro Woche diesen Unterricht zu besuchen, nur *du*« – das Wort betonte sie stark –, »du musst dich um nichts kümmern.« Und dann: »Unglaublich, dass du bei deiner mangelnden Erfahrung schon einen Danna hast ... Ich kann mir vorstellen, dass Expats das nicht so eng sehen. Diese traditionelle Kunst bedeutet zwar nichts anderes, als eine Tasse Tee zuzubereiten und zu servieren, aber die Teezeremonie ist eine Praxis der Verwandlung, die jahrelanges Training und Erfahrung verlangt. Deshalb beginnt man besser jung damit. Einst fing unsere Ausbildung am sechsten Tag des sechsten Monats im sechsten Jahr an.« Sie machte eine Pause: »In deinem Fall ist das völlig danebengegangen.«

»Ich habe schon in Paris gelernt«, wagte Pamela einzuwerfen und fing an, die Lektion von Masako aufzusagen: »Ich weiß, dass diese Zeremonie, die Chanoyu genannt wird, im 12. Jahrhundert in Japan entstand, was mit der Einführung von Matcha, einer neuen Art von grünem Tee in Pulverform, verknüpft ist, und dass sie anfangs für religiöse Rituale in buddhistischen Klöstern verwendet und geregelt wurde. Erst ein Jahrhundert später fingen die Samurai an, ebenfalls Matcha zuzubereiten und zu trinken, um sich wach zu halten.«

»Natürlich« – Mitsouko wollte sich ihre Verwunderung nicht anmerken lassen –, »auch wenn du glaubst, etwas zu wissen, dann sag dir, dass du ab jetzt nichts weißt. Begnüg dich damit, schweigend die Senpai zu beobachten, die am weitesten fortgeschrittenen Schülerinnen. Später, wenn du begabt bist, darfst du sie vielleicht bedienen. Ich hole dich nach dem Unterricht ab.«

Pamela tat, was Mitsouko ihr befohlen hatte. Sie beobachtete, was um sie her geschah, bis sie nicht mehr schauen konnte. Das Erste, was ihr beigebracht wurde, war das korrekte Öffnen und Schließen der Schiebetüren. Anfangs hielt sie das für einen Witz – *wer muss denn studieren, wie man Schiebetüren öffnet?* –, aber dabei lernte sie ganz ernsthaft, ohne es zu merken, Demut, neben Harmonie, Respekt, Reinheit und Ruhe eine der Säulen des Sado, der spirituellen Annäherung an die Teezeremonie. Hier hatten alle den Status von Anfängerinnen, selbst die erprobten Geishas. Eine Tür öffnen zu lernen war nichts Ehrenrühriges, im Gegenteil! Später wurde ihr gezeigt, wie man korrekt über den Tatami läuft und wie man das Teezimmer betritt und verlässt. Pam hätte weinen mögen. Bei diesem Tempo hatte sie nicht die geringste Chance, Zeremonienmeisterin zu werden … bevor zwanzig Jahre vergangen waren! Endlich zeigte der Lehrer, der es bis dahin nicht für nötig gehalten hatte, ihr auch nur einen einzigen Blick zu gönnen, ihr persönlich, ja, genau ihr und keiner anderen, wie man grüßt, wie man das Material wäscht, aufräumt und pflegt. Pam hätte es nie für möglich gehalten, dass sie einmal so stolz darauf sein könnte, auserkoren zu sein, eine Tür zu öffnen, zu grüßen und sich zu setzen. Im Laufe der Wochen lernte sie sogar, sich über ihre ausbleibenden Fortschritte zu freuen, als hätte das Leben in der Okiya sie unerreichbar gemacht und ihr die Möglichkeit eröffnet, in ihrer Selbsterkenntnis voranzukommen. Welche andere berufliche Ausrichtung konnte beim Spülen ein solches Gefühl der Erfüllung gewähren?

Japanisch zu lernen liebte Pamela weit mehr als alles andere. Obwohl es Frau Kuniko ein Anliegen war, sie jeden Morgen mit einem volltönenden »Bonjouuuuuur« statt des traditionellen »Irasshaimase« zu begrüßen.

Jeder Ton dieser Sprache erschien ihr wie eine Zauberformel, eine Beschwörung, ein Gebet. Und wenn sie laut in ihrem Wörterbuch las, vertrieben die Worte alle Anspannung und alle Ungewissheit aus ihrem Geist. Mitsouko blieb ihr weiterhin ein Rätsel. Distanziert, fast unfreundlich, gebrauchte sie manchmal Ausdrücke, die Pamela recht gewagt fand, entpuppte sich aber trotzdem als ausgezeichnete Onee-san, als »große Schwester«, die ihr täglich gut zwanzig neue Wörter beibrachte und ihre Aussprache korrigierte. Vor allem hatte sie Pam zwei Ausdrücke zum Geschenk gemacht, die es ihr gestatten würden, ohne Ausrutscher ihren Platz einzunehmen: »so desuka«, was so viel hieß wie »ach ja«, und »so desune«: »gewiss«.

»Wenn dir jemand gegenübersteht, der älter ist als du, ich zum Beispiel, musst du höfliche Bewunderung und Bescheidenheit zeigen«, hatte Mitsouko sie vorgewarnt.

»Wie mache ich das?«

»Nichts einfacher als das. Du hörst aufmerksam und in respektvollem Schweigen zu. Du musst Interesse zeigen, ohne mich zu unterbrechen. Deine Neugier soll echt sein, aber nie unangemessen.«

Pamela erkannte recht schnell, dass sie ganze Nachmittage mit diesen beiden Antworten verbringen konnte. Sie ließ Frau Kuniko reden, ohne sie zu unterbrechen, und beschränkte sich darauf, deren Rede mit dem einen oder anderen der beiden Ausdrücke zu begleiten. Das klappte jedes Mal!

Siebtes Kapitel

Wenn der Wert auch nicht nach der Zahl der Jahre fragt,
kann die Lehrzeit doch ein ganzes Leben dauern.
Was lang werden könnte.

Pamela begegnete täglich Dingen, die sie nicht verstand. Die vielen Begrüßungsformeln gehorchten noch strengeren Regeln. Trotz aller Bemühungen fiel es ihr schwer, eine Oka-san – die Eigentümerin eines Teehauses –, die man mit »Mutter« anzureden hatte, auch wenn sie sehr jung war, von einer Geiko zu unterscheiden, die man als »große Schwester« anzusprechen hatte, selbst wenn sie sehr alt war. Auf den kleinsten Fehler hin hagelte es Kritik von den Senpai, wie ältere Schülerinnen allgemein bezeichnet wurden, unabhängig davon, ob es sich um Maiko, Geiko oder ganz einfach externe Schülerinnen handelte, die da waren, um sich in den traditionellen Künsten zu vervollkommnen. Die Regeln der Okiya waren völlig anders als alles, was Pamela erfahren, gelesen oder sich vorgestellt hatte.

»Frau Kuniko verlangt von uns in der Okiya vollkommene Transparenz«, begann Mitsouko sanft. »Keine kleinen Geheimnisse, alles muss absolut öffentlich sein. So wissen zum Beispiel alle, dass Mutter seit fünf Jahren eine Polizistin liebt.«

»Ich verstehe«, brachte Pam hervor und versuchte, gleichgültig zu wirken.

»Tu doch nicht so, als hättest du schon alles gesehen!

Sag mir nicht, du wunderst dich nicht darüber, dass Mutter Frauen vorzieht?«

»Das geht nur sie etwas an. Aber es stimmt, ich wäre nie auf die Idee gekommen, dass eine Geisha keine Männer lieben könnte.«

»Du hörst nicht zu, was ich sage. Natürlich liebt Mutter Männer, ich habe nur gesagt, dass sie Frauen vorzieht. Das ist nicht dasselbe. Außerdem, wenn du ihre Offiziersfreundin mal siehst, könntest du denken, dass sie ein Mann ist«, gluckste Mitsouko. »Was extrem komisch ist, vor allem wenn man bedenkt, dass die ersten Geishas … Männer waren!«

»Das glaube ich dir nicht.«

»Doch, sicher. Sie waren dazu da, den Fürsten Gesellschaft zu leisten, sie zu unterhalten und manchmal zu beraten, wie eure Narren an den europäischen Höfen. Dann gab es Männer und Frauen, dann verging wieder einige Zeit, und angesichts der Art von Unterhaltung, die sich da entwickelte, gab es dann nur noch Frauen. Okay, Ende der Geschichtsstunde. Morgen begleite ich dich zu deinem Unterricht, um dir selbst zu zeigen, wie du dich während der Teezeremonie einem Gast gegenüber verhältst, wie du die Schalen hältst, trinkst und die Süßigkeiten isst, die nur zu dieser Gelegenheit serviert werden, wie du das Papier richtig gebrauchst und das Teepulver vorbereitest, dosierst und richtig schlägst. Anschließend wirst du mich zum Obon Temae begleiten, einer sehr einfachen Nachmittagszeremonie … Sagen wir nächste Woche!«

Pam verkrampfte sich. Wochenlang hatte sie sich dem Studium der Kunst des Spülens verschrieben, und plötzlich war sie aufgefordert, einer echten Zeremonie beizuwohnen, und das schon in … einer Woche! Also quasi morgen.

Sie klammerte sich im Geiste an das, was ihr Masako im Salon ihrer schönen Pariser Wohnung beigebracht hatte: »Das Wichtigste ist, jede Geste so perfekt, so höflich, so anmutig und so charmant wie möglich auszuführen.«

»Gebt, dass ich dem gewachsen bin.« Pamela ertappte sich dabei, die Kami des Tees, des Wassers, des Teekessels, der Ahnen und all derjenigen anzurufen, die ihr möglicherweise zu Hilfe eilen könnten.

*

War es Befangenheit, übertriebene Nervosität, Angst zu enttäuschen? Jedenfalls gelang es Pam, alles verkehrt zu machen. Es war ein Desaster. Sie hatte das Pulver schlecht dosiert und keine angemessen sämige Konsistenz hinbekommen. Schlimmer noch, während sie wie besessen auf den scheußlichen Matsch einpeitschte, schaffte sie es, mindestens zwei der Gäste zu bespritzen. Niemand konnte die Schande einer solchen Niederlage überleben. Und doch hatten die Männer trotz ihres Ungeschicks nur Augen für sie. Als sie, die Arme von dem schweren Tablett mit den Süßigkeiten beladen, auf sie zukam, hielten sie den Atem an, wie es zuvor schon die Typen von der Post im Yakitori in Melun getan hatten. Sie besaß von Natur aus eine Gabe, die keine Schule der Welt lehren kann: Feinfühligkeit. Das war es, was Dr. Atsura erkannt und benannt hatte, das war es, was Thad erschüttert hatte und Mitsouko verwirrte. So war sie, ganz und aufrichtig in allem, was sie tat, sofern sie die Geste, das Handeln für richtig hielt. Und es war egal, ob sie Fehler beging, sich lächerlich machte oder sich ungeschickt zeigte – was zählte, war allein die Absicht.

Um ihr Scheitern zu feiern – in diesem Teil der Welt

lernt man mehr aus dem Scheitern als aus dem Erfolg –, schleppte Mitsouko sie nach draußen, um ein Glas zu trinken und »sich besser kennenzulernen«. Pamela wusste nicht, wie sie sich in dieser Situation verhalten sollte. War Mitsouko außerhalb der Okiya weiter ihre große Schwester? Galten die zahlreichen Regeln, die ihre Beziehungen bestimmten, auch außer Haus? Besser, sie schwieg und beobachtete. Eine Lektion, die sie gut gelernt hatte und die sich stets bezahlt machte. Doch woher sollte sie wissen, dass das, was nie ausgesprochen werden darf, in der Bar unter Alkoholeinfluss enthüllt werden kann? Dass ein Bier zu öffnen als Startschuss gilt, als greifbare Erlaubnis, die Regeln zu ändern, die Überzeugungen, die Persönlichkeit?

»Jetzt kannst du mir jede Frage stellen, und ich werde auf alles antworten.«

»Lieber nicht.«

»Zwing dich.«

»Gut. Warum trinkst du so viel?«

»Gute Frage«, sagte Mitsouko und schenkte sich noch ein Bier ein. »Das liegt in der Familie!«

»Trinken deine Eltern?«

»Tranken. Sie sind tot. Mein Vater, meine Mutter und auch Juri, mein großer Bruder.«

»War er krank?«

»Er hat sich umgebracht.«

Pam spürte ein Unwohlsein in sich aufsteigen. Dieses kleine Wahrheitsspiel nahm eine unangenehme Wendung, und Mitsouko trank immer mehr, wobei sich sowohl ihr Gesichtsausdruck als auch ihre Hautfarbe veränderten. Je mehr sie trank, desto mehr enthüllte sie natürlich, und um ihren Mitteilungsdrang zu stillen … trank sie noch mehr. Der Rausch bietet in Japan die Gelegenheit, Gefühle, Groll,

Tollheiten auszubreiten, denn in diesem Land ist Lächerlichkeit keine Schande. Pam wusste nicht, wie sie dieser aufgezwungenen Vertraulichkeit entgehen sollte, ohne unhöflich oder gefühllos zu wirken.

Sollte sie die schicksalhafte Frage nach dem »wie« stellen, die unausweichlich zum »warum« führen würde, oder sollte sie schweigen? Was war die richtige Haltung?

Sie musste nicht lange nachdenken. In ihre Erinnerungen versunken, nahm Mitsouko ihre Beichte von selbst wieder auf.

»Ich war elf Jahre alt. Juri war über die Feiertage nach Hause gekommen. Er war im fünften Jahr seines Medizinstudiums, eine große Zukunft lag vor ihm. Er war der Stolz der Familie, und sein baldiger Erfolg würde auf uns zurückfallen. Er hieß nicht zufällig Juri: Er war unser persönlicher Gagarin. Damit hast du eine Vorstellung davon, wie hoch über unseren Köpfen unsere Eltern die Messlatte gelegt hatten. Leider fiel Juri am Ende des Jahres durch die Prüfung. Meine Eltern waren am Boden zerstört, vor allem meine Mutter, die ihm vorwarf, sich der Opfer, die meine Eltern gebracht hatten, um ihn studieren zu lassen, nicht würdig erwiesen zu haben. Ich erinnere mich noch gut an die grauenhafte Stimmung. Mein Bruder ging nach oben und schloss sich in seinem Zimmer ein, mein Vater ging raus, um zu trinken, und meine Mutter ist in das Sake-Fass gefallen.«

»Und du?«, fragte Pam.

»Ich? Ich habe am nächsten Morgen die Tür zum Zimmer meines Bruders geöffnet und ihn gefunden … den Kopf in einer Plastiktüte. Tot.«

»Also hast du …«

»Das hab ich doch grade gesagt, oder?«

Mitsouko trank ihr Glas in einem Zug aus und bestellte sogleich ein neues für sich und ein zweites für Pamela.

»Nein danke, für mich nicht mehr.«

»Du trinkst mit mir, keine Diskussion. Wenn es etwas gibt, was das Leben mich gelehrt hat, dann, dass jeder sich von Zeit zu Zeit einmal betrinken muss.«

»Deine Eltern müssen untröstlich gewesen sein.«

»Ja, aber jeder für sich. Mama hatte einen Herzinfarkt. Klar, dass ihr Herz das nicht ausgehalten hat. Mein Vater ist fortgegangen, nachdem er mich in der Okiya Oren untergebracht hatte. Er war ein treuer Kunde und kannte Frau Kuniko gut. Dann habe ich nichts mehr von ihm gehört. Vor fünf Jahren kamen Polizisten in die Okiya – bei dieser Gelegenheit hat Mutter übrigens ihre Freundin kennengelernt –, um mir zu sagen, dass mein Vater sich vor den Shinkansen geworfen hat und ich die Kosten tragen muss, die er durch seinen Selbstmord verursacht hat. Damit war ich Waise und hoch verschuldet.«

Sie war jetzt bei ihrem sechsten Glas und total betrunken. Der Wirt sagte leise zu ihnen, dass es allmählich Zeit für sie sei, die Rechnung zu begleichen und dann bitte zu gehen.

Pamela warf ein paar Scheine auf die Theke und legte Mitsouko den Arm um die Schulter. Diese pöbelte gegen die ganze Welt und beruhigte sich erst, als sie im Taxi saßen. Pam zeigte dem Chauffeur die Visitenkarte der Okiya Oren, während Mitsouko, an die Tür gelehnt, zu schluchzen anfing. Pam kannte diesen Schmerz, der aus dem tiefsten Inneren aufsteigt, nur zu gut. Sie begnügte sich damit, zu beobachten, wie ihre Gefährtin, die sie so wenig kannte, unter dem Gewicht eines jahrelang angestauten Schmerzes zusammenbrach.

Sie versuchte, ihr die Stufen hinaufzuhelfen und sie bis zu ihrem Bett zu begleiten, doch Mitsouko riss sich los und ging (fast) geradewegs auf ihr Zimmer.

Nach dieser ersten katastrophalen Zeremonie und einem Abend, der im Melodrama geendet hatte, schlief Pam mit der festen Überzeugung ein, dass sie aus der Okiya verwiesen würde, und erwachte am nächsten Morgen mit derselben Gewissheit.

Das Erste, was sie sah, als sie den Speisesaal betrat, war eine große Tasche an ihrem Platz, auf der in Japanisch ihr Name stand. Darin, sorgfältig gefaltet, ein leuchtender, im Rücken ausgeschnittener Seidenkimono, den sie sogleich als Obebe erkannte, den Schülerinnen zu offiziellen Abendveranstaltungen tragen.

Sie lief in ihr Zimmer, um sich umzukleiden.

Einen Seidenkimono überstreifen, die Berührung genießen, die leuchtenden Farben, ein Gemisch aus Rosa und Rot, die Blütenmotive, sich Kämme und vergoldeten Schmuck in die Haare stecken, die Füße sanft in lackierte Okobos gleiten lassen, sich im Spiegel betrachten und … Fast hätte sie vor Überraschung aufgeschrien, als sie die strahlende Schönheit erblickte, die sie war. Unfähig, ihren Obi alleine zur Schärpe zu binden, deren Knoten bis zur Mitte der Schulterblätter reichte, machte sie schnell vorn eine Schleife. Kleider senden Botschaften, und diese hier war sehr klar: Endlich gehörte sie zum Haus Oren. Stolz wie ein Pfau schritt sie in den Speisesaal, wo sie von betretenem Schweigen empfangen wurde. Mitsouko sprang wutentbrannt auf und verließ, ohne ein Wort zu sagen, den Raum. Pam spürte den salzigen Geschmack aufsteigender Tränen in ihrer Kehle. Eine junge Schülerin deutete diskret auf ihren Obi. Vor dem Bauch verknotet, wie Pam ihn trug, verweist er auf eine Prostituierte, die sich mehrmals pro Tag allein an- und auskleiden können muss. In der Okiya war diese Art von Fehler untragbar.

Achtes Kapitel

in dem man sich daran erinnert, dass Sue Ellen trinkt, um den gemeinen J. R. zu vergessen, und dass Pamela keinen Alkohol verträgt

Je weiter Pamela kam, desto weniger verstand sie die Welt, schlimmer noch, diese eilte ihr beharrlich ein paar Meter voraus und entzog sich in dem Maße, wie sie Fortschritte machte. Ob es Keiko gefiel oder nicht, auch Geishas waren mit den Prinzipien der Wirklichkeit konfrontiert. Auch wenn ihre keiner anderen glich. Diese Erfahrung hatte auch Pamela am Vorabend mit einem Stammkunden gemacht. Er hatte seine Hand auf ihre gelegt und war ... eingeschlafen! Den Kopf auf ihrem Schoß liegend, das Gesicht in den Falten ihres Kimonos verborgen. Pam saß über eine Stunde lang versteinert da und wusste nicht, wie sie reagieren sollte. Was hätte sie unter solchen Umständen tun sollen?

»Nichts, meiner Meinung nach«, antwortete Mitsouko und unterdrückte ein Gähnen, »meine Landsleute sind meist müde Menschen, die viel schlafen, außer in ihrem Bett und noch weniger ... mit ihrer Ehefrau. Die Japaner haben fast gar keinen Sex mehr, wenn sie erst einmal verheiratet sind. Ich meine, keinen gemeinsamen Sex. Ich weiß, wovon ich spreche, mir vertrauen sie sich an. In diesem Land wirst du von der Freundin zur Ehefrau, wenn du Glück hast, oder zur Geliebten, wenn du kein Glück hast.«

Sie unterbrach sich kurz und fuhr dann fort: »Aber am schlimmsten ist es trotz allem, wenn du von der Geliebten zur Ehefrau wirst. Dann begreifst du schnell, dass das eine nicht besser ist als das andere, und doch wird die eine die andere stets beneiden. Es sei denn, du bist Geisha, dann stehst du für immer über allem. Zumal die japanischen Männer, das ist für niemanden ein Geheimnis, die Gesellschaft von Profis vorziehen.«

Pamela war erschüttert, als sie so ungefragt über das sexuelle Elend der japanischen Ehepaare informiert wurde. Und ihre Gefährtin fuhr fort, diese Dinge, die sie gar nicht wissen wollte, bis ins Kleinste auszuführen. Aber was konnte sie tun? Sich die Ohren zuzuhalten oder das Zimmer zu verlassen war ausgeschlossen. Also musste Pam gegen ihren Willen noch etwas mehr über die Eheprobleme dieses stolzen und würdevollen Volkes erfahren, dem ihre »große Schwester« offenbar nicht die gleiche Zuneigung entgegenbrachte.

»In Japan ist die Ehefrau und Mutter eine Art Göttin, der die Männer eine Verehrung entgegenbringen, die ihnen gut in den Kram passt.«

»Hattest du nie den Wunsch zu heiraten?«

Einmal, dachte Mitsouko verträumt, wenn er mich nur ernst genommen hätte.

»Nein, niemals! Die Japaner sind der Japanerinnen nicht würdig, *todai moto kurashi!* – ›am Fuße des Leuchtturms sieht man nicht sehr gut‹. Mir sind Gaijin wie Amerikaner lieber. Franzosen mag ich auch, vor allem wenn sie aussehen wie Aron Doron.«

»Wer ist Aron Doron?«, fragte Pam höflich.

»Den kennst du nicht? Dabei ist es ein französischer Schauspieler und Samurai. Der schönste Mann der Welt.«

Sie seufzte. »Meine Mutter war verrückt nach ihm, und ich auch, muss ich gestehen. Jetzt, wo ich daran denke, ist das eines der wenigen Dinge, die wir gemeinsam hatten, sie und ich. Liebe mit einem Gaijin, das hat was! Du weißt, es wird nicht lange halten, es gibt nichts zu hoffen, und das verleiht der Beziehung genau das nötige Maß an Leidenschaft und Tragik. Du wirst zur Heldin. Ich liebe das!«

Während sie ihrer Freundin zuhörte, fragte sich Pam, ob das Fantasien oder Erinnerungen waren. Der beste Weg, das herauszubekommen, war, die Frage zu stellen, indirekt natürlich, und wenn möglich, während man woanders hinschaute.

»Hast du dich schon mal als … Heldin gefühlt?«

»Vor vielen Jahren hat mein Freund Nobu mir einen seiner Arbeitskollegen vorgestellt, einen Gaijin, der die Gewohnheit annahm, mich immer wieder zu besuchen, wenn er in Japan war. Ich vermute, das kann man eine Beziehung nennen. Ich mochte seine offene Art, mich anzusehen, mir direkt in die Augen zu schauen. (Pam bezog das auf sich und hob den Kopf.) Wenn Jungs von hier dich ausführen, starren sie ständig auf ihre Füße, angeblich aus Höflichkeit. Fürn Arsch, die weichen nur deinem Blick aus! Er hat so nette Sachen zu mir gesagt und mir Komplimente gemacht. Und er wollte alles über unsere Lebensweise wissen. Das interessierte ihn wirklich.«

»Hast du ihn je wiedergesehen? Oder von ihm gehört?«, fragte Pamela, deren japanische Seele bei der Geschichte dieser unmöglichen Liebe erbebte.

»Als seine Arbeit beendet war, ist er fortgegangen, wie er gekommen ist. Aber vor ein paar Wochen ist er mit Nobu zurückgekehrt. Er hatte sich verändert, ich fand ihn zugleich abwesend und brutaler.«

»Wie, brutaler?!«, fragte Pam erschrocken.

»Na ja, keine echte Brutalität, eher ein unterdrückter Zorn, ein Ekel vor sich selbst.«

»Warum hast du mir nie von ihm erzählt? Und wer ist Nobu?«

»Nobu ist ein … sehr alter Freund«, antwortete Mitsouko etwas verlegen. »Unsere Freundschaft ist ein wenig … kompliziert. Jedes Mal, wenn er seine Mutter besucht, macht er Frau Kuniko seine Aufwartung. Sie hat ihn gewissermaßen großgezogen und betrachtet ihn als eine Art Neffen. Du wirst ihn bestimmt dieser Tage mal kennenlernen. Ich zähle darauf, dass du dich vorbildlich benehmen und mir Ehre machen wirst, das ist mir sehr wichtig. Jetzt geh schlafen! Wir müssen morgen schön und ausgeruht sein.«

Pam wurde sich bewusst, wie fremd ihr die Freundin war. Trotz ihrer Anfälle von Vertraulichkeit hatte Mitsouko stets die Distanz gewahrt. Sie erhielt zwischen ihnen eine unsichtbare Grenze aufrecht, die Pamela gerade ins Auge gesprungen war.

*

In dieser Nacht träumte Pam von Thad. Er näherte sich ihr langsam, öffnete den straffen Knoten ihrer Haare, streichelte mit inbrünstiger Zärtlichkeit ihren Hals, fuhr ihren Nacken entlang und ließ seine Finger in ihre von Haarlack steifen Haare gleiten, um sie zu lockern. Sie konnte seinen warmen Atem spüren, seine tiefe, beherrschte Atmung. Die Erinnerung an diesen Mann, der sich im Traum über sie beugte, weckte sie. Sie schlug die Augen auf: Seine Abwesenheit schwebte erschreckend dicht überall im Raum. Unter ihrer Decke zusammengerollt, hätte sie ihre Seele und alles andere verkauft, um den Traum zurückzuholen. Sie schloss schnell die Lider, damit die Erinnerung an ihn sich genauso wieder zusammensetzte. Die Augen zulassen, nicht rühren. Aber Bewegungslosigkeit ist schwer auszuhalten, wenn man von starken Gefühlen durchflutet wird. Das nennt man Gefasstheit ... eine Übung, in der die Japaner Meister sind. Pam war ein großes Stück vorangekommen.

Einige Sekunden hatten genügt, dass die Träumerei, die ihr so real erschienen war, in tausend Stücke zersprang. Die Stimme, die Zärtlichkeit, der Atem waren nun in unzusammenhängenden Einzelteilen verstreut. Pam versuchte es noch einmal, mit all ihrer Kraft. Doch ihre Mühen waren vergebens, Thad hatte sich endgültig in Luft aufgelöst.

In diesem Moment bildete sich in ihr ein grauenhafter Gedanke. Noch vage und verschwommen wie ein flüchtiger Eindruck. Aber schon jetzt unerträglich. Auch wenn sie ihn unbedingt loswerden wollte (sie wedelte mit den Armen in alle Richtungen, als ob sie versuchte, ein Insekt wegzujagen), nahm er immer genauere Formen an und kam auf sie zu wie ein Golem, monströs in seiner Offensichtlichkeit: Womöglich lebte Thad gar nicht mehr.

Thad war gestorben und sein Leichnam, weil er ein unbekannter Ausländer war, in ein Massengrab geworfen worden. Ob es so etwas in Japan gab? Vielleicht verweste er aber auch irgendwo in einem Graben.

Inzwischen wurde er gewiss von Würmern gefressen, vor denen ihn zu Lebzeiten so gegraust hatte. Pam kannte sich mit der japanischen Mikrofauna nicht besonders aus, aber sie sah keinen Grund, warum die japanische Erde nicht Kohorten von leichenfressenden Regenwürmern beherbergen sollte.

Genau so war es vermutlich gekommen. Trotz des Bedürfnisses, seinen Garten zu bestellen, den er sich so groß erträumt hatte wie das Texas, das Caine durchpflügte, hatte er ihr diesen verzweifelten Brief geschickt, bereits zerfressen von Hunger, Kälte und Reue. Die richtige Verfassung für jemanden, der als Wurmfutter enden sollte. Deshalb hatte er sich nicht die Mühe gemacht, eine Adresse anzugeben, damit sie ihm antworten oder zu ihm kommen könnte, weil er wusste, dass sein Ende bevorstand.

Und dann war er gestorben.

Das war's.

Vielleicht hatte er sich auch selbst den Tod gegeben, Seppuku begangen, weil er zu sehr daran gelitten hatte, seine Feigheit zu überleben. Wie schade, dachte Pam, die umgehend ihre Trauerarbeit aufnahm, ich hätte ihm verziehen, wenn er mir nur eine Chance dazu gegeben hätte.

Die Augen an die Decke geheftet, das Herz vor Trauer schwer, beweinte sie Thads Tod, bis sie unmerklich vom Status der Verlassenen in den der Witwe übergewechselt war. Thads tragischer Tod setzte ihrer Suche, die sie zwischenzeitlich unterbrochen hatte, um sich voll und ganz ihrer Ausbildung zur Geisha zu widmen, ein jähes und endgültiges Ende. Nun gab es keinen Grund mehr für ihre Anwesenheit hier. Und mit »hier« war nicht nur die Okiya Oren gemeint, sondern auch Kyoto und Japan insgesamt. Während dieses schnellen Rundumblicks über ihre Lage spürte Pam, dass sie den Boden unter den Füßen verlor. Auch als sie auf dem Rücken lag, ließ der Schwindel nicht nach. Bald reichte das Salz ihrer Tränen dafür nicht mehr. Sie brauchte etwas Stärkeres. »Wir haben alle gute Gründe, uns zu betrinken«, hatte Mitsouko gesagt. Ihrer war wohl Thads tragisches Ende.

Pam lauschte den Geräuschen des Hauses: dem knarzenden Boden, den raschelnden Raumteilern, dem geräuschvollen Atem Mitsoukos, der durch die dünne Papiertrennwand drang. Sie erhob sich, zog ihren Schülerinnenkimono über, schlüpfte mit bloßen Füßen in ihre Holzschuhe, ohne sich die Zeit zu nehmen, die traditionellen Strümpfe überzustreifen – ein Zeichen absoluten Sichgehenlassens, an dem ihre Angst noch deutlicher abzulesen war als an ihrem Gesicht –, und schlich leise aus dem Haus.

Etwa gegen zwei Uhr morgens stieß sie die Tür zu jener Bar auf, in der sie Zeugin von Mitsoukos schrecklicher Alkoholbeichte geworden war. Mit verstörter Miene, aber würdigem Auftreten hievte sie sich auf einen Hocker am Tresen und begann, sich systematisch zu betrinken. Sie leerte ein Glas nach dem anderen, wechselte zwischen heißem und kaltem Sake, ließ den Alkohol ihren Körper überschwemmen, Besitz ergreifen von der Seele einer Geisha aus Melun, eines Mädchens von Nirgendwo.

Zu Ehren von Sue Ellen Ewing und deren Alkoholismus, der über ihren Vornamen gesiegt hatte, stieß sie mit sich selbst an. Sol, ihre Mutter, würde es wohl kaum verkraften, sie in diesem Zustand zu sehen.

»Hör auf zu trinken, Sue Ellen, du bist betrunken.«

»Ich trinke, um zu vergessen.«

»Trinken, um zu vergessen? Sinnlos, Schmerz kann schwimmen.«

»J. R., du bist ein Monster!«

Gleichgültig gegenüber der Neugier, die sie hervorrief, näherte Pam sich in Ruhe dem Stadium, wo der Alkohol einem das Gefühl verleiht, dass alles möglich ist. Zum Beweis saß ihre Mutter neben ihr auf einem Barhocker, strich ihr über die Haare und sagte Dinge, die sie für liebevoll hielt.

Der Typ, der sich jetzt neben sie setzte und sie auf Englisch ansprach, sah nicht mehr ganz frisch aus. Pam antwortete ihm sehr höflich, dass sie diese Sprache nicht spreche und besser Japanisch verstehe, doch der Typ ließ sich davon nicht irritieren und streute möglichst viele englische Wörter in seine Sätze ein.

»*Where do you come from? France?* Tour Eiffel? Ah, die kleinen Französinnen in Paris …« Er hob ein Bein, um so etwas wie French Can Can anzudeuten. »Ledig? Touristin, Studentin, Kinder?«

Der Mann nahm die Brille ab und wischte sich über die glänzende Stirn, er stank nach Alkohol. Englisch zu sprechen verlangte ihm sichtlich große Anstrengungen ab, es war deutlich zu spüren, dass die hundert Stunden Abendschule nicht umsonst gewesen sein sollten.

»Sind Sie geschäftlich hier? *Of course not*, wenn Sie Touristin sind. Ich arbeite bei der NHK, dem Fernsehen, aber ich bin nicht berühmt, nein, nicht berühmt. Mögen Sie Urlaub? Strand ist gut, ich fahre jedes Jahr nach Hawaii. Kennen Sie Hawaii?«, fragte er und deutete auf sein Hemd.

Pam schüttelte den Kopf.

Also fing er an, den Titelsong von *Hawaii Fünf-Null* zu pfeifen.

»*You know, Hawaii five-o* … Steve McGarrett …?« Er hob sein Hawaiihemd und entblößte dabei seinen runden Bauch, um ihr seine Bräune zu zeigen.

»Ich komme aus Tokio, im Zug habe ich Krabben-Gyoza gegessen, mögen Sie Krabben-Gyoza?«

Pamela schüttelte leicht den Kopf, um so höflich wie möglich anzudeuten, dass sie nichts, aber auch wirklich gar nichts verstand, nicht das geringste Wort. Daraufhin nahm er Papier und Stift und verlangte nach ihrer Telefonnummer.

»Es ist die Berufung der Geishas, das Männerherz zu pflegen, wir sind Seelenärzte«, wiederholte Frau Kuniko oft. Also schrieb sie irgendetwas auf das Blatt, und der Typ zog schwankend ab, den Zettel trug er wie einen Kriegsschatz vor sich her.

Pamela winkte der Bedienung.

Das sechste Glas fest in ihren beiden kleinen Händen, begann sie den Gedanken zu entwickeln, dass Thad womöglich noch lebte. Weniger als eine Stunde später war sie davon überzeugt, dass er entsetzliche Prüfungen erlebt hatte, denn es lag in der Natur des Bretonen, unsterblich zu sein. Thad hatte auf jeden Fall das Talent zum Überleben.

Gleich vor Ort beschloss Pamela, ihre kurze, wenngleich dramatische Trauerzeit zu begraben. Sie warf sich vor, dem Zweifel nachgegeben zu haben. Beatrix Kiddo hat ihr Vorhaben, Bill wiederzufinden, auch dann nicht aufgegeben, als sie sechs Fuß unter der Erde in einem Sarg lag. Allerdings mit der Absicht, ihn zu töten, aber das war nur ein Detail, das Wichtigste war die Entschlossenheit. Und die hatte Pam gefehlt, deshalb war sie von ihrem Ziel abgekommen.

Sie musste sofort los, um ihre Suche wiederaufzunehmen.

Ihre Wünsche standen ihr im vollen Glanz ihrer Widersprüchlichkeiten vor Augen: Sollte sie auf die Suche nach Thad gehen oder in der Okiya bleiben? Was war wichtiger? Die Seite in ihr, die sich in Bewegung setzen, ins Unbekannte aufbrechen wollte, oder diejenige, die allmorgendlich im unveränderlichen Rahmen des Hauses Oren erwachen und ihre Tage damit verbringen wollte, sich anzukleiden, zu schminken, ihr Japanisch zu vervollkommnen und Tee zu servieren?

Pam weigerte sich, eine Möglichkeit zugunsten der anderen auszuschließen, sich zu entscheiden. Sie wollte an der Grenze leben, auf dieser unsichtbaren Linie zwischen ihrem Leben davor und ihrer heutigen Ausbildung balancieren.

Mithilfe ihres Trinkermuts hatte Pamela den idealen Alkoholspiegel erreicht, um ihre beiden Vorhaben zu vollenden, und zwar gleichzeitig, sofern sie nur beweglich, biegsam und wenn möglich nicht zu fassen bliebe. Schwungvoll sprang sie vom Hocker. Der Boden näherte sich gefährlich, flüchtig sah Pam spöttische und enthemmte Gesichter, dann nichts mehr. Auf ihrem Weg zur Wahrheit hatte sie wohl eine Stufe übersehen.

Neuntes Kapitel

in dem ein Horoskop und ein paar kurze, trostreiche Gedichte das Gefühl der Hochstapelei nicht aufwiegen

Im Land der aufgehenden Sonne geschieht nichts ohne eine Befragung der Sterne. Da ein Handeln unter ungünstigen Sternenkonstellationen absolut ausgeschlossen ist, überprüft eine Geisha regelmäßig in ihrem Almanach, ob die Zeit für Reisen, Begegnungen oder Geschäfte günstig ist. Mitsouko und Mutter machten keine Ausnahme von dieser abergläubischen Regel, Meishin.

»Trauer, Enttäuschung und vielleicht sogar Gefahr erwarten dich auf deiner Reise«, las Mituko mit düsterer Stimme vor, als Pamela ihr von ihrer Absicht erzählte, die Okiya zu verlassen.

Von diesem Moment an hing Mitsouko ihr an den Okobo-Fersen, da sie eine Flucht ihres Schützlings befürchtete, an dem sie viel mehr hing, als sie es sich eingestehen wollte. Sie versuchte geschickt, Pam über ihre Vergangenheit auszuhorchen, um Gründe für ihre Anwesenheit und ihren Wunsch zu gehen zu finden. Sie hatte erkannt, dass beides zusammenhing.

Taktvoll lenkte Pam das Gespräch auf ein anderes Thema und gab kaum etwas von sich preis. Ihre wahren Gefühle, sofern sie diese überhaupt noch empfand, blieben tief in ihr verborgen. Aber jedes Mal, wenn sie die Möglichkeit erwähnte, die Okiya zu verlassen, zeigte der Almanach eine ungünstige Konstellation an.

Vergeblich
Wälze ich mich auf dem Kissen
Verbringe meine Nächte damit
Im Traum mit dem zu sprechen
Auf den ich warte.

»Du siehst ja, ich erfinde nichts«, entschuldigte sich Mitsouko fast. »Das Tages-Haiku besagt, dass es nicht nötig ist, auf die Suche nach demjenigen zu gehen, auf den du wartest. ›Vergeblich‹ steht da ganz deutlich. Du musst momentan hier bleiben. Der Zufall ist dir nicht wohlgesinnt.«

Pam war nicht ganz klar, wie sie Thad unter diesen Umständen wiederfinden sollte. Es sei denn, ihr Krieger suchte Trost »in der Welt der Blumen und Weiden« oder im Karayukai, was die Welt der Geishas bezeichnet. Und selbst dann wäre bei den Dutzenden von Teehäusern im Hanamachi von Gion die Wahrscheinlichkeit ziemlich gering, dass er an einem von der Okiya Oren organisierten Abend teilnähme. Doch wenn eine abergläubische Geisha ihr erklärte, es sei ihr Schicksal, auf eine Reise zu verzichten, dann war Pam überzeugt, dieser Empfehlung folgen zu müssen. Zumal der Almanach den Geishas stets die Wahrheit sagte, weil sie ihn besser als alle anderen auszulegen wussten.

»Aufgeschoben ist nicht aufgehoben, im Frühling steht alles wieder in Blüte«, tröstete sie Mitsouko. Pam war immer wieder überrascht, wie sie sich ausdrückte, wenn sie nicht getrunken hatte: in Metaphern oder Rätseln. Das war sehr verwirrend für sie, die Bekanntschaft mit Mitsoukos vulgärer Sprache und ihrer brutalen Art gemacht hatte, sobald sie ein paar Gläser intus hatte.

»Ich kann nicht dauerhaft in der Okiya bleiben«, seufzte Pam. Sie traute sich nicht, »ewig« zu sagen. »Das ist nicht vernünftig.«

»Warum nicht? Wie immer du dich endgültig entscheidest in Bezug auf deine Karriere, du musst den Hanami in Kyoto verbringen. Das ist das Wort, das wir verwenden, wenn wir vom Frühling sprechen, es bedeutet ›Kirschblüte‹. Erzähl mir nicht, dass du nie Reportagen über das Blumenfest oder Ansichtskarten von Tempeln inmitten von blühenden Kirschbäumen gesehen hast!«

Tatsächlich besaß Pam eine ganze Sammlung solcher Karten, ordentlich in einer hübschen Lackdose auf ihrem Nachttisch in Paris verstaut.

»Das musst du mit eigenen Augen sehen, die große Prozession durch die Stadt vom Schloss bis zum Shimogamo-Schrein. Da gibt es Gebete, einen Tanz der Krieger und ein mit Blumen und Glöckchen geschmücktes Pferd, das den Zorn der Götter besänftigen soll. Anschließend geht es zum Kamigamo-Schrein, wo der Umzug endet. Die ganze Stadt und alle Tempel sind mit Stockrosen und Geranien geschmückt. Das ist märchenhaft ... außer für mich, weil ich eine Pollenallergie habe! Was wirklich ein Problem ist in meinem Beruf, denn das ist die Zeit, in der wir besonders gefragt sind, vom Aoi-Matsuri-Fest im Mai bis zum Gion Matsuri im Juli. Wir geben viele Tanzvorstellungen und Konzerte. Wenn du Fortschritte machst, könnte ich bei Mutter ein gutes Wort einlegen, dass du als Statistin teilnehmen darfst.

Pams Augen begannen zu leuchten, während ihre Freundin sprach. Sie wurde von diesen Erzählungen fortgetragen und fühlte sich wie die kleine Alice, als sie den Spiegel durchschritt. Außer dass sie nicht in ein Loch mit einem bekloppten Hasen, einem verrückten Hutmacher und einer Grinsekatze aus Cheshire gefallen war. Sie war im Land der Geishas und lebte unter ihnen. Und auf einmal hatte sie das Gefühl, das Wesen dieser besonderen Welt vollständig zu begreifen. Was nützte es, einer Erinnerung hinterherzulaufen? Vielleicht war Thad nur ein Vorwand, und es stand geschrieben, dass sie nach Japan kommen sollte, um dort zu bleiben, endlich Geiko zu werden und ihr Schicksal zu erfüllen. Vielleicht …

Mitsouko war nicht mehr aufzuhalten, sie spürte, wie Pam schwächelte, und erwies sich als unerschöpflich. Sie kannte alle Geschichten von sämtlichen Festen der Stadt. Wenn sie sich als so geschickt erwies wie die Prinzessin aus *Tausendundeiner Nacht*, dann würde es ihr zweifellos gelingen, Pamela mindestens für einige Monate aufzuhalten. Auch wenn diese Rechnung nicht sehr genau war, so war sie doch auch nicht dumm.

»In Momijigari nehmen die Ahornbäume im Herbst Farben von Blassgelb bis Flammendrot an, und die Ginkgo-Bäume werden golden, ihr Spiegelbild in den vielen Seen verleiht Kyoto das Aussehen eines Schatzes. Und der goldene Pavillon, den du kennst, wird noch märchenhafter. Überall, wohin der Blick fällt, ist alles nur Gold und Licht, dadurch wird die ganze Welt schöner. Als ich klein war, spielten Juri und ich Blätterjagen. Er machte die schönsten Sträuße, die man sich vorstellen kann, und schenkte sie mir. Leider habe ich keinen davon aufbewahrt. Wir Japaner lieben es, unser Leben mit dem Lauf der Jahreszeiten zu verbinden, die wir in unseren Shinto-Riten feiern.

›Allein im Augenblick leben, den Mond betrachten, den Schnee, die Kirschblüte und den rot leuchtenden Ahorn, singen, trinken, jede Entmutigung abweisen, nur sich im Schweben die Zeit vertreiben …‹

Das ist ein Gedicht, das ich vor langer Zeit gelernt habe. Man muss es als eine Einladung ansehen, einfach das Leben zu genießen, sich dankbar zu zeigen für die Schönheit, die die Natur uns schenkt, und sich zu wünschen, dass das Glück bewahrt bleibt. Weißt du«, fügte sie hinzu und sah Pam direkt in die Augen, »es zählt nur der Moment der Gegenwart, denn er allein ist unser; es ist nicht nötig, sich um die Zukunft zu sorgen oder in der Vergangenheit zu verweilen, man muss sie abdecken. Die Natur lehrt uns, dass die Blätter eine sehr schöne Art sind, das, was nicht mehr ist, zu bedecken. Lass uns auf den Herbst warten und dann wieder den Almanach befragen.«

Dachte sie an ihren toten Bruder, ihre Eltern? Sie musste sich die Szene Tausende Male vorgestellt haben in dem Versuch, eine Einzelheit zu ändern, um den Ausgang zu beeinflussen: Hätte sie ihren Vater doch daran gehindert, an diesem Abend wegzugehen, oder ihre Scheu überwunden und die Zimmertür ihres geliebten Bruders aufgebrochen … und ihn nicht allein gelassen. Ihn vor allem nicht allein gelassen!

Zehntes Kapitel

in dem Keiko wieder auftaucht, was verheerende Folgen für die Moral unserer kleinen Geisha hat

Mitsouko hatte die Besucherin in den kleinen Innengarten geführt und sie gebeten, sich bis zum Ende der Musikstunde zu gedulden. Keinesfalls durften die Schülerinnen während des Unterrichts gestört werden. Missbilligend betrachtete sie das vulgäre Wesen, das behauptete, eine Freundin von Pamela zu sein. Wer war sie? Was machte sie hier? Mitsouko konnte nicht einen Augenblick lang glauben, dass zwischen diesen beiden Frauen eine freundschaftliche Verbindung bestand. Natürlich hütete sie sich, Fragen zu stellen. Sie würde sich in Geduld üben, bis die Frau weg war, und sich dann nach ihr erkundigen.

Pamela fielen sofort die Veränderungen an Keiko auf. Die Piercings waren verschwunden, das Platinblond auch. Ihre halblangen Haare hatten wieder ihre ursprüngliche Farbe, die Schminke war diskret, die Kleidung schlichter. Aber noch sichtbarer war die neue, fast schmerzliche Ernsthaftigkeit in ihren Zügen.

»Ich bin hier, um mich von dir zu verabschieden und bei dir zu bedanken«, sagte Keiko leise und neigte sich zu ihr hin, um sie zu umarmen.

»Wofür bedanken?«, fragte Pam und wich ein wenig zurück.

»Ohne dich wäre ich nie hierhergekommen. Schlussendlich war es gar nicht so schlecht, dich auf dieser Reise zu begleiten … dieser Rückkehr zu den Ursprüngen … Ich habe viel über mich selbst gelernt …« Sie machte eine Pause. »Ich habe auch begriffen, dass ich nicht ewig in meiner Blase leben kann. Ich muss etwas an meinem Leben ändern, Ordnung schaffen. Wachsen sozusagen.« Sie verzog ein wenig das Gesicht. »Ich vermute, es war an der Zeit!«

»Was wirst du tun?«

»Für den Anfang werde ich mich in deiner Abwesenheit um den kleinen Japanladen kümmern und den Ikebana-Unterricht bei meiner Mutter wiederaufnehmen. Angeblich hatte ich ein Talent dafür … Wenn du dich entscheidest zurückzukommen, weil du hier ja nicht ewig die Schülerin spielen kannst, trete ich dir deinen Platz jederzeit wieder ab.«

»Meinen Platz …«, seufzte Pamela. »Ich weiß gerade gar nicht mehr so richtig, was das bedeutet. Ich möchte eigentlich keine richtige Geisha werden, und ich will auch nicht aufhören, Thad zu suchen. Ich weiß, dass ich nicht bleiben kann, aber ich kann mich auch nicht entschließen zu gehen, weißt du, ich stelle mir auch sehr viele Fragen. Das ist neu für mich.«

»Ich bin mir nicht sicher, ob du hier viele Antworten finden wirst, so zurückgezogen zwischen diesen Figuren aus einem anderen Jahrhundert. Diese Frauen stellen nichts mehr dar, sie sind so unnötig wie eine tote Sprache, auch wenn es noch immer sanfte Idioten gibt, die … alte Sprachen … zerpflücken. Schau dich doch um, nichts hiervon ist wirklich.«

Keiko ließ ihren Blick über die Okiya streifen. »Das alles ist nur ein Bühnenbild, eine Inszenierung … Und außerdem, wer sagt dir, dass er überhaupt von dir gesucht werden will, dass er will, dass du ihn findest?« (Sie wollte seinen Namen nicht aussprechen, um Pam nicht zu verletzen.) »Du kannst genauso gut nach Hause kommen und in Paris auf ihn warten. Jedenfalls, wenn es so weit ist, können wir gern zusammenarbeiten oder es zumindest versuchen, das solltest du wissen. Ich glaube, ich hätte gern eine Schwester. Natürlich«, fügte sie endlich lächelnd hinzu, »brauchst du dann andere Klamotten und einen anderen Aufzug, die Japanerin in der Geschichte bin schließlich ich!«

*

Nachdem Keiko fort war, blieb Pamela eine Weile sinnend sitzen. So oder so, sie musste sich in Bewegung setzen. Doch in welche Richtung und mit welchem Ziel? Darüber galt es nachzudenken. In dem Moment kam Mitsouko in den Garten und bat sie zum Tanzkurs. Um die Verwirrung zu vertreiben, die Keiko hinterlassen hatte, konzentrierte Pam sich auf den Tanz. Auch das war eine Art, sich in Bewegung zu setzen.

»Zeig deine Biegsamkeit«, wiederholte Mitsouko, »pass dich dem Rhythmus der Musik an. Dein Körper muss mit wenigen Gesten Freude und Traurigkeit ausdrücken können. Derjenige, der dich ansieht, muss das Gefühl begreifen, das du ausdrücken möchtest.«

Diese Art zu tanzen war das totale Gegenteil zum klassischen Ballett mit seinen großen Jetés, Kreuzsprüngen und leichtfüßigen Pirouetten, wie der Schwerkraft entzogen, zu dem die Mädchen in Melun-Sénart gezwungen wurden. So verankert der Nihon Buyo, ein sehr alter Tanz, der die bäurische Vergangenheit Japans feiert, die Füße fest im Boden und zwingt die Tänzerin dazu, sich auf die machtvollen Verbindungen zwischen ihr und der Erde zu konzentrieren.

Pam wiederholte die Gesten, aber die schrillen Klänge von Mitsoukos Shamisen zerrissen ihr die Eingeweide, während Keikos Worte ihr noch durch den Kopf geisterten. Sie hielt sich innerlich die Ohren zu, was nicht einfach war, und legte ihr ganzes Gefühl in den Ausdruck von Grauen und Panik. Nach einer Stunde dieses musikalischen Martyriums legte Mitsouko, begeistert von ihrer Darbietung, die, davon war sie überzeugt, Pamelas Fortschritte erst ermöglicht hatte, endlich ihr Instrument beiseite.

»Bravo, du hast Einsamkeit und Erschöpfung perfekt dargestellt.«

Du weißt gar nicht, wie recht du hast, dachte Pam und schenkte ihrer Freundin zum Dank ein kleines Lächeln, den Oberkörper leicht vorgeneigt, um so bescheiden zu wirken, wie es sich ziemte.

Noch am selben Abend spürte Pamela tief in ihrem Inneren, dass etwas zerbrochen war. Etwas, das der Erinnerung an Thad glich, dessen Ursprung jedoch weiter zurück in der Vergangenheit liegen musste. Das Gespräch mit Keiko war daran nicht unschuldig.

Sie war nicht so naiv, nicht zu wissen, dass die Fürsten, die Damen, die Samurai, die Geishas, die bescheidenen Fischer und verehrungswürdigen Mönche der Vergangenheit angehörten. Na und? Japan ist ein Land, das es gewohnt ist, unermüdlich dieselben Gesten zu rekonstruieren, zu reproduzieren, wie die der Reisernte. Sollte sie die Vergangenheit auf sich beruhen lassen, wie Mitsouko vorschlug? Doch um welche Vergangenheit handelte es sich in Wirklichkeit?

Im Augenblick zu leben war an einem aus der Zeit gefallenen Ort wie der Okiya nicht sehr kompliziert. Und es war leicht, die Vergangenheit als eine schmerzlose, ferne Zeit zu schätzen, solange sie keine Verbindung zur alltäglichen Wirklichkeit hatte. Hier ging es nie um Zukunft und noch viel weniger um Veränderung. Das war es auch, was die Kunden suchten: das Unzeitliche, den fehlenden Bezug zur Realität. Wie hatte sie diese prägende Nostalgie geliebt, die wie ein Mikroklima direkt über dem Okiya war. Und jetzt hatte der Orkan Keiko sich in einen Antizyklon verwandelt, ein ruhiges Hoch mit klarem Blick. Es war Zeit für Pam, endlich die unvermeidliche Entscheidung zu treffen, zu etwas anderem überzugehen, mit oder ohne Segen des Almanachs.

*

Etwas später am Abend saß Pam auf Mitsoukos Futon und suchte Trost bei ihrer Freundin, die sich gerade abschminkte. Sie hatte das vage Gefühl, dass ihre Lehrjahre vorbei waren, und wollte es Mitsouko auf eine Art sagen, die sie nicht verletzen würde. Der Unterricht ihrer großen Schwester war bemerkenswert, sie hatte dabei viel über den Alltag der Geishas und über sich selbst gelernt, dennoch wollte sie nicht den Rest ihrer Tage in einem Teehaus in Kyoto verbringen.

Als ob sie etwas von der bevorstehenden Enthüllung ahnte, einer von jenen, die sie nicht hören wollte, trödelte Mitsouko beim Abschminken, und als sie endlich fertig war, gab sie plötzlich vor, schlafen zu müssen. Pam beharrte nicht auf einem Gespräch. Sie verabschiedete sich von ihrer Senpai und ging auf ihr Zimmer. Die Nacht würde kühl werden, sie spürte einen kalten Luftzug, der unter der Tür durch über den Boden huschte und an ihren Fesseln aufstieg. Sie zitterte in ihrem leichten Karage und rollte sich vollständig angezogen unter ihrer Decke zusammen. Um ihr Herz zu wärmen, stellte sie sich vor, wie eine Reihe wohltuender Sonnenstrahlen nacheinander einen hübschen blonden Prinzen aus den Hügeln wärmte, der seiner Freundin auf einer schimmernden Lichtung goldlaubige Sträuße überreichte. Wenn man nach der Serie *Dallas* Pamela heißt, dann ist man sehr empfänglich für das Klima von Geschichten. Ihr Candy-Land war in ein warmes, goldenes Licht getaucht.

»Pamela, Schatz, mach den Fernseher aus.«

Vor ihr, wirklicher denn je, hielten Sol und Mitch einander an den Händen und betrachteten sie mit einem Ernst, der ihr unangenehm war. Wie Eltern ihr Kind ansehen, wenn es immer noch so tut als ob, obwohl das Spiel schon lange vorbei ist.

»Du hast doch nicht ernsthaft vor, den Rest deines Lebens hier zu verbringen und mit Puppen zu spielen?«

Pamela protestierte schwach.

Sol und Mitch wechselten einen bestürzten Blick.

»Es ist unsere Schuld. Wir hätten nicht zulassen dürfen, dass du dich so weit in diese Ammenmärchen von Yoko Tsuno und den Geishas verrennst.«

»Das sagst DU mir?«

Pam hatte sich kerzengerade aufgerichtet und trotzte ihrer Mutter wie nie zuvor.

»Sag mir doch noch mal, wieso ich Pamela heiße? Das war ja nicht gerade die beste Rolle bei Dallas*! Schade, dass sie mit der Ausstrahlung von* Denver-Clan *so lange gewartet haben, sonst hätte ich wohl einen anderen Namen gehabt … Krystel? Alexis?«*

»O nein, nicht Alexis Carrington«, protestierte Sol, »die konnte ich gar nicht leiden!«

»Mama ...«, jetzt sprach Pamela mit ganz leiser Stimme, »was soll ich tun?«

Jetzt ergriff Mitch, der bis dahin kaum Gelegenheit gehabt hatte, sich Gehör zu verschaffen, das Wort:

»Komm nach Hause, Schatz.«

Elftes Kapitel

in dem Pamela Nobu als Schattenriss sieht – ein Höhepunkt, wenn man einen Japaner kennenlernen will

Pamela suchte seit einer Weile nach Mitsouko, um ihr einen Spaziergang im Hanamachi ihres Lieblingsviertels Pontocho vorzuschlagen. Dabei wollte sie ihr so sanft wie möglich ihre mittlerweile unumstößliche Entscheidung mitteilen, das Okiya zu verlassen und nach Paris zurückzukehren, aber Mitsouko blieb unauffindbar. Also beschloss Pam, an die Tür zu den Räumen von Frau Kuniko zu klopfen. Vergeblich. Auch diese schien verschwunden zu sein. Jedenfalls lag ein leiser Hauch von Nachlässigkeit in der Luft. Ein kaum wahrnehmbares Gefühl von irgendetwas, das einen auf die Idee bringen könnte, die Ordnung des Hauses sei irgendwie gestört. Pam ging zum Wintergarten, dem einzigen Ort, den sie noch nicht erkundet hatte.

Durch die dünne Reispapierwand sah sie deutlich die Silhouetten von drei Personen, die eine Art Pantomime aufzuführen schienen. Das war völlig unerwartet und, um genau zu sein, recht hübsch. Sie blieb einen Moment reglos stehen und versuchte zu erraten, wer sich hinter den an die Wand geworfenen Schatten verbarg. Da war Frau Kuniko, leicht an ihrem beeindruckenden Dutt zu erkennen, deren winzige Gestalt eine gewisse Lässigkeit zeigte, die Pam gar nicht an ihr kannte. Ebenso wie Mitsouko, deren Anwesenheit sich durch ihr Lachen verriet. Zwischen den beiden

Frauen stand ein Riese, der wie wild in alle Richtungen gestikulierte. Offensichtlich ein Mann. Dem fröhlichen Lachen nach zu schließen, das die meisten seiner Bewegungen begleitete, war seine Darbietung gelungen.

Wer mochte das sein?

Wahrscheinlich ein Freund des Hauses, wenn Frau Kuniko, die gewöhnlich so zurückhaltend war, sich dermaßen gehen ließ. Aber bestimmt kein Stammgast, denn seit sie in der Okiya war, hatte Pam nie jemanden gesehen, dessen Statur auch nur annähernd der dieses Riesen glich, der sich da auf der anderen Seite der zarten Papierwand austobte.

Pamela wäre gern noch geblieben, um das Schauspiel zu genießen, doch ihre Neugier gewann kampflos die Oberhand. Also schob sie die Trennwände auseinander und grüßte Frau Kuniko respektvoll. Dann wandte sie sich an Mitsouko und wiederholte ihren Gruß – bis auf die Unterscheidung zwischen Oka-san, der Eigentümerin, und Onee-san, der großen Schwester. Eine perfekt ausgeführte Bewegung, mit der Pam ihrer großen Lehrmeisterin Mitsouko die Ehre erwies – vor den Augen ihres Freundes Nobu. Denn in dem Moment, als sie den Wintergarten betrat, hatte Pam begriffen, dass dieser riesenhafte haarige Teufel niemand anderes sein konnte als der berühmte Nobu, Mitsoukos japanischer Freund aus dem hohen Norden.

Frau Kuniko gab ihr geliebtes *Bonjouuuuuur* zum Besten.

»Konichiwa, Mama-Chan«, antwortete Pamela.

»Ich freue mich, dir Nobu-san vorzustellen, den einzigen Sohn meiner lieben Freundin, Frau Nakata, der uns die große Freude macht, unser Haus mit seiner Anwesenheit zu beehren.«

Während sie sich vor Nobu verneigte, fragte sich Pam, wie ein Japaner so wenig japanisch aussehen konnte. Mit seinem struppigen Bart und den wirren Haaren sah er eher wie ein barbarischer Tatar aus. Er schien aus dem Norden zu kommen.

Als Kenner wusste Nobu das anmutige Bild zu schätzen, das sie seinen Blicken bot. Sie hatte sich so schnell verbeugt, dass er keine Zeit gehabt hatte, das Gesicht der kleinen Gaijin-Geisha zu sehen, doch sie war es, ganz ohne Zweifel. Seine Augen verweilten auf ihrer Frisur, besonders auf der roten Linie, die den Knoten in zwei gleich große Hälften teilte. Das leuchtende Rot zwischen den beiden schwarzen Wölbungen rief auch Jahrhunderte nach seiner Erfindung stets den gleichen Eindruck hervor: eine unvergleichliche Spannung, die sich aus dieser genauen Abbildung des unter dem Kimono verborgenen weiblichen Geschlechts ergab. Er konnte seinen Blick nicht von dem scharlachroten Strich abwenden, der in einer Wolke aus weißem Puder endete, das, wie der Brauch es verlangte, den Nacken bedeckte. Kurz bevor der Hals begann, leuchtete ein Stück nackter Haut wie zufällig hervor, je nach den Bewegungen der Schulterblätter. Der ergreifendste Anblick der Welt, dachte Nobu, beeindruckt von ihrer Beherrschung der verschiedenen Codes. Er ließ seinen Blick über das Figürchen schweifen, bis er durch den Knoten der Obi-Schleppe aufgehalten wurde, der hoch oben im Rücken saß, zurückkehrte und erneut über den exquisiten Bereich nackter Haut strich, dann die milchige Fläche, die so hübsch den Nacken bedeckte und dann an etwas hängen blieb, einem winzigen Detail, das er nicht gleich bemerkt hatte: einer winzigen Erhebung auf der Linie des Halses, die vom Puder nicht völlig abgedeckt war, einer dunklen Ungehörigkeit inmitten dieses makellosen Weiß, einer Art Insel für die Augen, an der man innehalten musste, einem … Leberfleck, schloss Nobu innerlich. Pam hob langsam den Kopf, versenkte ihre großen, sehr sanften Augen in seine und grüßte ihn in überaus perfektem Japanisch.

Nobu war verwirrt von der Anwesenheit der jungen Frau in der Okiya. Wie sie hierhergekommen sei? Und warum? Ob sie die Absicht habe, in Japan zu bleiben, oder ihr eigenes Teehaus in Frankreich eröffnen wolle? Woher sie komme? Nein, er habe noch nie von Melun-Sénart gehört. Um die Wahrheit zu sagen, sei er noch nie in Frankreich gewesen, vielleicht irgendwann einmal … Er habe einen französischen Freund, der ihm versprochen habe, ihn nach Saint-Brieuc einzuladen.

Pamela zuckte zusammen. Hatte der Mann gerade Saint-Brieuc erwähnt? Bestimmt hatte sie sich verhört, seine schlechte Aussprache … Mitsouko spielte die Zeremonienmeisterin, gab ihr kurze Befehle und machte ihr im Vorübergehen Komplimente für die Qualität ihrer Gesten, als sie den Tee schlug. Verdientermaßen, denn zum ersten Mal hatte sie niemanden bespritzt.

»Nobu-san möchte wissen, warum du hierhergekommen bist.«

»Um zu lernen, wie man eine perfekte Geisha wird.«

»Nein, er fragt nach dem wahren Grund … dem anderen … du weißt schon …«

»Ach, das«, murmelte Pam. »Das ist jetzt so lange her. Darauf müssen wir nicht zurückkommen.«

»Wovon sprecht ihr?«, unterbrach Nobu, den das leise Geflüster auf Französisch irritierte.

»Liebeskummer«, hauchte Mitsouko ihm ins Ohr.

Dann erzählte sie ihm das wenige, was sie wusste, mit

zahlreichen Details. Pams Ankunft in der Okiya, der reiche Danna, der ihre Ausbildung bezahlt hatte, ihr aufrichtiger Wunsch, das Leben einer Geisha zu erlernen, ihre natürliche Bescheidenheit, ihre Melancholie, die den Zugang zu ihrem Herzen so sehr erschwerte. Dann stellte Mitsouko ihre detektivische Begabung ins rechte Licht, indem sie erzählte, wie sie es nach langen Annäherungsbemühungen endlich geschafft hatte, das Vertrauen der Gaijin-Schülerin, die von Frau Kuniko ihrer Obhut anvertraut worden war, zu gewinnen. Und wie sie sie schließlich, als sie es schon gar nicht mehr erwartet hatte, doch noch zu einem Geständnis brachte. Es gebe tatsächlich einen Mann – nicht ihren Danna –, einen anderen, dessen Namen sie, Mitsouko, nicht kenne, der ihr das Herz gebrochen habe und sich anscheinend irgendwo in Japan aufhalte, sofern man dem rätselhaften Brief glaubte, den er zurückgelassen habe. Daraufhin habe sie in Tokio begonnen, nach ihm zu suchen. Ihr Danna sei ein alter Freund von Frau Kuniko, womöglich sogar ein ehemaliger Kunde von Nobus Mutter. Vielleicht solle man sie einmal danach fragen, um mehr zu erfahren. Wie es denn seiner Mutter gehe?

Nobu umging die Frage mit einer vagen Handbewegung, er wollte das Gespräch lieber wieder auf Pamela bringen. Mitsouko beherrschte die Kunst der ausschweifenden Erzählung aufs Vollkommenste und wollte sich das nicht nehmen lassen. Wie lange war es her, dass Nobu so konzentriert und intensiv ihren Worten gelauscht hatte? Sie schloss kurz die Augen und genoss die wiedererrungene Aufmerksamkeit, dann fuhr sie mit ihrer Erzählung fort. Inzwischen erfinde sie schon Tausende Tricks, und zwar seit mehreren Monaten, um ihre »kleine Schwester« daran zu hindern, sich wieder auf die Suche nach ihrem flüchtigen

Liebsten zu begeben. Bisher sei ihr das ganz gut gelungen, doch die Französin sei unberechenbar. Sie spüre, dass sie jederzeit die Koffer packen konnte.

»Das Problem ist, dass sie sich für Otsu auf der Suche nach Musashi hält. Ich kann einfach nicht begreifen, warum die Gaijin diese Geschichten alle so wörtlich nehmen.«

Diese Übereinstimmungen konnten kein Zufall sein. Nobu war tief erschüttert und verlangte nach Sake, weil er nachdenken wollte.

»Was? Es ist erst elf Uhr vormittags«, wandte Mitsouko ein.

»Seit wann hast du damit Probleme?«, fragte Nobu ironisch.

»Ich trinke fast nichts mehr, seit sie da ist«, antwortete Mitsouko und nickte dankbar in Richtung Pamela.

»Mach eine Ausnahme. Das, was hier passiert, ist unglaublich ... und dass wir beide darin verwickelt sind ... Bitte bring mir was zu trinken, kleine Schwester«, fügte er mit sanfterer Stimme hinzu.

Mitsouko erhob sich und verließ den Wintergarten in Richtung Küche, wobei sie einen sichtlich erschütterten Nobu und eine verwirrte Pamela zurückließ. Trotz ihrer großen Fortschritte im Japanischen war ihr das Wesentliche in dem Gespräch zwischen den beiden Freunden entgangen.

Nobu näherte sich Pam, spuckte auf seinen Zeigefinger und rubbelte ohne Vorwarnung an ihrem Halsansatz, um das Muttermal freizulegen. Pam zuckte zusammen. Was sollte diese Geste, diese überraschende Vertraulichkeit? War das eine nordische Sitte?

In diesem Moment kehrte Mitsouko mit einem schweren Tablett auf den Armen zurück, auf dem zwei Schalen und eine Flasche Sake standen. Was hatte dieser haarige Teufel ihr bloß erzählt, dass ihre Freundin zu so früher Stunde Schnaps servierte?

»Ich glaube, ich weiß, wo der Mann ist, den sie sucht«, offenbarte Nobu, nachdem er sein Glas geleert hatte.

Mitsouko blieb die Luft weg.

»Und wo soll er sein, deiner Meinung nach?«

»Bei mir.«

Nachdem er sich anständig nachgeschüttet hatte, erzählte Nobu, was er von Thad wusste: die Geschichte mit seiner Geisha vom linken Seine-Ufer, das Muttermal, seine Feigheit, den Wunsch, seinen Weg zu finden und erlöst zu werden, und die ganze japanaive Folklore, die er bei Musashi aufgeschnappt hatte.

»Du weißt doch, mein Freund Thad ... der französische Gaijin, der aussieht wie Alain Delon.«

Natürlich erinnerte Mitsouko sich sehr gut. Wie sollte sie seinen letzten Besuch vergessen haben? Ihre Zärtlichkeiten, ihre Leidenschaft, seine Traurigkeit, die ihre Spuren auf ihrem Körper und in ihrer Erinnerung hinterlassen hatten. Nicht zu vergessen all die Details, die sie Pam über ihren französischen Geliebten erzählt hatte, ohne dass sie beide ahnten, dass es sich um denselben Mann handelte. Ja, Mitsouko erinnerte sich sehr gut an alles und fühlte sich sehr elend.

Pam wusste nicht mehr, was sie tun sollte. Die beiden schienen ihre Anwesenheit vergessen zu haben, es war, als wäre sie unsichtbar geworden. Sie sprachen in einem unverständlichen Dialekt (und sie hätte schwören können, dass sie das absichtlich machten) und wiederholten ständig dieses Wort, das schmerzhaft an Thad erinnerte. Sie wollte sich in das Gespräch einschalten und lauerte auf den Moment, in dem sie sich bemerkbar machen könnte, als Nobu plötzlich aufstand und sich verabschiedete: »Ich komme in ein paar Tagen wieder«, sich auf dem Absatz umdrehte und verschwand.

»Dein Freund benimmt sich so merkwürdig. Was ist los?«, fragte sie Mitsouko.

»Nichts«, antwortete diese knapp. »Sei nicht so neugierig! Räum lieber schnell hier auf, denn Mutter mag keine Unordnung, und du kommst sonst zu spät zu deiner nächsten Musikstunde.«

Der Schnaps beeinträchtigte ihre Aussprache merklich, ihre Wangen waren verdächtig gerötet, und ihr leicht hysterischer Tonfall ließ Pamela aufgeben. Das war bestimmt nicht der richtige Zeitpunkt, um ihre Abreise anzukündigen. Sie würde es ein andermal probieren.

Zwölftes Kapitel

Seit er sich für einen Boten der Kami hält, zweifelt Nobu an nichts mehr. Zu Recht oder zu Unrecht?

Das Haus war leer und tadellos aufgeräumt. Eine dünne Staubschicht ließ vermuten, dass Thad bereits seit einiger Zeit fort war. Warum hätte er bleiben sollen?

Nobu ließ sich im Schneidersitz nieder und überlegte, wie er nun vorgehen sollte. Was hatte ihn nur geritten, sich für einen Götterboten zu halten, als er heldenhaft verkündete: »Ich gehe ihn holen und bringe ihn in ein paar Tagen her«? Er hatte sich selbst eine Grube gegraben, weil er an das Unmögliche glauben wollte. Was für ein Idiot er war! Dass er es einfach nicht sein lassen konnte, sich vor Mitsouko aufzuspielen! Und wozu? Um ihr zu beweisen, dass er sich geändert hatte? Dass es vorbei war mit den früheren Zeiten und deshalb auch mit dem Schmerz, den er ihr zugefügt hatte?

Er hatte die kleine verwaiste Geisha, die seine Tante in der Okiya aufgenommen hatte, aufrichtig ins Herz geschlossen. Damals waren sie beide noch Jugendliche gewesen. Er liebte sie wie eine Schwester. Auf inzestuöse Weise natürlich, aber dennoch brüderlich. Zugegeben, als sie älter wurde, hatte Mitsouko noch ein paar andere Dinge entwickelt, die sehr für sie sprachen. Sie war nicht nur hinreißend, sondern konnte auch verdammt viel vertragen und über seine Geschichten jedes Mal herzlich lachen. Im Laufe der Jahre wuchs ihre Zuneigung, aber nicht in dieselbe Richtung.

Mitsouko hatte sich in ihn verliebt oder glaubte das zumindest. Eines Tages, als er aus Freundschaft mit ihr geschlafen hatte, fragte sie ihn harmlos und ganz unvermutet, wie er es finden würde, wenn sie ihm sagte, dass sie in ihn verliebt sei …

Er brach in ein dümmliches Gelächter aus. Sie gab aber nicht auf, und während sie zerstreut sein steifes Glied streichelte, bohrte sie weiter.

»Wenn es so wäre, dass sich meine Gefühle für dich geändert hätten?«

»Hör mit dem Quatsch auf«, sagte er wie ein Idiot und nahm sanft ihren Nacken in seine riesige Hand, um ihren Kopf zwischen seine Beine zu zwingen. »Du bist meine kleine Schwester, und ich liebe dich wie ein Bruder. Daran ist nichts zu ändern.«

Plötzlich durchzuckte ihn ein heftiger Schmerz vom Kopf bis in den Schwanz, nein, umgekehrt. Die Zicke hatte ihn gebissen. Nicht brutal, aber auch nicht gerade zärtlich. Dann richtete sie sich mit hasserfülltem Blick auf und spuckte ihm ins Gesicht.

»Ich hatte einen Bruder, aber der ist tot, und ich will keinen anderen.«

Mit diesen Worten sprang sie geschmeidig auf, zog sich rasch an und ging, während Nobu recht jämmerlich zurückblieb. Was für ein Idiot er doch war! Er wusste genau, dass trotz der verstrichenen Zeit ihre Wunde noch nicht verheilt war und er nie von ihrem Bruder hätte anfangen dürfen …

Das war vor zehn Jahren gewesen. Seither hatte Nobu

alles versucht, um seinen Fehler wiedergutzumachen. Es war ihm fast gelungen, aber nichts war mehr wie früher. Mitsouko trug eine neue Narbe in ihrem Herzen und er an seiner Schwanzspitze. Sie waren quitt.

Wie sie diese junge Französin unterrichtet hatte, hatte ihn beeindruckt. Sie hatten sich beide sehr verändert, und doch ... ein, zwei Gläschen Sake am Morgen hatten sie einander genauso zuverlässig nähergebracht wie früher. Mitsouko hatte sich diese einzigartige Fähigkeit bewahrt, einen zu heben, ohne sich lange bitten zu lassen, das Luder. Obwohl ... war sie überhaupt noch so ein Luder? Er empfand den dringenden Wunsch, das herauszufinden. Wenn die Sache mit den beiden Gaijin erledigt wäre, müsste er ernsthaft mit ihr über die Zukunft sprechen. Über seinen Wunsch, diese mit ihr zu teilen.

Ihm wurde bewusst, dass dieser Wunsch ihn die ganzen zehn Jahre hindurch begleitet hatte. Wie ein unerfüllter Traum, eine schlafende Gewissheit. Zeit aufzuwachen! Sobald die eine Geschichte – und was für eine Geschichte! – vorbei wäre, würde er sich um ihre Geschichte kümmern.

Und wo anfangen?

Keine Idee, nicht die geringste Ahnung, noch nicht einmal ein erster Entwurf eines Plans. Nichts. Der Götterbote erlitt gerade Schiffbruch. In Ermangelung himmlischer Eingebung erinnerte ihn sein Magen an seine irdischen Bedürfnisse: Er hatte Hunger, also ging er in die Stadt essen. Ohne dass er es merkte, führten seine Schritte ihn zu dem kleinen Restaurant, wo Thad und er sich nach dem Training öfter getroffen hatten. Vielleicht könnte er dort etwas erfahren. Der Wirt bestätigte seine Befürchtungen: Er hatte den Gaijin seit Wochen nicht mehr gesehen.

»Du solltest im Dojo nachfragen«, schlug er vor. »Dein Freund hat dort regelmäßig trainiert.«

Im Dojo erinnerten sich alle an den Ausländer, aber keiner wusste, was aus ihm geworden war. Er war einfach eines Morgens nicht wiedergekommen. Und auch am nächsten Tag nicht. Das sei alles, was sie ihm sagen könnten. Seither hatte niemand etwas von ihm gehört, außer vielleicht … vielleicht der Alte dort in der Ecke. Der habe sich irgendwie mit dem langnasigen Gaijin angefreundet und wisse womöglich mehr über ihn. Das sei nicht viel, aber mehr hätten sie nicht zu bieten. Nobu ging also zu dem alten Kendoka, um ihn auszufragen, aber der gab den Widerspenstigen. Schließlich habe er im Zweiten Weltkrieg an der Seite der Kamikaze in der Luftwaffe gedient, er sei nicht so einer, der dem Erstbesten gegenüber einfach so mit Informationen herausrücke. Die Unerschütterlichkeit des alten Starrkopfs ließ Nobu fast ersticken vor Wut.

»Ich bin nicht der Erstbeste, ich trainiere hier seit über zehn Jahren. Sie wissen sehr gut, wer ich bin.«

Wie dem auch sei, er würde sich in Geduld üben müssen. Vielleicht könne er ja morgen wiederkommen?

Nobu fluchte, kam aber am nächsten Tag mit einem Geschenk für den Achtzigjährigen wieder, Süßigkeiten aus roten Bohnen, eine köstliche Spezialität, die er aus dem Kinkakuji-Tempel in Kyoto mitgebracht hatte, um sie selbst zu essen. Offenbar genauso empfänglich für den Inhalt wie für die Verpackung, begann der Alte mit nicht enden wollenden Ausführungen voller Abschweifungen und schrecklicher Banalitäten, in deren Verlauf Nobu jedoch schließlich erfuhr, was er zu wissen begehrte. Nämlich dass der Alte Thad geraten hatte, ins Kloster zu gehen, und ihm ein

Empfehlungsschreiben mitgegeben hatte, damit er dort auch aufgenommen würde.

»Wo befindet sich dieses Kloster?«, wollte Nobu noch wissen.

»Auf der Hauptinsel Honshu, im Nordosten.«

Kleines Briefkapitel

Lieber Doktor Atsura,
heute ist alles anders, ich fühle, dass ich endlich handeln werde und mich nicht mehr von der unsinnigen Hoffnung, dass die Dinge wieder so werden könnten, wie sie waren, daran hindern lasse. Sie hatten recht, Sie wussten, dass man vergessen und nach vorn blicken muss. Sie haben es mir oft gesagt. In Paris habe ich Ihnen kaum zugehört und Sie auch nicht verstanden.
Die Vergangenheit muss sterben, haben Sie gesagt. Dagegen habe ich seit meiner Ankunft in Japan mit aller Kraft gekämpft und mich schließlich in der Zeit verirrt. Gestern noch habe ich auf ihn gewartet oder zumindest gehofft. Heute weiß ich, dass ich nichts mehr zu erwarten habe. Die Vergangenheit kann endlich sterben, denn ich verzichte darauf. Thad ist tatsächlich für immer gegangen, aber letztendlich fühle ich mich mit dieser Wahrheit weniger einsam als während der ganzen Zeit meiner Suche nach ihm. In Tokio habe ich endlich mich gefunden, nun bin ich bereit, mich dem Leben zu stellen, ohne ihn. Es wird nicht unbedingt schöner sein, aber wirklicher. Hier habe ich begriffen. Von hier aus breche ich wieder auf.
Ihre ergebene und sehr dankbare

Pamela

Dreizehntes Kapitel

in dem wir uns der Lösung nähern, während die Wetten noch offen sind

Mitsouko steckte die Nachricht von ihrer Abreise weg, ohne mit der Wimper zu zucken. Zur größten Erleichterung von Pam, die befürchtet hatte, dass ihre große Schwester Tausende Tricks auspacken würde, um sie davon abzuhalten, zeigte sie Haltung. Pam wusste aus Erfahrung, wie schwer es war, Mitsouko zu widerstehen. Einmal mehr überraschte ihre Onee-san sie mit ihrer edlen und wohlwollenden Art. Sie bat sie nur darum, sie auf einen letzten Ausflug in den Nordosten von Honshu zu begleiten, und Pam willigte freudig ein. Dr. Atsura hatte bereits alles Notwendige unternommen, und der Rückflug war nicht an ein bestimmtes Datum gebunden. Während ihres Aufenthalts in der Okiya hatte Pam gelernt, sich über das zu freuen, was sich ihr bot, und diese unerwartete Reise wäre eine sehr angenehme Art, ihre japanische Lehrzeit abzuschließen.

»Ich muss dir unbedingt die Gegend mit den Bergklöstern zeigen. Du kannst mein Land nicht verlassen, bevor du diese Wunder gesehen hast.«

Sie hatte auch verstanden, dass sie dort Nobu treffen würden, der nicht unschuldig war an dieser plötzlichen Laune ihrer Freundin. Pam wollte diesen letzten Ausflug nutzen, um sich die Liebesgeschichte erzählen zu lassen, die hinter der Freundschaft der beiden verborgen war. In Japan hatte sich ihre Vorliebe für Romantik in etwas übertriebener Weise entfaltet. Je stärker ihr Körper und ihre Bewegungen den strengen Regeln der Geisha-Ausbildung unterworfen waren, desto mehr flüchtete sich ihr Geist in romantische Fantasien. Ein Phänomen, das in Melun-Sénart nicht hätte stattfinden können, nicht einmal am linken Seine-Ufer.

Im Zug, der sie nicht allzu schnell in den Nordosten von Honshu brachte, schob Mitsouko ein überaus japanisches Schlafbedürfnis vor, um alles zu überdenken. Noch einmal ließ sie das Gespräch, das sie am Vorabend mit Nobu geführt hatte und das ihrer kleinen Reise zugrunde lag, wie einen Film an ihrem geistigen Auge vorüberziehen. Nobu hatte ihr die Tatsachen bestätigt: Er habe seinen Freund gefunden, doch dieser habe sich sehr verändert.

»Wie verändert?«

»Bemerkenswert tief, eine Art innere Verwandlung des Selbst.«

»Hast du ihm von Pam erzählt, hast du ihm gesagt, dass sie in Japan ist und ihn seit Monaten in Kyoto sucht?«

»Nein, ich konnte nicht. Ich habe gespürt, dass diese Art von Enthüllung nicht zu seiner neuen Orientierung passen würde.«

»Was meinst du?«

»Er will Mönch werden.«

»Mönch?«

»Mönch! Für ihn ist das die einzige Möglichkeit, die Fehler der Vergangenheit wiedergutzumachen und in die Zukunft voranzuschreiten oder irgendwie so. Anscheinend ist am Strand die Erleuchtung über ihn gekommen. Ehrlich, in der Zeit, als er Kopfgeldjäger werden wollte wie Steve

McQueen, war er sehr viel lustiger, aber so ist das halt. Ich finde, wir sollten uns da raushalten.«

»Spinnst du?«, schrie ihn Mitsouko an. »Das kriegen die doch nie alleine hin. Pamela reist ab, sie kehrt nach Frankreich zurück. Thad kann nicht Mönch werden, das ist … gegen die Natur.« Sie musste es ja schließlich wissen, oder? »Er muss jede Hoffnung verloren haben, wenn er einen solchen Entschluss fasst. Wir müssen unbedingt etwas tun. Wir müssen ihnen helfen.«

Mitsouko war sich da ganz sicher, sie glaubte keine Sekunde lang an Thads neue Berufung als Mönch. Natürlich verzichtete sie darauf, Nobu zu erklären warum, und betonte nur beharrlich, dass ihre Geschichte ebenso wie das Schicksal von Pam und Thad von den Kami im Voraus festgeschrieben worden seien. Nobu und sie bildeten die unerlässliche Verbindung in diesem kosmischen Puzzle, dessen Ausgang die Wiedervereinigung der getrennten Liebenden wäre, der Sieg der Liebe über die Meere, die Kontinente, die Kulturen hinweg. Nobu ließ sich von ihrer Begeisterung überzeugen, ohne ihr allzu viel Widerstand entgegenzusetzen (er wollte sie nicht verärgern), sodass sie schließlich vereinbart hatten, sich doch in diese ausländische Liebesgeschichte einzumischen. Während sich Mitsouko schlafend stellte, beobachtete sie Pamela durch ihre geschlossenen Wimpern. Sie konnte nicht glauben, dass ihre Freundin ihre Liebe wirklich aufgegeben hatte. Das war ausgeschlossen, die einzig mögliche Erklärung war ihre Unwissenheit: Sie wusste nicht, dass sie so nah am Ziel war. Glücklicherweise gab es Mitsouko, die ihr Leben wieder in die richtige Spur lenken würde.

Vor dem steinernen Torii, einer Art Portal mit doppeltem Sims, der am Eingang eines Shinto-Tempels die Trennung zwischen der irdischen und der geistigen Welt kennzeichnet, verflüchtigte sich Mitsoukos wunderbare Sicherheit. Sie betrachtete Pamela, die den gewundenen Pfad zum Heiligtum entlangschritt, für einen Moment, als würde sie sie zum ersten Mal sehen: wie zart sie war in ihrem blassrosa Reisekimono, wie japanisch in ihrer Haltung und was für eine hinreißende Geisha in ihrer Art, auf der Welt zu sein! Anmutig fügte sie sich in die Umgebung ein: ein Pfad aus Erde und Kieselsteinen, gesäumt von Ahorn und Pflaumenbäumen, im Hintergrund Berge, auf deren nebelverschleierten Gipfeln der ewige Schnee zu erahnen war. Wie ein Holzschnitt.

Das Wetter war merklich kühler geworden, an einigen Stellen sammelten sich Wolken. Die ganze Natur schien den Atem anzuhalten und auf die Fortsetzung zu warten.

Als sie am Eingang des Hauptgebäudes angelangt waren, suchte Mitsouko nach Worten, die ihr nicht einfallen wollten. All die wunderbaren Sätze, die sie sich im Voraus zurechtgelegt hatte, waren verflogen, Gefühle lähmten sie. Sie holte tief Luft.

»Thad ist hier, hinter dieser Tür … Nobu hat ihn gefunden, sie kennen sich seit Langem. Ich kenne ihn auch, aber ich wusste nicht … Ich konnte nicht wissen … Er weiß nichts davon, dass du hier bist … Nobu hat nichts gesagt. Also wirst du durch diese Tür gehen und nach ihm suchen, denn der Verzicht auf die Liebe ist ein Verbrechen und …«, sie schöpfte Luft, »… was du noch wissen solltest: Er will Mönch werden!«

Mit diesen Worten zog sie an der Kordel, die vor der Tür hing, und ließ die schwere Glocke so lange läuten, bis ihnen geöffnet wurde. Sie schubste die versteinerte Pamela hinein, drehte sich auf dem Absatz um und rannte den Pfad eilig hinab zur Herberge, wo Nobu sich mit ihr verabredet hatte. Sie brauchte jetzt ein Glas oder zwei.

Vierzehntes Kapitel

in dem Pamela ihre vornehme Zurückhaltung aufgibt und mit Musashi und Grünschnabel abrechnet

Regungslos und mit verblüfftem Gesicht stand Thad vor ihr. Nur ein kaum wahrnehmbares dümmliches Lächeln lag auf seinen Lippen. Pam hatte nicht die geringste Ahnung, was sie tun oder sagen sollte, nicht einmal denken. Die langen Monate ihrer Ausbildung in der Okiya, in denen sie gelernt hatte, jedes Ereignis, jede neue Information zu studieren, bevor sie sich für die angemessene Haltung entschied, waren in dieser Situation überhaupt nicht hilfreich.

Leise ergriff Thad das Wort: »Ich bin gegangen, weil die Liebe, die ich für dich empfunden habe, mich zu weit von mir selbst entfernt hat. Ich bin gegangen, weil du mich verwirrt und mich verletzlich gemacht hast … das konnte ich nicht mehr ertragen. Dabei kann man nicht wachsen ohne Verletzlichkeit. Als ich dich verlassen habe, habe ich den wahren Schmerz kennengelernt, den Schmerz des Mangels, der viel schrecklicher ist als der der Liebe. Aber ich musste diesen schweren Fehler erst begehen, um zu verstehen.«

Er wirkte so aufrichtig mit seinem groben Gewand aus bronzefarbener Wolle, den schäbigen Sisal-Sandalen und dem geschorenen Schädel, der sein Gesicht so kindlich machte. Pamela verankerte sich geistig mit den Zehen im Boden, da sie sich davor fürchtete, sonst allzu sehr von ihren Gefühlen mitgerissen zu werden.

Noch leiser sprach er weiter und zwang sie damit, näher zu kommen, um ihn besser zu verstehen.

»Ich habe mein Leben auf einer Illusion errichtet. Ich wollte jemandem gleichen, der nicht existiert. Ich bin kein Pirat, auch kein Cowboy und noch weniger ein Samurai. Dafür habe ich etwas getan, wozu Grünschnabel nie gekommen ist, in keiner einzigen Folge: Ich bin zur Quelle zurückgekehrt. In diesem Tempel, der die Freundlichkeit hatte, mich als Novizen aufzunehmen, bin ich Gärtner geworden. Schüler, genauer gesagt, denn es dauert Jahre, bis man sich hier Gärtner nennen darf. Hinter dem Schlafsaal gibt es einen Wintergarten mit wunderbaren hundertjährigen Bonsai. Die würde ich dir gern zeigen.«

Pam zwang sich, die Verwirrung und Verlegenheit zu verbergen, in die sie das demütige Mönchlein an der Stelle ihres Kriegers stürzte. Hundertmal hatte sie sich die Szene ihres Wiedersehens ausgemalt. Wie sie einander zufällig in Tokio begegnen, zu Füßen der Hundestatue, die Keiko ihr gezeigt hat. Oder, mehr mittelalterlich-romantisch, wie er als Kriegsherr nach Art von Richard Chamberlain in *Shogun* anlässlich einer Teezeremonie, bei der sie nichts verschüttet hat, entdeckt, dass seine Lieblings-Geisha niemand andere ist als seine große Pariser Liebe ... Doch nie, niemals hätte sie die Möglichkeit in Betracht gezogen, dass er in einen Orden eintreten könnte. Niemals!

Sie besichtigten den Gemüsegarten, ohne dass ihr irgendetwas eingefallen wäre, das sie hätte sagen können.

»Dies ist ein Kyuri«, sagte er und zeigte auf eine Gurke. »Sie darf erst geerntet werden, wenn sie zwischen einundzwanzig und zweiundzwanzig Zentimeter groß ist. Dort siehst du Hatsukadaikon, das sind genau zwanzig Tage alte Radieschen.«

Thads Gesichtsausdruck veränderte sich, während er Pamela sein Reich zeigte. Er kniete nieder, um etwas zu pflücken, das aussah wie Johannisbeeren mit matter Haut.

»Probier das mal, das ist unglaublich, wie Bonbons, die im Mund explodieren … Rat mal, was das ist!«

»Bist du glücklich hier?«, unterbrach ihn Pam, den Mund voll von diesen merkwürdigen Kugeln mit dem Geschmack von … Tomaten?

»Ich habe in diesem Garten meinen Frieden gefunden … Nein, sagen wir, eine Art Besänftigung. Zu Unrecht habe ich gedacht, dass meine Gefühle mich daran hindern, glücklich zu sein, und dass eine Beziehung mich daran hindert, frei zu sein. Das ist falsch. Du kannst dir gar nicht vorstellen, wie elendig mir zumute war, als ich dich verlassen hatte, so gefangen in mir selbst. Das sind wirklich Tomaten, unglaublich, nicht?«

Das Ideal, so rein es auch sein mag, zerbricht immer irgendwann an der Realität. Auch Pam hatte sich dieser Tatsache beugen müssen. Beide hatten ihre Lektion teuer bezahlt.

»Ich bitte dich um Verzeihung«, murmelte er und sah sie eindringlich an, bevor er die Lider senkte. Sein Blick verweilte einen kurzen Moment bei ihrem Muttermal, das ihm von allen das liebste war, dann verneigte er sich respektvoll vor ihr.

Im selben Augenblick – synchron wie in einem russischen Ballett – fühlte Pam eine Träne aus ihrem Augenwinkel quellen. Mühsam ihr Gleichgewicht wahrend, hing sie schwankend zwischen den beiden Wimpernreihen, die sie – aber wer weiß, wie lange noch? – davon abhielten, über die Wange zu rollen, sodass Pam sich gezwungen sah, die Augen so fest wie möglich zusammenzukneifen, um zu verhindern, dass sie überliefen. Die winzigen Fäuste in ihre schmalen Hüften gestemmt, belohnte sie Thad mit einer unwiderstehlichen kleinen Grimasse.

»Hätte dein Freund Musashi Otsu eine Chance gegeben, wäre er der größte und gerechteste aller Menschen gewesen, denn dann hätte er der Liebe nicht den Rücken gewandt. Hättest du mir vertraut, mir nur die Gelegenheit gegeben zu verstehen …«

Die Worte, die endlich aus ihrem Mund sprudelten, hatten nichts mit denen zu tun, die sie in ihren zahlreichen inneren Dialogen vorbereitet hatte. Zorn stieg in ihr empor und drohte, alles mit sich fortzureißen, sie suchte nach einer Ablenkung.

»Erzähl mir von deinem neuen Leben als Mönch«, bat sie plötzlich. »Leistet ihr irgendjemandem einen Treueschwur? Einem Obermönch? Buddha?«

Thad rührte sich nicht mehr: Seit wie langer Zeit hatte er sie nicht mehr so nahe an sich gespürt? Endlich konnte er wieder den Duft ihrer Haare und ihrer Haut einatmen und sich den ganzen Rest vorstellen. Eine Reihe von Bildern zog an seinen Augen vorüber, die er nicht stoppen konnte: Pam, wie sie nackt auf ihm saß, Pam, wie sie nackt vor ihm hockte, Pam auf dem Bauch, auf dem Rücken, Pam nackt beim Anziehen, Pam halb nackt beim Ausziehen. Das musste aufhören, sofort! Er holte tief Luft, zwang sich, die schmerzhafte Klage zu unterdrücken, die sich zwischen seinen Beinen regte, und versenkte sich in die Betrachtung der Nacht.

»Die Mönche hier, wie überall auf der Welt, geloben Keuschheit«, murmelte er.

»Klar …«, seufzte Pam traurig.

Sie fühlte sich unendlich müde. Als ob sich alle Müdigkeit, die sich auf dieser langen Irrfahrt angesammelt hatte, alle Zweifel, die sie heimgesucht hatten, und auch ihre Verzweiflung auf einen Schlag wieder bemerkbar machten.

Sie gingen noch immer nebeneinander durch diesen fantastischen Garten und versuchten zu verbergen, in welche Erregung sie das versetzte. Pam dachte, dass sie noch stundenlang so ziellos und brav durch diesen Garten spazieren könnte, nur um ihren Samurai an ihrer Seite zu spüren. Aber war er denn noch ihr Samurai?

Ihre Suche endete hier, in diesem Zen-Garten auf der Insel Honshu, der Ruhe ausströmte und Genuss versprach. Sie fand Thad in der Haut eines anderen wieder, genau in dem Moment, wo sie auf seine Person verzichtete. Trotz der Ironie der Situation dachte sie, dass es gut so war. Eine leichte Brise hatte sich erhoben, die Sturm ankündigte, sie schauderte.

»Es wird regnen, lass uns hineingehen«, sagte sie und schlang die Ärmel ihres Kimonos um sich.

Während sie langsam auf das Gebäude aus dunklem Holz zugingen, das den Mönchen als Schlafraum diente, berührten sich ab und zu ihre Arme.

»Ich habe mein Gelübde noch nicht abgelegt. Ich bin nur ein einfacher Novize«, murmelte er und zwang sie, stehen zu bleiben und ihm tief in die Augen zu schauen.

So, nun war es raus.

Im *Weg des Samurai* steht, dass es besser ist, mit gesenktem Kopf vorwärtszustürmen, als den Schwung zu unterbrechen, wenn die Umstände es erfordern. Genau das war hier der Fall. Pamela hatte ihm die Gelegenheit geboten, sich zum ersten Mal in seinem Leben wie ein wahrer Samurai zu verhalten. Musste er tatsächlich Mönch werden, um die Erfahrung noch einmal zu wiederholen?

Einen Moment lang sah sie ihn an, mit starrem Blick und einem Ernst, der ihren vor Freude sprühenden Augen widersprach.

Und so machte sie den ersten Schritt, ergriff seinen Arm und wandte sich zum Ausgang. Und ihre leichten, fröhlichen Schritte wurden immer schneller, je heftiger der bald sintflutartige Regen aus dem tintenblauen Himmel auf sie herabstürzte.

Epilog

»Ich möchte wissen, ob sie es geschafft haben«, fragte sich Mitsouko laut, den Körper an den ihres riesigen Gatten geschmiegt. Als ob ein guter Ausgang des Wiedersehens von Pam und Thad ein Garant wäre für ihr Glück, wollte sie, dass er ihr wieder und wieder davon erzählte.

Nobu, der gerade eingeschlafen war, knurrte und drehte sich auf die Seite.

»Erzähl es mir noch einmal, sag mir, was er in seinem Brief geschrieben hat«, drängte Mitsouko.

Nobu richtete sich auf, seufzte laut und wiederholte mit einer für ihn völlig neuen Geduld, was er ihr schon Dutzende Male berichtet hatte: »Sie haben sich mit der Heimfahrt Zeit gelassen und sind dann nach Saint-Brieuc gezogen. Thad zeichnet Zen-Gärten. Anscheinend haben die Bretonen eine besondere Empfänglichkeit dafür, die der unseren ähnelt, und die Nachfrage ist groß. Zumindest schreibt er mir das. Und dass Pamela mit ihm zusammenarbeitet, sich um die Bonsai kümmert und Ikebana-Kurse gibt.«

»Saint-Brieuc, Saint-Brieuc, Saint-Brieuc …«, wiederholte Mitsouko, als wollte sie sich diese Klangfülle einverleiben, um sich die Art von Leben, die dazu passte, besser vorstellen zu können.

Am Fuß ihres Bettes lag der Beutel mit Pamelas auf Japanisch eingesticktem Namen und dem Schülerkimono, den sie ihrer Freundin einst geschenkt hatte. Sie musste daran denken, ihn ihr zurückzugeben, man weiß ja nie.

Danksagung

Ich danke allen, die mich unterstützt haben, wenn mich der Mut verließ und der Zweifel zu viel Raum einnahm, von ganzem Herzen. Insbesondere der Admiralin Viogelly, Camille Dallier, Audrey M'Sika, Christine Sallès, Laurence Lemoine, Laurence Ravier für ihre Freundschaft ohne Fehl und Tadel. Ebenso Guy Corneau, dem lieben Kuppler aus Québec, sowie Erwan Leseul und Anna Pavlowitch für ihre freundliche Herausforderung 2 gegen 1!

Glossar

Aikido – defensive Kampfsportart, bei der es nicht um Gegenangriff, sondern um Kontrolle des Aggressors geht.

Aiki-Jo und Aiki-Ken – Mit »Jo« wird ein etwa 1,30 Meter langer Holzstab bezeichnet, »Ken« bedeutet Schwert. Beide werden als Waffen im → Aikido benutzt. Kampftechniken mit dem Jo sollen Flexibilität und Intuition unterstützen, das Schwert Klarheit und Konsequenz fördern.

Ainu – Ureinwohner Nordjapans.

Almanach der Geisha – eine Art Horoskop in Buchform, das bei wichtigen Entscheidungen konsultiert wird (aus dem Roman *Die Geisha* von Arthur Golden).

Aoi-Matsuri-Fest – eins der drei wichtigsten Jahresfeste in Kyoto, das in der Regel am 15. Mai stattfindet. Es entstand im 6. Jahrhundert und gilt damit als eines der ältesten Feste der Welt.

Atotori – Erbin der Mutter eines Geisha-Hauses (→ Okiya), entweder eine leibliche Tochter der → Oka-san oder eine Adoptivtochter.

Bécassine – französische Comicfigur. Die Bécassine verkörpert das typische Dienstmädchen aus der Bretagne, das zum Arbeiten in die große Stadt Paris gezogen ist.

Bento – ein Kästchen zum Servieren von Speisen, in dem das Essen durch Plastikwände getrennt wird.

Captain Harlock – *Die Abenteuer des fantastischen Weltraumpiraten Captain Harlock* ist eine Manga-Reihe von Leiji Matsumoto aus den Jahren 1977 bis 1979.

-Chan – informelle Anrede. Sie wird an Namen gehängt, wenn die betreffende Person viel jünger ist als der Sprecher oder diesem sehr nahe steht bzw. ein Familienangehöriger ist.

Chanoyu – japanische Teezeremonie, der die Zen-Philosophie zugrunde liegt und die in einem Teehaus stattfindet.

Chirashi-Sushi – »Streusushi«, hier werden alle Zutaten offen mit Reis in Schalen serviert.

Danna – finanzieller Förderer der → Geisha, meist ein wohlhabender älterer Mann, der für einen Teil der Lebenshaltungskosten aufkommt. In manchen Fällen besteht auch eine romantische Beziehung, die von Seiten der Geisha freiwillig gewählt wird und jederzeit beendet werden kann.

Dojo – Trainingsraum für japanische Kampfkunst.

Edo – historischer Name für Tokio, siehe → Edo-Zeit.

Edo-Zeit – Periode der japanischen Geschichte zwischen 1603 und 1868, während der die Tokugawa-Shogune (→ Shogun) herrschten. Sie ist benannt nach der damaligen Hauptstadt → Edo, heute Tokio. Sie gilt als die längste Friedenszeit Japans mit einer Dauer von über 250 Jahren.

Fuji – Vulkan und höchster Berg Japans, der wegen seines perfekt symmetrischen Vulkankegels als einer der schönsten Berge der Welt gilt.

Gaijin – wörtlich: »Mensch von außerhalb«, abwertende

Bezeichnung für Nichtjapaner, besonders westliche Ausländer.

Gaozong Tang – chinesischer Kaiser (gest. 683), dessen Konkubine und spätere Kaiserin Wu Zetian großen Einfluss auf seine politischen Entscheidungen hatte.

Geiko – → »Geisha« im Kansai-Dialekt, wörtlich: »Mädchen der Kunst«.

Geisha – wörtlich: »Person der Künste«. Geishas sind Unterhalterinnen, die in klassischen japanischen Künsten geschult sind. Ihre Ausbildung dauert etwa fünf Jahre und enthält neben Kalligrafie, Tanz, Musik und Gesang auch die Durchführung der Teezeremonie, Konversation und eine strikte Kleiderordnung. Sie findet in der → Okiya statt.

Genmaicha – japanische Grünteezubereitung mit gepufften Reiskörnern.

Gion – berühmtes Geisha-Viertel in Kyoto.

Gion Matsuri – 30 Tage andauerndes Fest in Kyoto, das jedes Jahr im Juli gefeiert und mit einer festlichen Parade durch die Stadt beschlossen wird.

Gojushiho Sho – spezieller Bewegungsablauf in der Kampfkunst.

Gyoza – mit Fleisch oder Gemüse gefüllte Teigtaschen, die ursprünglich aus China stammen, heutzutage aber in ganz Japan und anderen asiatischen Ländern verbreitet sind.

Hagakure – Ehrenkodex der → Samurai, der zwischen 1710 und 1716 in Japan während der → Edo-Zeit entstand. Man nimmt an, dass der Samurai → Tsunemoto Yamamoto sie diktiert hat, nachdem er Zen-Mönch geworden war. Es handelt sich um ca. 1300 kurze Episoden und Lektionen zum täglichen Leben des Samurai.

Haiku – traditionelle japanische Gedichtform, die meistens

aus drei Wortgruppen besteht. Wesentlich ist ihr Bezug auf Konkretes, Gegenwärtiges und eine Offenheit, da sich die Texte erst im Erleben des Lesers vervollständigen sollen.

Hakama – weite japanische Hose bzw. Hosenrock, der im Kampfsport die Haltung verbessern und die Beinbewegungen verschleiern soll.

Hanamachi – wörtlich: »Blumenviertel«, traditionelles Geisha-Viertel.

Hanami – wörtlich: »Blüten betrachten«, Tradition, zum Kirschblütenfest im Frühjahr die Schönheit der in Blüte stehenden Kirschbäume zu bewundern.

Hara – wörtlich: »Bauch«, bezeichnet die Körpergegend von Magen bis Unterleib als Lebenszentrum und ist darüber hinaus ein zentrales Prinzip der japanischen Lebensart, bei dem es um Zentrierung, Stille und Klarheit geht.

Hatsukadaikon – japanisches Gartenradieschen.

Hiroshige Ando – stilbildender Meister (1797–1858) des japanischen Farbholzschnitts am Ende der → Edo-Zeit.

Hokkaido – nördlichste und nach → Honshu zweitgrößste der vier japanischen Hauptinseln.

Hokusai Katsushika – japanischer Maler (1760–1849). Seine bekanntesten Werke sind die Farbholzschnitte der Serie »36 Ansichten des Berges Fuji«.

Honne – wörtlich: »dahinter«, wahre Gefühle und Wünsche einer Person, die oft im Gegensatz zu den Anforderungen der Gesellschaft (→ Tatamae) stehen und nur mit engsten Freunden geteilt werden.

Honshu – größte der vier japanischen Hauptinseln. Sie wird auch als »Kernland« bezeichnet.

Ikebana – Kunst des Blumenbindens, bei der das vollendete Gebilde (Blüten, Blätter, Stängel, Zweige und Vase) eine

Harmonie von Farbe, Rhythmik und linearem Aufbau erschaffen soll.

Irasshaimase – wörtlich: »kommen Sie herein«, förmliche Willkommensphrase, die meist in offiziellen Kontexten verwendet wird.

Japauto – französisch-japanischer Autohändler.

Jiu-Jitsu – von den → Samurai stammende Kampfsportart zur waffenlosen Selbstverteidigung.

Judo – japanische Kampfsportart mit den Prinzipien »Siegen durch Nachgeben« und »Maximale Wirkung bei minimalem Aufwand«.

Kabuto – Helme, die von → Samurai zu ihren Rüstungen getragen wurden.

Kami – in erster Linie im Shintoismus verehrte Götter und Geister.

Kamikaze-Piloten – japanische Piloten im Zweiten Weltkrieg, die sich mit Flugzeug und Bombenladung unter Aufopferung des eigenen Lebens auf feindliche Ziele stürzten.

Kanji – chinesische Schriftzeichen, die auch in der japanischen Schrift verwendet werden.

Karage – informeller Kleidungsstil von → Maiko und → Geisha.

Karate-Kata – Übungsform, die aus stilisierten Kämpfen besteht und im Karate zumeist gegen imaginäre Gegner geführt wird.

Karayukai – die Umgebung einer → Geisha, die durch deren Anwesenheit zu einem romantischen, wunderschönen Ort wird.

Kata – Bewegungsabfolge und Übungsablauf in den japanischen Kampfkünsten Aikido, Judo und Karate.

Kawaii – wörtlich: »liebenswert«, »süß«, steht auch für ein

ästhetisches Konzept, das Kindlichkeit und Unschuld betont und sich besonders seit den 1970er-Jahren als »Niedlichkeitsästethik« auf viele Bereiche der japanischen Gesellschaft ausgedehnt hat.

Kendo – Kampfsportart und abgewandelte Form des traditionellen japanischen Schwertkampfs der → Samurai. Kendo bedeutet auch »Weg« und bezieht sich in dieser Bedeutung auf die geistige Ausbildung des Menschen, der Charakterfestigkeit und moralische Stärke erlernen soll.

Kendoka – Praktizierender von → Kendo.

Kimono – traditionelles, kaftanähnliches Kleidungsstück, das mit einem besonderen Gürtel, dem → Obi, getragen wird.

Kinkakuji-Tempel – buddhistischer Tempel in Kyoto, dessen obere Stockwerke mit Blattgold überzogen sind.

Kitahanebashi-mon – Eingang der Burg Edo in Tokio.

Kitanomaru-Park – öffentlicher Park in Tokio nahe der Burg Edo.

Kobayashi Issa – eigtl. Kobayashi Noboyuki (1763–1828), einer der berühmtesten japanischen → Haiku-Dichter.

Kodaiji – bekannter buddhistischer Tempel in Kyoto.

Koishikawa Korakuen – einer der ältesten und schönsten japanischen Parks, errichtet in der frühen → Edo-Zeit in Tokio.

Konichiwa – informelle japanische Grußformel.

Koshi-ita – versteifte Rückpartie der → Hakama-Hose.

Kung Fu – US-amerikanische Abenteuer-Fernsehserie über den Shaolin-Mönch Kwai Chang Caine.

Kusunoki Masashige – einer der größten japanischen Volkshelden (1294–1336), galt als geschickter Militärstratege und wurde wegen seiner bedingungslosen Loyalität zu

Kaiser Go Daigo zum Nationalhelden stilisiert, der sich trotz aussichtloser Lage opfert. 1944/45 wurde er daher zum Schutzpatron der → Kamikaze-Piloten.

Kyuri – japanische Gurke.

Kyushu – südlichste und drittgrößte der vier japanischen Hauptinseln, nach → Honshu und → Hokkaido.

Lolicon – steht für »Lolitakomplex« oder junge Mädchen, die das »Lolitaschema« erfüllen.

Maiko – Frau, die zur → Geisha ausgebildet wird.

Maki-Sushi – in Algenblätter eingeschlagene Sushi, die mit einer Bambusmatte in Form gerollt werden.

Manureva – Trimaran des berühmten französischen Seglers Alain Colas, der am 16. November 1978 auf See verschwand.

Matcha – zu feinem Pulver gemahlener Grüntee, der in der japanischen Teezeremonie verwendet wird.

Meishin – wörtlich: »Aberglaube«.

Mineko Iwasaki – eigtl. Masako Tanaka (geb. 1949), berühmte → Geisha und Autorin des Buchs *Die wahre Geschichte der Geisha*.

Minka – traditionelles japanisches Wohnhaus, das auf Pfählen steht und in dem vor allem Bauern und Fischer lebten.

Mireille, Mathieu – französische Schlagersägerin (geb. 1946), bekannt für ihren Bubikopf-Haarschnitt.

Miyagawa-cho – Geisha-Viertel (→ Hanamachi) in Kyoto.

Momijigari – wörtlich: »rote Blätter« oder »Herbstlaub«, bezeichnet die Tradition, im Herbst Parks zu besuchen und die Färbung der Bäume, insbesondere der Ahornbäume, zu genießen.

Mujo – wörtlich: »Unbeständigkeit«, eines der drei Daseinsmerkmale im Buddhismus (auch: »Anicca«). Es beschreibt die Vergänglichkeit und dass alles Seiende dem Wandel unterworfen ist.

Musashi Miyamoto – japanischer → Ronin (1584–1645) der heutzutage den idealtypischen → Samurai verkörpert. Als Kind einer verarmten adeligen Familie in Miyamoto geboren, verspürte Musashi schon früh die Sehnsucht, den Weg des Kriegers einzuschlagen und ein vollendeter Schwertkämpfer zu werden. Da er keinen Lehnsherrn hatte, wanderte er durch Japan und bildete sich in der Kunst des Schwertkampfes. Bald entstand sein Ruf als legendärer Kämpfer, doch in Musashi war die Erkenntnis gewachsen, dass der Weg eines wahren Samurai nicht nur in der Beherrschung der Kampfkünste besteht, sondern in der Veredelung und Vervollkommnung des Menschen. Daher erlernte er die Kalligrafie, Malerei, die Kunst des Schmiedens und das Zeremoniell der Teezubereitung. Als er es auch darin zu besonderen Fertigkeiten brachte, suchte er sich einen Lehnsherrn, um seine Fähigkeiten in den Dienst eines anderen zu stellen.

Nabeshima-Klan – Familie des japanischen Schwertadels.

Nene-no-Michi – Straße in Kyoto, die wegen ihres urtümlichen Aussehens als Touristenattraktion gilt.

Nihon Buyo – traditionelle japanische Tanzkunst, die zumeist mit Musik und Gesang kombiniert wurde.

Nikkei – Aktienindex der Tokioter Börse.

Obebe – altertümlicher Begriff im Kyoto-Dialekt für → Kimono, von dem sich das Wort → Obi für »Gürtel« ableitet.

Obi – über dem → Kimono wird häufig ein auffälliger, besonderer Obi (Gürtel) aus ausgewählten Materialien getragen; teils sind diese Gürtel meterlang und entsprechend schwer.

Obon Temae – in der Teezeremonie vom Protokoll vorgeschriebene Art, einen dünnen Tee zuzubereiten.

Ochaya – Stätte, an der die → Geishas ihre Kunst ausüben. Ochaya befinden sich vornehmlich in Geisha-Vierteln (→ Hanamachi); in Kyoto existieren zahlreiche davon. Als Orte der Unterhaltung sind sie nicht zu verwechseln mit den Häusern, in denen → Geishas leben (→ Okiya).

Oka-san – wörtlich: »Mutter«, bezeichnet auch die »Mutter« einer Geisha-Familie und Vorsteherin einer → Okiya, meist eine ehemalige → Geisha.

Okiya – Wohnhaus, in der eine Gemeinschaft von → Geishas bzw. → Maikos lebt. »Okiya« bezeichnet auch die im Haus lebende Geisha-Familie. Eine Okiya wird von einer → Oka-san geführt.

Okobo – hohe japanische Holzsandalen, die an Plateauschuhe erinnern und deren Absatz sich nach vorne hin verjüngt.

Omiai – japanische Tradition der Ehevermittlung. Anders als bei Zwangsehen müssen allerdings beide Ehepartner zustimmen.

Onsen – heiße Quelle und/oder Badeanstalt.

Origami – Kunst des Papierfaltens.

Otsu – Geliebte des Samurai → Musashi Miyamoto.

Pazifikgeschwader 214 – US-amerikanische Fernsehserie über eine amerikanische Fliegerstaffel, die aus Außenseitern besteht.

Ponto-cho – Bezirk von Kyoto, in dem sich viele Restaurants befinden.

Rabu hoteru – japanisches Stundenhotel oder »Love Hotel«, dessen Besuch nicht als anrüchig gilt. Es wird nicht nur zu Zwecken der Prostitution benutzt, sondern auch von Schülern oder Studierenden, die noch bei ihren Eltern wohnen, oder von Paaren, deren Wohnung sehr hellhörig ist.

Ramen – japanische Nudeln und Suppe mit dieser Art von Nudeln.

Ronin – herrenloser → Samurai, etwa weil der Herr gestorben ist, seines Amtes enthoben wurde oder wenn der Samurai selbst bei seinem Herrn in Ungnade gefallen ist. Oft wurden Ronin als ehrlos angesehen. Der Ehrenkodex der Samurai besagte, dass sie eher → Seppuku begehen sollten, als ein Leben in Schande zu führen.

Sachalin – größte Insel Russlands, nördlich von Japan.

Sado – japanische Insel westlich der Hauptinsel → Honshu.

Sake – Reiswein mit etwa 15 bis 20 Volumenprozent Alkohol, der im Wesentlichen aus Reis, Wasser und Reishefe besteht und dessen Herstellung eher der von Bier ähnelt als der von Wein.

Samurai – im Westen übliche Bezeichnung für einen Krieger im vorindustriellen Japan. In Japan selbst dominiert der Begriff »Bushi«. Samurai waren ursprünglich militärisch ausgebildete Männer des Landadels, die dem Kaiser dienten und dessen Willen in fernen Provinzen durchsetzten. Ab dem 12. Jahrhundert dienten Samurai in der Regel → Shogun, die sich untereinander zeitweise heftig bekämpfen. In Friedenszeiten wie der → Edo-Zeit verarmten viele Samurai. Einen Samurai ohne Herrn nennt man → Ronin.

-san – (als Nachsilbe) höfliche Anrede.

Sashimi – roher Fisch in bester Qualität, der ohne Reis serviert wird.

Seiza – traditioneller japanischer Fersensitz.

Senpai – Mentor bzw. jemand, der länger als man selbst bei einer Organisation ist.

Sensei – ehrenvolle japanische Anrede, bspw. für einen Arzt, Lehrer oder Professor oder auch für Akademiker im Allgemeinen.

Seppuku – ritueller Selbstmord, der unter Samurai verbreitet war und 1868 verboten wurde. Dabei schnitt sich der Mann den Bauch mit einem speziellen Messer und unter Einhaltung bestimmter Regeln auf. Seppuku galt als Mittel, nach Gesichtsverlust die Ehre der Familie wiederherzustellen.

Shamisen – traditionelle dreisaitige Langhalslaute.

Shatei-gashira – → Yakuza-Rang.

Shogun – militärischer Titel für einen Anführer aus dem Kriegeradel der → Samurai.

Tatami, Tatami-Matte – Matte aus Reisstroh.

Tatamae – Verhalten und Äußerungen einer Person in der Öffentlichkeit, die wegen der Schicklichkeit nicht unbedingt mit dem tatsächlichen Seelenleben übereinstimmen. Sie stehen im Gegensatz zu → Honne.

Tempura – Zubereitungsvariante, bei der panierte Speisen frittiert werden.

Toa Yuai Jigyo Kummiai – → Yakuza-Familie.

Tokaida-Linie – zentrale Eisenbahnlinie, die die Bevölkerungszentren der Ostküste von → Honshu verbindet.

Toranaga – Figur aus dem Roman *Shogun* (1975) von James Clavell (1921–1994). Der Roman handelt von John Blackthorne, einem englischen Seefahrer, der nach einer Havarie in Japan strandet. Dort schließt er sich Toranaga an, einem Fürsten, der mit Blackthornes Hilfe → Shogun werden will.

Torii – reale oder symbolische Eingangstore zu einem Schrein.

Wa – Harmonie in einer Beziehung.

Wasabi – scharfes Gewürz aus japanischem Meerrettich.

Weg des Schwertes – Abenteuerroman von Chris Bradford (geb. 1974) über den Jungen Jack Fletcher, dessen Familie nach einer Havarie vor Japan von Piraten getötet wird. Jack wird von dem Japaner Masamoto gefunden und adoptiert und muss sich zwischen Freunden und Feinden in der ihm fremden japanischen Kultur zurechtfinden.

Yakuza – kriminelle Organisation und deren Mitglieder. Ihre Geschichte reicht Jahrhunderte zurück. Yakuza sind nach klaren Hierarchien organisiert und folgen strengen Kodizes. Traditionell sind Yakuza in der Glücksspiel- und Unterhaltungsindustrie aktiv, sie haben ihren Einfluss heute aber auf andere Bereiche bis hin zu den Finanzmärkten ausgedehnt.

Yoko Tsuno – Heldin der gleichnamigen belgischen Comicserie über eine weltraumreisende Elektronikspezialistin.